之2 金錢槓桿

目錄

第一章 惡作劇的念頭

白藕色的護士裝，一縷瀏海從端莊的燕帽帽沿下探頭嬉戲，清新、別致、脫俗……，整個人就像一朵花苞素淨泛著白暈的蘭花，但她的眼神……，怎麼那麼亮？

張勝有點膽怯了，眼見秦若蘭舉著針頭就要刺下來，他忽然道：

「護士，我的頭……感覺不那麼疼了，你包紮的真好，真不愧是白衣天使啊！」

「嗯？」秦若蘭疑惑地瞟了他一眼，不知道他突然示好是什麼意思，

她眼珠轉了轉，眸子裏忽然流露出一絲了悟，不禁又好氣又好笑地橫了張勝一眼。

「俏眼微瞇，暗藏殺氣，她真要在扎針的時候整我呀？」

張勝睜開眼，就發現眼前一片潔白，恰如郭胖子所說，白色的天花板、白色的床單，還有白色的……

這是什麼？近在咫尺的那片白，明暗的陰影和稍許的褶皺形成一個輪廓，裏邊應該是……某人渾圓的臀部……

張勝目光稍稍上移，弓形的後背，再上邊是燕帽的後翼，下邊露出幾絡調皮的青絲，那是個年輕的小護士，正彎著腰在麻利地更換床單、被套、枕頭套。張勝在她動作的時候，看到半張俏臉，立即認出她就是小辣椒秦若蘭。

張勝嚇了一跳，她翹翹的臀部就在鼻子底下，如果被她看到自己睜著眼，那麼難保不會再次被她當成色狼，情急智生，他立即雙眼一閉，繼續作昏迷不醒狀。

秦若蘭指揮起來：「鋪好了，來，把他抬到床上。你抬腿、你抱頭，嗳嗳，又不是填炮彈，托著點腰啊！」

張勝感覺到兩個男人正抬著自己往床上放，郭胖子在旁邊緊張地說：「輕點輕點，剛止了血，還沒包紮呢，別蹭到枕頭上，擺正了，擺正了。」

小護士秦若蘭馬上呵斥道：「你比我還懂是不是？腿腫得那麼厲害，少在那金雞獨立，上床躺著去。」

旁邊床上的彈簧吱呀一陣響，看來是郭胖子聽令躺下了。在這位小霸王的淫威之下，敢不聽命的男人還真沒有幾個。

張勝一放好，那些人就出去了。張勝閉著眼又躺了一會兒，這才裝作剛剛醒來似的睜開眼，只見郭胖子手托著下巴，被踹得腫起一大塊的短腿架在另一條腿上，宛如一具臥佛似的躺在對面床上正看著他。

一見他醒來，郭胖子立即喜道：「勝子，你醒了？沒有事吧你，可嚇死我了。」

張勝看著這位難兄難弟，苦笑道：「我沒事，昨晚沒被蓋著涼了，誰想身子虛成這樣。」

這時房門吱呀一聲，趙金豆風風火火地走進來，手裏提著一個藍色的大布口袋，裏邊也不知裝了些什麼，鼓鼓囊囊的。

「胖子，你怎麼樣了，被誰給打了，啊？勝子……你……你怎麼了？」趙金豆愣在郭胖子床前。

張勝苦笑一聲，說：「嫂子來了，快坐吧。我沒事，坐下說吧。」

趙金豆長得很漂亮，一米六七的個子，黑亮的秀髮披肩而下，五官精緻，有種很明朗的線條，她的孩子都上小學了，可身材一點沒有走形，修長豐盈，極具活力。一件深灰色襯衫很普通，可是衣內鼓起兩座挺拔的山峰，頓時便掩蓋了衣裳的黯淡。下身是條絨褲子，豎直的紋路令那修長的雙腿顯得更加筆直，腰肢便也襯托得更加纖細了。

她坐在兩張病床間的凳子上，那副俊俏年輕的相貌和那窈窕標緻的身材，恐怕誰見了都很難相信她右側那坨「牛糞」就是她的老公，倒是左邊病床上的張勝看起來與她更般配一些。

郭胖子見了老婆很開心，他添油加醋地把自己被打的經過和張勝受傷的原因跟老婆說了一遍。趙金豆一邊聽，一邊把布袋裏的東西掏出來，塞進床頭櫃裏。牙膏牙刷、毛巾手紙搪瓷杯和水果等等，全是日常用品。

等郭胖子說完了，趙金豆也把這些東西利利索索地擺放到了床頭櫃裏。聽完了他的話，趙金豆訓斥道：「你說你到底幹什麼行？洗個澡都能和人打起來。一大一小，全是好惹是生非的孩子，真不讓人省心！勝子，我不是說你，是說他們爺倆。真是對不住了，我家老郭連累你也摔成這樣……」

這時，秦若蘭捧著一個白托盤走了進來，一見張勝旁邊坐著個美麗的少婦，便很和氣地道：「你是患者的太太嗎？我要給他包紮一下傷口。」

「哦，我給您讓個地方！」趙金豆趕緊站了起來。

郭胖子在一旁清咳一聲，糾正道：「其實……那是我老婆！」

趙金豆狠狠白了他一眼，說道：「你不說話沒人把你當啞巴！」

郭胖子摸摸鼻子，不吭氣了。

張勝警惕地看著秦若蘭，生怕她公報私仇，不過出乎他的意料，秦若蘭很認真地用鑷子夾起棉球蘸了碘酒給他清理創口，敷藥包紮，沒有任何異動。

「好了，你的傷不嚴重，不用擔心。只是你同時在感冒、發燒，已經幫你開了藥，一會兒幫你掛上點滴。你那位朋友做主，讓你也住院治療，你就在這兒休養一下好了，是公費吧？」

張勝一聽，有點著急地說：「公什麼公啊，我公司那邊還有很多事沒處理呢，掛完點滴我就得走。」

說到這兒，他想起郭胖子的案子還沒著落，生怕那個蠻不講理的嚴虎弟活動完了，派出所已經做出定論，忙掏出手機給張二蛋打電話，張二蛋聲音洪亮，震得張勝把手機舉得老遠，秦若蘭站在旁邊都聽得到。

「我知道了，這事交給我就行了，好歹咱們現在是合作做生意嘛，誰敢欺負我張二蛋的人就是斷我的財路，你的事就是我的事，放心吧。片子、病歷啥的都拍完了吧？你找個人馬上送到派出所去，我立即給艾戈打電話，看看派出所怎麼個斷案。」

秦若蘭看了張勝一眼，她是公安醫院的護士，知道區分局局長的名字，沒想到眼前這個暴發戶還真認識幾個能人。

「好好好，這事就麻煩老爺子您了。」

「客氣啥，一句話的事，對了，你那位被打的朋友有什麼要求嗎？」

張勝捂住電話，對郭胖子說：「張老爺子問你有什麼具體的要求？」

郭胖子看了眼老婆，囁嚅道：「也……也沒啥，起碼這治療費、檢查費和住院費他們得給我拿吧？」

張勝對著電話重複了一遍，張二蛋笑道：「就這麼簡單？你朋友還真是老實人，跟你一個樣，哈哈哈，放心好了，我張二蛋的面子就那麼不值錢？誤工費、營養費，一個也不能少，怎麼也得讓他知道肉疼，下回伸拳頭的時候得先尋思尋思，就這樣吧！」

張二蛋說完，先把電話掛了。

張勝合上手機，喜滋滋地道：「成了，寶元集團的張老爺子親自出面，那個派出所所長不敢偏袒斷案的，咱們得儘快把病歷和片子送去。」

趙金豆聽了道：「那一會兒我去送吧，勝子，這事嫂子真得多謝你了。」

這時，門口出現一個穿睡衣的男人，滿臉鬍渣，褲子裏塞了一半的上衣，腆著肚子道：「護士，你去看看，我爹掛的鹽水怎麼上得那麼慢？」

正在一旁聽著的秦若蘭連忙答應一聲，麻利地收拾好托盤上的東西，端起來走了出去。

趙金豆從抽屜裏拿出兩個蘋果，去水房洗乾淨了回來遞給張勝和丈夫，然後便坐在那兒開始訓夫，郭胖子唯唯喏喏，陪著笑臉一點脾氣沒有。

這廂正說著，秦若蘭風風火火地又趕了回來，手裏拿著點滴針和鹽水瓶。她剛給張勝綁好皮管，那個穿得拉里邋遢的男人又出現了，面上帶著些惱怒地道：「護士，你再去看看吧，怎麼搞的，鹽水這回連滴都不滴了。」

秦若蘭無奈地道：「你父親的血管太細了，肌肉又有些萎縮，稍有移動就容易鼓針。我這就去！」

她離開了片刻剛回來，護士長又出現在門口：「若蘭，剛才有電話來了，今天上午有台手術，一會兒趕快去準備一下！」

趙金豆見她如此忙碌，說道：「護士，你這份工作真是夠辛苦的，醫院裏頭，外科護士最累吧？」

秦若蘭笑嘻嘻地說：「還好啦，外科護士並不比其他科累，只不過突發事情比較多罷了。其實護士工作穩定，而且體力活很鍛煉耐力，特別省減肥錢。大姐，你是不知道，我原來胖得跟小豬兒似的，但是自從當上護士，我就再沒長過肉，還越來越瘦。我超喜歡夜班，沒護士長在，很自由的……」

張勝聽她說自己以前胖得像小豬，忍不住想笑，他雖忍住沒笑出來，但上彎的嘴角已經暴露了他的笑意，秦若蘭見了，不禁狠狠瞪了他一眼。

她低下頭，拉過張勝的胳膊，在他手背上拍了拍，張勝忍不住道：「護士，你剛才都出去一陣了，是不是再塗點碘酒？」

秦若蘭微不可聞地哼了一聲，又給他塗了遍碘酒，掛好點滴瓶，然後舉起了點滴針。白藕色的護士裝，一縷瀏海從端莊的燕帽帽沿下探頭嬉戲，清新、別致、脫俗……，整個人就像一朵花苞素淨泛著白暈的蘭花，但她的眼神……，怎麼那麼亮？

張勝有點膽怯了，眼見秦若蘭舉著針頭就要刺下來，他忽然道：「護士，我的頭……感覺不那麼疼了，你包紮的真好，真不愧是白衣天使啊！」

「嗯？」秦若蘭疑惑地瞟了他一眼，不知道他突然示好是什麼意思，她眼珠轉了轉，眸子裏忽然流露出一絲了悟，不禁又好氣又好笑地橫了張勝一眼。

「俏眼微瞇，暗藏殺氣，她真要在扎針的時候整我呀？」

張勝緊張地笑著，繼續拍馬屁：「軍人以服從命令為天職，教師以傳道解惑為天職，但是最令人崇敬的就是你們護士的天職：救命扶傷啊。」

秦若蘭沒好氣地說：「你別說話，我這不正在扶嗎！」

她的語氣雖然聽著像不耐煩，可是嘴角已經情不自禁地向上彎起來，笑容甜甜的，左側頰上露出一個淺淺的小酒窩兒，兩隻眼睛也慢慢變成了兩輪弦月。

張勝把她的笑理解為不懷好意，心中更慌了：「護士，你……你可要手下留情呀！」

秦若蘭並沒想過利用工作之便折騰他，當時見他從台階上摔下來，見這色鬼受到了報應，只是好笑地說句調侃的話，想不到他倒當真了。

年輕女孩子脾氣來得快，去得也快，眼看他嚇得不斷討好自己，秦若蘭的小肚子都笑痛了，原來對他的不滿一掃而空，倒是起了捉弄他的意思。

秦若蘭原本對張勝肆無忌憚地議論她的相貌感到不悅，卻不知愛美之心本是天性，無論男人女人盡皆如是。如果張勝長得和郭胖子一個包子樣，她會有興趣開他玩笑嗎？

秦若蘭故意露出很忸怩的表情，說道：「留情？什麼情呀，人家跟你又不熟。」

張勝一聽，滿面悲憤：

「小丫頭人長得不錯，心可夠狠的！人為刀俎，我為魚肉。現在落到她手裏了，還有什麼好說的？不就是找機會多捅我兩針嗎？」

他把眼一閉，心裏發狠，不再言語了。

趙金豆不知兩人間的過節，見張勝緊張的那副樣子，不禁笑道：「勝子，這麼大的人了還怕打針呀？我看秦護士人挺好的，剛才給你包紮傷口手法也麻利，沒有事的。」

張勝咧咧嘴沒有說話。

秦若蘭的小手在張勝手背上輕拍著找著血管，見他過度緊張的樣子，不禁失笑道：「你放鬆點兒。」

張勝睜開眼剛想說話，秦若蘭拈著針頭已一針刺了下去，張勝一見，肌肉不由自主地一緊。

這一針一下子就彎了，秦若蘭一見，小臉頓時脹紅起來，惱火地嚷道：「你幹什麼呀你！有那麼痛嗎？挺大的人了，還得像哄小孩似的讓你配合著？」她本無心整治張勝，可這一來反而說不清了，心裏著實氣悶。

張勝只當她是故意的，忍著痛沒吱聲，只是冷冷地瞥了她一眼。這一眼讓秦若蘭更加著惱，偏偏無法解釋，她氣得手指頭都哆嗦了，剛剛對張勝產生的一點好感立即一掃而空。

她又取過一副針來，忍著氣給張勝扎針，但是氣頭上她的手指有點哆嗦，又接連扎了三針，張勝的手背都扎青了，這針點滴才算掛上。

秦若蘭調好點滴，唬著一張臉就出去了。

趙金豆也感覺出兩人之間的關係有點不對勁了，忍不住問道：「勝子，你和這護士以前認識？」

郭胖子哪敢讓老婆知道自己對小護士讚不絕口的話，生怕張勝說漏了，忙道：「沒啥大事，勝子送我來的時候和這個護士拌過幾句嘴。我這兒沒事，生活都能自理，你還是趕快把派出所需要的東西送去吧，免得勝子托的那人去過問的時候，卻沒有咱們的證據。」

趙金豆見張勝不願說，不便追問，便答應一聲，出去找醫生索要相關證據去了。

張勝想起自己住院，還沒對徐海生說一聲，今天上午怕是過不去了，於是掏出手機打電話給他。

徐海生在電話裏問了他撞傷的情形，笑道：「這陣子也真夠累的，你別忙著出院了，好好休息一下，這邊的事交給我就好。」

張勝過意不去，說道：「徐哥，那怎麼好意思，你一個人忙裏忙外的怎麼成？」

徐海生道：「也沒什麼嘛，我做事又不像你事必恭親，該使喚人的時候就大膽的吩咐，都是我們雇來的人，有什麼好客氣的？你好好養傷吧，下星期就要開業了，你額上帶傷，豈不是讓來賓笑話？」

張勝聽他說得有理，便道：「那好吧，我就在這兒住兩天，儘快趕回去。」

徐海生道：「嗯，那就這樣吧，晚上我去看看你。」

秦若蘭掛完點滴回到值班室，手機響了，秦若蘭打開手機，悶聲悶氣地道：「喂？」

手機裏一個銀鈴般的女孩聲音笑了起來：「怎麼了，又受病人氣了？」

秦若蘭聽了冷哼一聲：「當然不像你啦，你是專門訓人的，我是專門被人訓的，哪兒能比呀？」

手機裏的聲音格格笑起來：「好啦，好啦，誰叫你自己當初愛心氾濫，立志要當南丁格爾的？對了，我告訴你一個好消息，我轉正啦，留在了市刑警大隊。」

秦若蘭一聽，也有些開心了：「真的？剛畢業就留在刑警大隊，你好厲害呀，若男。」

對面的女孩得意地道：

「那當然，不看看你姐我是誰？我可是還在警校的時候，就協助刑警大隊偵破過一起重大販毒案件的天才幹探，不用我用誰呀？」

「嘁！」秦若蘭不屑一顧：「也不知道是誰回來時怕得要死，說要不是有貴人相助提醒了你一句，在包房裏就得被人先劫色後劫人，從此淪為毒販子的情婦。」

電話裏的女孩咯咯地笑起來：「不說驚險點，怎麼嚇唬你這傻丫頭？知道我在什麼部門嗎？我現在是刑警隊經偵支隊的，很多人托關係走後門都進不來呢。」

經偵支隊專攻經濟案件，是刑警隊油水最肥的部門，專門和詐騙犯還有犯罪的工商企業人士打交道。隊裏常發獎金，都是案件的提成，那是公開的，合法的，因為案件的受害人總是心急如焚地盼望著他們儘快破案，心甘情願地提供各類物質獎勵和辦案經費。

秦若蘭一聽頓時兩眼放光，喜道：「真的？太好了，那我以後的鞋子、包包、衣服不用找爸媽報銷了，哈哈哈哈！」

手機裏的女孩馬上說道：「喂喂喂，親姐妹，明算賬。我的是我的，你想揮霍去找個有錢的男朋友吧，不許打我的主意。」

兩姐妹正說笑著，門「吱呀」一聲開了，護士長唬著一張臉出現在門口：「若蘭，急救車馬上就到，告訴你儘快到手術室去準備的，怎麼還在這兒聊電話？」

秦若蘭吐吐舌頭，急忙對電話說：「今晚我休息，找幾個朋友去逛街，你來不來？」

手機裏立即一口回絕：「我喜歡在家看看書，可不喜歡出去瘋，想讓我去給你買單是吧？門兒都沒有。」

「小氣鬼！」秦若蘭急忙掛了電話，對臉色越來越難看的護士長陪笑道：「嘿嘿，馬上就去，我馬上就去。」

護士長的聲音已經像是怒吼了：「不是馬上，而是現在、立即！」

「好好好，我立即就去！」秦若蘭像游魚一般從護士長身旁繞過去，一陣風兒地奔向手術室。

原打算掛完點滴就走的，所以張勝沒告訴小璐，免得她擔心，現在要在醫院住兩天，就不能不告訴她了。張勝考慮了半晌，點滴掛完又找來位護士把針拔了，他便給印刷廠打電話，小璐聽說他摔傷住院，擔心極了，詳細問了傷勢，說下午要請假來看他。

想來是辦公室裏沒有人，臨了小璐還大膽地要他親親自己，說三聲「我愛你」才肯掛電話，張勝只好嗯嗯啊啊地答應著，出了病房，站在走廊裏看看左右沒人，便對著手機「吧唧吧唧」連親三口，然後鬼鬼祟祟地說：「我愛你！我愛你！我愛……」

秦若蘭一手扶著腰，一手推著門，看著張勝神經兮兮的德性。

「……你！」

「啵，我也愛你！」

「咔嚓！」電話掛了。

「咔嚓！」護士房的門也關了。

張勝握著手機，抬望眼，半晌無言。

趙金豆去派出所送郭胖子的檢查報告，同時有批小百貨下午到，需要回去點收，所以送完資料就不過來了。畢竟郭胖子的傷勢只是需要靜養，她點收了貨物就得去接兒子放學。為生活掙扎的窮人，沒有那麼多時間用來纏綿。

中午的時候鄭小璐到了，見張勝的傷勢不像自己想像的那麼嚴重，這才鬆了口氣。她先去了張勝家裏，因為張勝囑咐過不要告訴家裏，免得他們擔心，因此只說去看張勝，給他帶來了換洗衣物。

鄭小璐上午十點多就請假離開廠子了，特意買了隻小雞給他燉了湯，順帶著郭胖子也沾了光，不過「木乃伊」郭胖子一身繃帶，也只能自己端著搪瓷缸子「滋溜滋溜」地轉圈兒喝熱湯。

張勝只不過額頭磕破了一塊皮，胳膊腿有點小擦傷，外加傷風感冒，現在卻倚著枕頭坐得高高的，跟老太爺似的享受著小璐的服務。

小璐用小湯勺舀上一口湯，湊到嘴邊輕輕吹吹，然後才餵到他嘴裏，湯味鮮美可口，還有煮得稀爛的肉塊，最重要的是有一個如此明眸皓齒、善解人意的小美人服侍，當真是羨煞旁人。

秦若蘭進來轉悠了一圈，給張勝量體溫。不知怎麼的，她一見張勝就有氣，忍不住想奚落他，看到他在自己面前手足無措或者低眉順目的樣子，心裏就有一種惡作劇的快感。要說真的厭惡，倒是談不上。

平心而論，一個病區那麼多病房、病人，好像就和他打交道的時候心情最輕鬆，至少女人的直覺告訴她，不管自己對他怎麼發脾氣，這個人都逆來順受，絕不會去投訴她。不像在其他人病房裏，心裏再不痛快，臉上還總得帶著一副假笑。

見鄭小璐盡心服侍張勝的模樣，秦若蘭心中有些納罕：真是好女配銼男啊，這麼清純如水的女孩，怎麼會看上那麼個大色狼了？莫非是為了他的錢？她歪著頭細細打量了一眼鄭小璐，只覺得她清麗端莊，臉上情意流動，滿是關切，瞎子都看得出對張勝是動了真情的。

「真是奇怪了！」秦若蘭心裏嘀咕道，忽然想起張勝對付自己的種種手段，自己心裏好像也並不特別討厭他。她恍然大悟：原來這傢伙是個泡妞高手，一定是用了什麼手段，騙得女人死心塌地跟著他，一定是這樣！

郭胖子一邊大口喝湯，一邊說：「小璐的手藝真是好，張勝這小子找了你，可真是幾輩子修來的福氣。」

小璐聽了臉色微暈，卻很是歡喜。

郭胖子趁機恬不知恥地提要求道：「你一定要天天來看他啊，多帶點好吃的，這食堂的飯菜跟你做的沒法比。明天換換口味，來個鯽魚湯吧。」

小璐抿嘴一笑，說：「沒問題，不過……魚湯不行吧？勝子是外傷，水產品是發物，聽說吃了傷口不易癒合的。」

郭胖子一拍油亮的腦門兒，恍然道：「啊，對，我把這事忘了。」

秦若蘭在另一側示意張勝取出腋下夾著的體溫計，聽見小璐的話，忍不住說道：「這是民間的說法，其實並不科學。失血會使病人體內蛋白質和營養物質流失，從而消耗體內的營養貯備，如不及時補充足夠的營養，才會使傷口癒合時間延遲。傷口癒合不良主要是不注意衛生發生感染，禽、畜、魚、蛋、奶等動物性食品都含有豐富的蛋白質和豐富微量元素及維生素B，有利於傷口癒合，並不存在水產品忌口的事。不過……」

鄭小璐聽了，眨著漂亮大眼睛忙問道：「不過什麼？」

「不過，他的病情主要是感冒發燒，感冒病人忌油膩，你給他熬點粥喝比較好。」

秦若蘭說完，心裏暗自得意地一笑：「哼，還想喝魚湯，喝白粥吧你！」

張勝笑笑，深情地對小璐說：

「不用了，你工作那麼忙，也不用費時間為我熬粥了，我這裏休息兩天就好，等有空了……我還是喜歡喝你煲的排骨湯。」

排骨湯是鄭小璐第一次上張勝家的時候給他帶的禮物，張勝這麼說自然別有所指，小璐含情脈脈地瞟了他一眼，心中甜甜的。

秦若蘭撇撇嘴，轉身離開了。

吃過午飯，鄭小璐逼著張勝到洗手間把內衣褲都換了，去水房把衣服都洗乾淨，又督促著張勝吃了藥，這才依依不捨地離開。關廠長摸清廠子情況後，對臃腫的機構進行了精簡，廠辦吃閒飯的人少了，現在一個蘿蔔一個坑，每個人都有自己的一攤工作，她不能待得太久。臨走時，她把張勝的外套也拿走了，上邊沾了點血跡，得拿去乾洗一下。

鄭小璐離開後，郭胖子對她的容貌、手藝、性情脾氣大加誇獎，張勝聽得美滋滋的，比誇他自己還開心，就在這時，一名護士推門進來，後面跟著一群人。人未到，呻吟聲倒是先到了。

一個病號由家屬攙著走了進來，張勝和郭胖子忙坐起來表示歡迎。這個病號四十五六歲，身材高大，國字臉、濃眉，說話聲音洪亮。他得了急性闌尾炎，聽他和家屬的意思，是想做個手術把闌尾切掉，一了百了。

那個病號長得和郭胖子差不多一樣，雖說被病痛折騰得有些狼狽，但是人挺樂觀，躺在床上呻吟著，還不忘與張勝二人寒暄幾句。

他正說著話，忽然看見張勝手背上一片烏青，不禁問道：「張老弟這手是誰扎的？怎麼烏青了？」

張勝抬起手看看，苦笑一聲道：「別提了，讓一個姓秦的小護士給扎的……大概有五針才找著血管。」

這時，秦若蘭走了進來，說道：「三床，現在先幫你掛上點滴，然後再安排手術的事。」

三床病人一聽，急忙說：「打點滴？可得給我找個經驗豐富的護士啊，有個姓秦的，是不是實習生啊？可不要給我安排，聽鄰床這個小老弟說，他被扎了五針，手都烏青了。」

秦若蘭的臉騰地一下紅了，臉紅脖子粗地辯解道：「誰說扎了五針？明明是四針，你這人怎麼添油加醋呢？」

張勝狼狽不堪地道：「不……不是這個意思，我只是說我挨扎的次數比較多，這個……咳，我血管比較細，肌肉有點萎縮，所以不太好扎，其實秦護士的手法挺高明的。」

「哦，這樣啊！」三床病號將信將疑地看向秦若蘭，秦若蘭馬上露出一副甜美可愛的乖乖女笑臉，三號放心了，他拍拍肚皮，又問：「護士，我脂肪厚，會妨礙做手術嗎？」

秦若蘭臉抽動了一下，忍笑道：「不會的，沒有關係。」

「哦，這樣啊！那……能順便給我做個抽脂嗎？我是公費。」

秦若蘭雖在氣頭上，還是被他逗得「噗哧」一聲笑了出來。

下午張勝又接了楚文樓的一個問候電話，他一天兩瓶滴液，除了給傷處換藥，其他時間沒什麼事。三床病號是小手術，手術回來接著打滴液，可能是麻藥藥性未過，三床的談興健旺，張勝閑極無聊，在郭胖子和三床病號打屁聊天的時候，便一個人溜到水房去抽煙。

此時天色已經將晚，夕陽西下，這背陽的一面特別陰涼。張勝正站在窗口吞雲吐霧，手機忽然響了，這是小璐忙裏偷閒打來的電話，兩人纏綿了一會兒，剛掛了電話，就聽見身後腳步聲響，一回頭，見是秦若蘭走了進來，手裏拿著香皂盒，在水池旁洗手。

她好像心情很好，嘴裏哼著歌，洗了臉、手，還整理了一下鬢邊的髮絲。

張勝想起在病房內發生的事，心裏有點不好意思，人家是護士，是靠這一行吃飯的，恐怕最難堪的就是被人說技術不佳，於是他丟掉煙頭，乾笑兩聲道：

「秦護士，下午……真是對不起，是三床問起來，我隨意說了一句，其實沒想說你壞話。」

秦若蘭瞟了他一眼，淡淡地道：「沒什麼，在這地方工作，什麼難纏的病人都見過，你算是好的了，對了，中午那個女孩……是你太太？」

張勝笑笑，說：「我女朋友，我還沒結婚呢。」

秦若蘭一邊把嬌憨俏麗的短髮撥到耳後用髮夾固定起來，一邊若無其事地問：「那麼，你是享受已婚待遇的未婚青年？」

「嗯？」張勝腦子轉了一圈兒，才想明白這句話，不覺為之汗顏。不知道是衛校女生說話都這麼大膽，還是這個秦若蘭特別新潮，張勝總是招架不住她犀利的言語。他開玩笑地端起架子，說道：

「我……咳咳，你看我這麼老實本分的人，衣冠楚楚、相貌堂堂，像是那種人嗎？」

秦若蘭笑謎謎地，綿裏藏針地說：「所謂衣冠，然後禽獸，有什麼是不可能的？」

張勝的肩膀又垮下來：「你就損我吧……」

秦若蘭「咭咭」地笑起來，她甩淨手上的水滴，摸出一張紙巾擦著手說：「結婚證和生產許可證差不多，唯一的區別是它不掛在牆上。違章經營的也不少嘛，你是經商做生意的，接觸最多的就是這個，少跟我裝純啦！本小姐對純情處男不感興趣，泡女人不是這麼泡的。」

張勝鬱悶地道：「我根本沒有什麼想法，只是和朋友在瞎扯淡而已。」

秦若蘭順手一拋，紙團準確地落入紙簍：「這倒是，你有一個那麼漂亮溫柔的女朋友，要是還花花腸子，可真是天理不容了。我現在知道了，你不是風騷，而是悶騷。」

她走前兩步，伸出手來，說：「我要下班了，今晚和朋友去happy，再見吧！」

張勝被她可親的笑容感染了，情不自禁地伸出手去，握住了她的小手：「這算是相逢一笑泯恩仇嗎？」

秦若蘭皺皺鼻子，說：「我和你有仇嗎？等我再上班，你就離開這兒了，誰還記你的仇呀？」

張勝如釋重負，說：「不管怎樣，真心感謝你當班時對我的照料。」

秦若蘭扮個鬼臉道：「要是有人在外面敢對我動手動腳的，他早就完蛋了，你應該感謝我這身護士裝，因為我從來不打自己的病人，很有職業道德吧？」

張勝苦笑道：「嗯，有……不打自己的患者，多不容易呀。」

秦若蘭又皺皺鼻子，嘁道：「行啊你，諷刺我！」

她一轉身，腳步輕盈地向水房門口走去，右手輕揚，很瀟灑地說：「本小姐今天心情好，大人大量，不跟你計較，再見……」

張勝忙道：「再見！」

不料秦若蘭還沒說完，「見」字拖著長音，拐出了水房後半句話才出來：「……流氓！」

張勝手揚在空中，哭笑不得地站在那兒。

第二章

不懷好意的色鬼？

張勝腦袋發暈，有種時空錯亂的感覺，好半晌才把自己的記憶理順了，他驚叫一聲坐了起來：「我怎麼在這兒？壞了！壞了壞了！這下壞了，昨天晚上有幾個小子把秦護士灌醉了想非禮她，我……去攔著，想把她搶回來，然後……然後……然後怎麼了？」

郭胖子笑得渾身肥肉亂顫：「然後你被人家表弟當成不懷好意的色鬼了，他朋友一個電炮就把你打飛了，哈哈哈哈……」

晚飯時，鄭小璐還真拎了一桶粥來。熬得糯糯的八寶蓮子粥，再配上幾色清淡小菜，令張勝食欲大開，連吃了兩大碗。郭胖子在準備盛第三碗粥時，看到空空的桶底，只好意猶未盡地一旁啃麵包去了。

看到張勝吃得香甜，小璐臉上掛著甜甜的笑，打算明天再送粥來。張勝忙勸阻了她，說自己明天就出院了，讓她安心工作，不用掛念自己。兩人又說一會兒體己話，眼看天色暗了，小璐才離去。

晚上八點多的時候，徐海生和楚文樓連袂趕來看望張勝，兩人來得急，在路上商店買了些當時正流行的保健品、口服液一類的東西。

徐海生來之前，已經在電話裏與張勝通了個氣兒，意思是公司現在正式成立了，財務需要規範化，楚文樓作為張二蛋的代理人，應任命為公司副總，具體負責冷庫及水產批發市場的事，這樣一來避免他會計出納於一身，把財權全部掌握在自己手裏，二來場面上也說得過去。

張勝聽得在理，便同意了，想來徐海生在路上已經給楚文樓說了此事，楚文樓進門時便一臉的喜氣。

張勝的傷不重，感冒在掛過點滴之後好了許多，三號病人不斷有親戚朋友來探望，地方比較狹窄，張勝便和徐海生、楚文樓出了醫院，到馬路對面找個地方聊天。

對面只有一家上檔次的酒店，這家酒店佈置得如曲苑迴廊，一間間包房，其實都是玻璃壁隔開的，一人高的地方以下用橫的木藝欄杆保護著，這樣一來從外面很難看得清包房內的人物，但是包房裏的人從欄杆縫隙裏卻能看清大廳裏的情況。

三個人進去要了個包間，點了幾個菜。張勝藉口感冒、頭上有傷不肯喝酒，楚文樓興致很高，不依道：「養傷歸養傷，頭上碰破掉皮、加上小小傷風感冒，就能讓咱北方爺們連酒都不喝了？你少喝可以，不能不喝。」

張勝只好苦笑答應。三人在單間內邊吃邊聊，徐海生問了問張勝受傷的經過和傷勢，又向他講了講廠區的工作和進展，楚文樓說：「廣告的效果已經出來了，今天不下二十人打電話詢問招聘條件，還有幾戶商戶諮詢入駐條件的，你的傷……下週一的招聘面試要不就不參加了吧？」

張勝摸摸額頭，笑道：「我沒事，一點小傷，其實要是想走，現在就可以離開。」

楚文樓道：「嗯，其實週六週日上門應聘的人才最多，為什麼非要定成週一呢？中間還空了一天廣告期。」

張勝解釋道：「週六週日人是多，但是其中有不少是有工作的人，咱們的企業剛剛成立，還存在著種種困難和問題，這些人朝三暮四，只可共富貴，不可共患難，忠誠性太小，招進來也留不住，不如直接把他們篩掉，找些肯踏實工作的人。」

徐海生挾起一筷子臘肉荷蘭豆，微笑道：「張勝說的有道理，你對人的心理很瞭解呀。」

張勝靦腆地笑道：「徐哥過獎了，我哪有這麼高明，只是……我也是失過業的人，為了找工作到處碰壁，這些人的心態我多少瞭解一些。」

張勝從木欄縫隙間隨意地向大廳裏張望了一眼，大廳裏已經上了八成座，食客極多，就在他座位玻璃幕牆外就有一張六人位的方桌，一個女孩站在座位旁，背對著包房，朝著門口的方向正在打手機。

這個女孩個頭兒不高，但是下身比例很長，一雙修長筆直的腿緊裹在一條有點破舊發爛的牛仔褲裏，卻更顯得漂亮結實，破爛的牛仔褲更顯出幾分野性的味道。

她上身是一件滿是兜兜的牛仔上衣，腰間繫著一條銀色金屬鏈的寬腰帶，小蠻腰細得不堪一握，襯得渾圓的臀部出奇地豐隆。張勝特別注意到她，是因為有一條黑眼圈的賤狗正貼著她的小腿蹭來蹭去。

張勝沒見過幾次這種狗，但是這兩天來已經是第二次見到了。那女孩打完電話，回過頭來向對面坐著的一個女孩高興地說了幾句什麼，張勝看到她的臉，果然是已經道過別，本以為沒有機會再見到的秦若蘭。

在她對面的女孩，瘦高的個子，長得還算標準，眉眼清淡，顴骨較高，皮膚像牛奶般白皙，纖巧白淨，斯斯文文。秦若蘭翹翹的嘴角，彎彎的眼梢，總是流蕩著甜美的風情，兩人坐在一起，這風采可就被秦若蘭全奪了去。

兩人旁邊的座位上放著幾個購物袋，想是逛了街來到這裏用餐，一會兒工夫，三個男孩從外邊風風火火地趕了進來，和她們倆有說有笑的，看來是約來吃飯的朋友，也不知道其中有沒有秦若蘭的男朋友。

因為是認識的人，張勝對她就比較注意起來。大廳裏人很多，雖沒人大聲喧嘩，聚集在一起那聲浪也不小，幾個年輕人說話聲音都很大，大部分對話張勝都聽得很清楚，挨著秦若蘭坐著的帥氣男孩叫李浩升，看他倆勾肩搭背的模樣，張勝初時猜測他是秦若蘭的男友，不過後來見他同對面那個女孩打打鬧鬧的親熱樣，卻又不像了。

幾個人有一搭沒一搭地聊著天，講著公司未來的運作打算，聊了一陣兒楚文樓去洗手間，張勝再回頭時，見外面幾個人正在鬥酒，喝得臉色通紅，秦若蘭也在張牙舞爪，全無一點身著護士裝時的嫻雅文靜。

只聽一個長頭髮的男孩子大聲說道：「我先來一招『夜叉探海』！」他要來一個小碗，倒滿一碗啤酒，彎下腰把嘴伸到碗裏往裏吸，隨著酒液降低，他的嘴也越探越低，撮著嘴唇，直到碗中滴酒不剩。

那個高挑個頭兒、細眉細眼的女孩看來也上了狀態，招手讓服務員給她拿來一個大杯，倒了大半杯啤酒進去，然後端起她自己那個盛滿啤酒的小杯，平平地托在掌心裏站起來，得意地掃了眼幾個朋友，忽然手掌一翻，只見一隻盛滿酒的杯子托在她的掌心裏，翻來轉去，也不知使的什麼手法，最後手掌平端在胸口，那杯酒仍是穩穩的一滴未灑。然後她把那只小酒杯放進盛了大半杯酒的大酒杯裏，杯子一放進去，大杯的酒就上升到杯口與小杯平齊了。

她小心翼翼地端起這大杯套小杯的酒杯，呵呵笑道：「哨子，我朱大小姐這招『潛艇入海』比你的『夜叉探海』強多了吧？」說完端起酒杯，張勝也沒看清她是怎麼喝的，反正大杯小杯的酒都是一飲而盡。

其他幾個年輕人頓時鼓噪起來，秦若蘭起哄：「怎麼樣，被震住了吧？成碧，好樣的！」

第一個喝酒的哨子顏面無光地哼了一聲，旁邊男孩拍拍他的肩膀，站起來豪爽地說：「行，我李爾來個『樓上樓』讓你們開開眼，免得小瞧了我們爺們！」

所謂「樓上樓」也就是一隻手四個指頭縫兒裏各夾一杯一齊往嘴裏倒，四隻酒杯有上有下，上杯灌下杯，直到全部入口。這一手的難度的確比那個叫朱成碧的女孩高明三分，張勝看得津津有味，徐海生扭頭瞧見了，便笑吟吟地向他解釋這些手法的名字和使用竅門。

這時外面的人起哄讓秦若蘭喝酒，她哼了一聲，對李浩升道：「憑什麼我先喝呀？我壓軸，你先來。」

坐在她旁邊的李浩升知道她說一不二的脾氣，笑嘻嘻地答應一聲，把三隻小杯擺在掌心裏，一一斟滿伏特加，然後張開大嘴一齊往嘴裏灌，徐海生說道：「這招叫『三星照月』，這小子酒量真不錯。」

李浩升喝完了酒，亮了亮杯，那意思是該秦若蘭了，其他兩個男孩立即起哄：「『活吞一條龍』，小蘭，來一個『活吞一條龍』！」

徐海生笑道：「『活吞一條龍』就是把十幾個杯子一溜兒倒滿酒，一口氣喝完，這一手不考技巧，純看酒量了。有一回張二蛋宴請來視察的市領導，一杯酒怎麼也勸不下去，就用了這麼一招，十二杯茅台，一口氣幹掉，把那位領導給鎮了，手中一杯酒只好一飲而盡。」

張勝想起在香港電影上看到過類似的鬥酒，不禁擔心地道：「那怎麼成？喝那麼急，還不醉倒了？」

徐海生哈哈笑道：「酒桌上嘛，玩的就是一個痛快，盡情釋放平時的壓抑。喝酒不把人拚倒，還有什麼意思？」

張勝擔心秦若蘭真的來個「活吞一條龍」，幸好她沒答應，只見她倒滿一杯啤酒，站起來退開兩步，雙手往身後一背，瞟了一眼幾個夥伴，然後哈下腰去。

張勝以為她要咬住杯沿，把這杯酒仰身灌進嘴裏，這一招他見廠工會主席使過的，可是秦若蘭的確咬住了杯沿，但不是靠她的一側，而是杯子的外沿。

張勝心中大奇，這樣咬住杯子，一仰身酒還不全灑身上了，誰有那麼大的下巴，可以兜住整杯酒？

卻見秦若蘭咬住了杯，卻沒有仰身，而是將上身彎了下去，不知她是怎麼做的，雙腿立得筆直，上身一邊向下彎，一邊吞咽著流出的酒液，居然上身倒立著把一杯酒全乾了。

張勝目瞪口呆，驚笑道：「她怎麼做到的？太厲害了！」

徐海生笑道：「的確有難度，腰力不夠不行、彎不下去不行、喉部肌肉的吞咽無力不行，一個掌握不好，酒灑了、嗆了或者灌進鼻子，那就丟人了。這女孩厲害，哈哈，張勝啊，你以後也少不了應酬，等文樓回來，咱們也鬥鬥酒，你多少得練著點兒。」

楚文樓回來，一聽鬥酒頓時來了精神，搓著手道：「好啊，徐哥，你說，咱們怎麼個鬥法？」

徐海生笑道：「咱們比不得那些年輕人，來個文鬥吧，斯文點。我寫三個條子，分別是皇上、娘娘和奴才。抽到哪個條子，在今天飯局結束之前，對抽到條子的人都得按這種稱呼，比方說我抽到皇上，你抽到奴才，直到離開酒店之前，只要說話，就得稱呼我皇上，自稱奴才，我說話呢，就稱你奴才，自稱為朕，說錯了話的就自罰一杯。」

這麼有趣的鬥法，讓張勝和楚文樓都聽得笑了起來，當下徐海生就用餐巾紙寫下三個稱呼團成一團，各自抓鬮。

張勝攤開了紙條一看，是皇上。徐海生打開紙條一看，是娘娘。二人一齊拿眼去看楚文樓，楚文樓苦笑一聲，無精打采地道：「不用看了，我他媽的肯定是個奴才。」

徐海生用新稱呼商量事情：「皇上，本宮以為，一開始不用招那麼多人，一個會計、一個出納、一個司機、一個門房、一個辦公室文秘再加一個保潔員，這就差不多了，麻雀雖小，已是五臟俱全，至於廣告上怎麼打，不過是為了擴大影響嘛。」

張勝忍著笑道：「娘娘，朕覺得，公司總該有個公司樣子，何況冷庫馬上就要開，水產批發市場也在建，廠房建設那邊也得有私人，再說……奴才也不能總是光杆兒司令一個呀。」

楚文樓咧咧嘴說：「是呀，皇上、娘娘，奴才的腿都快跑細了，身邊沒有人用可不行，公司多了不招，一二十個跟班總得有吧，要不讓人家看了，也小瞧咱們企業的規模。」

徐海生和張勝聽他這「奴才」說得有趣，忍不住哈哈大笑。

張勝說：「娘娘，朕明天在醫院再住一天，然後就去工地幫忙，下週末就要開業了，朕的辦公樓裝修這周內必須完工，廠房修建也得加快進度，這樣領導來了才有個樣子呀。」

「皇上放心吧，裝修隊正在日夜趕工，本宮這兩天要聯繫一下道賀的企業，場面該講還得講嘛。對了，奴才，招聘合同要印正式的，這些小節得注意。」

楚文樓彆彆扭扭地道：「奴才知道了，已經印了四十份，一式兩份是吧？明天我拿給你看看，要是不合適我再改。」

徐海生道：「奴才你都印好了，本宮還看什麼啊？只要沒有大錯誤……噯，不對不對，什麼『我拿你給看看』，你說的不對，罰一杯，罰一杯！」

楚文樓無奈，只好自罰一杯。

徐海生說得越來越溜，楚文樓大概是對奴才兩個字有抵觸，經常說錯話，沒多久就喝得醉醺醺的了，張勝雖也被罰了幾杯，不過比他機警得多，出錯的時候極少。這一來徐海生便專門拿楚文樓開刀了，總是故意逗他說話，一時滿屋子都是本宮、奴才的對話，不知道的一腳踏進來，還以為跨越時空到了大清朝。

張勝見二人玩得有趣，趁機喝幾口茶醒酒。他的目光無意間向外一看，恰好看見秦若蘭和那個叫朱成碧的女伴拉著手去洗手間。

她一離開，原本坐在她身邊的李浩升立即把哨子和李爾叫到身邊，神色詭秘地說起話來，說了片刻，李浩升拿過秦若蘭的酒杯，往裏倒了點伏特加，又加滿冰鎮啤酒，然後投了顆青色的小東西進去，拿起她的筷子輕輕攪拌起來。

張勝心裏「咯噔」一下，忽地想起當初在酒店碰到的那個生意人下藥騙姦女孩子的事來，他們這是幹什麼？難道舊事又要重演嗎？

包房外，李爾攬著李浩升的肩膀，嘿嘿地笑道：「浩升，真要灌醉你表姐呀？」

李浩升道：「我二表姐酒量大著呢，不用這招她醉不了，每回找我們喝酒都是我們酩酊大醉，今天我得灌醉她一回，看看她的醉態，省得她老跟我吹噓。」

李爾擔心地道：「裏邊摻了白酒，她會不會品出來？」

李浩升道：「不會，少量伏特加摻冰鎮啤酒，再用青橄欖調調味，度數提高不少，但是喝的時候根本嘗不出來！」

哨子一聽，興致勃勃地道：「你從哪學來的，還有這種秘方？來，我給成碧也調一杯！」

李爾趕緊阻止：「不行，她一醉就哭，哭起來就沒完，這種酒品，她喝醉了你哄她呀？」

哨子一聽，趕緊打消了主意。

三個人攬著肩膀說話，張勝就聽不清了，看他們竊竊私語，更懷疑他們不懷好意，這一來張勝就關心起外邊的動靜來。

徐海生剛才也注意到外面那個女孩了，他瞇著眼仔細打量過，很清爽、很甜美的一個小女孩，卻不是他中意的成熟少婦類型，看來張勝挺喜歡這種類型的女孩。

徐海生淡然一笑，只當張勝飽暖思淫欲，手裏有了幾個錢，就開始想女人了，所以並不在意。出來混，老婆早晚要換的，這種事他見得多了，再說，張勝如果好財好色，更易於被他控制，變成他的同路人，徐海生對此是樂見其成的。

秦若蘭和朱成碧回來了，張勝仔細看了一眼，酒中青色的東西還在，他放心了，秦若蘭不像喝多的樣子，她不會看不到酒裏有東西。

秦若蘭坐下，果然發現了杯中的東西，只見她扭頭向一旁的李浩升問了幾句什麼，就笑嘻嘻地端起了酒杯。

張勝的心一下子提了起來，他還來不及阻止，秦若蘭已經一飲而盡，杯底靜靜地留下了一粒青青的東西，秦若蘭把它倒在掌心，張勝這才看清是一枚青橄欖，他不禁啞然失笑。

一朝被蛇咬，十年怕井繩，自己大概是因為上一次的事，弄得有點神經過敏了，朋友間喝酒搞搞惡作劇是很正常的，看那三個年輕人好像比秦若蘭還小著兩歲，毛還沒長齊的小子敢做什麼？自己真是多疑了。

包房內外的鬥酒仍在繼續，楚文樓喝得直往桌子底下出溜，現在奴才這個自稱他已經說得很溜了，只是一會兒皇上、一會兒娘娘的老叫錯，於是那酒便也一杯杯不斷地灌下去。

包房外也喝到了一個小高潮，朱成碧和李爾在玩「空中加油」，一個人昂起腦袋坐著，張開嘴巴，另一個人用嘴小心翼翼地叼起高腳酒杯的底座，把酒慢慢地倒入對方的口中……

秦若蘭則跟李浩升和哨子兩個人在劃拳，輸的人便喝一杯，張勝注意到兩個人趁秦若蘭不備，還是經常給她倒那種勾兌過的酒，她卻一點沒有察覺。

張勝見了不禁暗暗搖頭：「唉，真是個粗心大意的丫頭……」

快十一點的時候，張勝和徐海生駕著楚文樓走出酒店，徐海生酒量好，只是微醺，楚文樓爛醉如泥，張勝比他好得多，但是一來也沒少喝，二來感冒畢竟影響精神，所以也有點頭重腳輕。

秦若蘭一行人也於此時走了出來，秦若蘭酒量雖好，但是喝了至少十多杯加料的酒，結果還是喝醉了。她的身子軟得像麵條兒似的，毫無形象地被表弟李浩升扶著，醉眼朦朧，東倒西歪，還在口齒不清地大聲吹牛：「我……告訴你，李浩升，你……你想……灌醉我，別說……門兒！窗兒都……沒有。我……我三歲……爸爸就蘸著酒餵我……」

這句話還沒說完，她就頭一垂，「壯烈犧牲」了。

李爾幸災樂禍地道：「這回她可真醉了，哈哈，小心她明天找你算賬。」

張勝隱約聽到一些，他不放心地回頭看了一眼，身邊楚文樓還在喃喃自語，對他的聽力造成了一些干擾，所以支離破碎的聽不全。

李浩升一臉奸笑地小聲道：「她敢！我有絕招對付她。她喝成這樣，我不送她回去了，省得挨姑媽罵，我帶她回我家睡。」

張勝側耳傾聽，只看到他的一臉奸笑，還有最後那句「回我家睡」，張勝心頭頓時一緊，他最擔心的事還是發生了，真是無恥！為什麼男人總喜歡灌醉女人占她們便宜呢？蹂躪一個沒有知覺的女人就那麼開心？

「她不是總誇自己酒量好，是千杯不醉秦若蘭麼？我帶回去拍幾張她醉成一攤爛泥的照片，那就是把柄，到時候醜態畢露，照片在手，她敢向我問罪？哈……哈……哈……」

李浩升仰天大笑三聲，一低頭，一個陌生的男人已經瞪著噴火的眼睛站到了他的面前，這人頭上還纏著繃帶，那模樣實在古怪。

「呃？你是誰？幹嗎擋道？」李浩升奇怪地問道。

徐海生架著楚文樓正在叫車，楚文樓的體重一下子全壓在他的身上，扭頭一看，原來是張勝忽然跑開，跟那夥剛剛走出酒店的人正在說話。

「終於忍不住上前搭訕了！」徐海生淡淡一笑，扭頭向遠處的一輛計程車招手。

「她是你朋友？」張勝忍著滿腔怒火問道。

李浩升和李爾互相看看，點頭道：「就算是吧，怎麼了？」

「就算是？」張勝大怒，伸手就要把秦若蘭搶過來：「把她給我。」

李浩升一撥他的手，不悅地道：「哎，幹什麼你，你是她什麼人？憑什麼把人交給你？」

張勝見這幾個小流氓體格比他好得多，硬搶怕是搶不過來，他急中生智，忽地想出一個理由，一般來說，臨時有了色心的人聽到這個理由都會理屈放棄的。他把胸一挺，理直氣壯地喝道：「我是她什麼人？你說我是她什麼人？我是她男朋友！你們幾個想幹什麼？少說廢話，快點把人給我！」

「男朋友？」李浩升的眼睛瞇了起來，一絲危險的氣息在他眼底浮起：「她住哪兒，多大年紀，做什麼工作？」

張勝一愣，吃吃地道：「她……她是護士……我……為什麼要告訴你這些？你算老幾！」

這時哨子邁著太空步走了過來，搖搖晃晃地問：「出……出了什麼事？」

李浩升冷笑道：「沒什麼，一個想泡小蘭的流氓，居然弱智地冒充她男朋友，結果被我問住了。」

哨子酒量淺，喝得有點高了，一聽這話，想也不想，掄起拳頭就是一個雹炮：「我靠，你膽了挺肥的！」

哨子壯得像台機器，練過幾年的散打和拳擊，這一拳下來，張勝立即感覺自己脫離了地心引力翱翔在宇宙之中，滿天星斗都在他的身邊盤旋。

徐海生剛剛打開車門，還沒把矮胖如豬的楚文樓塞進去，就見張勝被人一拳打飛出去，他立即快步趕過來，厲聲喝道：「喂，幾位小兄弟，怎麼動手打人？」

「徐……徐哥，快報警，他們……他們意圖對……對那女孩不軌！」

張勝勉強說完，就頭一歪，暈了過去。

李浩升聽他說話似有蹊蹺，連忙攔住還想再踹他幾腳的哨子說：「等等，等等，好像有點誤會，搞清楚再說。」

楚文樓沒有人扶，一下子就滑到地上，滾燙的臉貼著馬路，涼涼的很舒服。有了涼意，他的大腦也清醒了些，便爬起來一溜歪斜地走過來，他一見張勝仰面倒在地上，立即驚叫一聲，大著舌頭道：「啊！娘娘這是怎麼啦？」

「啪！」

他給自己的胖臉一個響亮的大嘴巴子，流著口水傻笑道：「錯……錯啦！不是娘娘，嘿嘿嘿，是皇上，我……罰……罰……罰酒一杯！」

早晨，空氣清新，陽光燦爛。

張勝悠悠醒來，耳畔立即傳來一陣「呼嚕呼嚕」豬搶槽的聲音，向旁一看，郭胖子腦袋上纏著繃帶，跟個傷兵似的，手裏捧著大搪瓷缸子吃得正歡。

一見他醒來，郭胖子便笑嘻嘻地道：「大英雄醒啦？快起來吃東西吧，再過會兒就涼了，豬肉大蔥餡的餛飩，香著呢，趁熱吃。」

張勝腦袋發暈，有種時空錯亂的感覺，好半晌才把自己的記憶理順了，他驚叫一聲坐了起來：「我怎麼在這兒？壞了！壞了壞了！這下壞了，昨天晚上有幾個小子把秦護士灌醉了想非禮她，我……去攔著，想把她搶回來，然後……然後……然後怎麼了？」

郭胖子笑得渾身肥肉亂顫：「然後你被人家表弟當成不懷好意的色鬼了，他朋友一個電炮就把你打飛了，哈哈哈哈……」

張勝愕然道：「表弟？誰表弟？」

三號床的大哥笑道：「就是秦護士的表弟嘛。張老弟啊，你是個熱心人吶，現在這樣的人可不多了，不過你昨天可搞錯了，年輕人喜歡胡鬧，那三個小夥子只是跟秦護士惡作劇，故意捉弄她，那個要帶她回家的是她表弟。結果你這一攔，他們倒把你當成了不懷好意的色狼，後來你朋友總算和他們說明白了，是他們幾個幫著把你抬回來的。」

張勝發呆半晌，才消化了三號床說的話，他窘道：「原來是這樣！我……把他們的話聽誤會了！」

郭胖子連湯帶餡地吃完了餛飩，抹抹油嘴道：「太有創意了，『我是她男朋友』，哈哈哈……好老套的英雄救美，好離奇的英雄末路，哇哈哈哈……」

張勝惱羞成怒，瞪他一眼道：「滾你的，我那……兩位朋友怎麼樣了？」

還是健談的三號床回答說：「他們沒什麼事，你有一個姓楚的朋友喝太多了，掐著嗓子扮太監，一口一個奴才地亂叫，被值班護士往外趕，你另一個姓徐的朋友就送他回家了。秦護士的表弟和兩個朋友很過意不去，還說今天來看你呢。」

張勝一聽滿臉通紅，沒想到自己搞出這種烏龍事來，要真把人搶過來也算了，結果充了半天好漢，自己卻被人一拳打回了醫院，哪好意思再見人？他急忙說：「我今天就得出院回公司去，不能在這待著了，一會掛完點滴就辦出院。」

他正說著，房門忽然開了，一時間如推窗望月，月照庭前，娉婷一枝梅花瘦，一個清爽宜人的美人出現在門口。黛眉是上弦月，笑眼是下弦月，俊俊俏俏的一張臉，頭髮梳成兩絡垂在胸前，白色的T恤衫，胸前拱出一個櫻桃小丸子的誇張大頭像，一件鬆鬆垮垮的牛仔褲，透出幾分休閒。

「秦……秦……」張勝喃喃地說不出話來。

秦若蘭調皮地一笑，輕盈地飄了進來：「今天我不當班，不是護士喔！你怎麼樣了，沒被那個蠢蛋打傷吧？」

張勝臉一紅，忙道：「哦，我沒什麼事，當時也是喝多了點，睡一覺就好了。你……你昨天醉得那麼厲害，沒想到恢復得這麼快。」

秦若蘭得意地一笑，一挑額前瀏海，自吹自擂地道：「那當然，他們要是不耍詐，想灌醉我，別說門兒，窗都沒有。我三歲的時候爸爸就蘸著酒餵我喝，我的酒量之大，可不是一般二般的戰士……」

張勝忍不住「噗哧」一聲笑了出來：「嗯，你這話我已經聽說過了。」

秦若蘭驚奇地睜大了眼睛：「是嗎？誰告訴你的？我表弟說的？」

張勝忍俊不禁地道：「昨天晚上你自己說的呀，怎麼，你不記得了？」

這一說，秦若蘭的臉也紅了，她沒好氣地對外邊喊：「你們三個，都滾進來！」

門外立刻有三個年輕人魚貫而入，就如侍候在娘娘身邊的小太監，規規矩矩的，眼觀鼻、鼻觀心，心觀自在，正是李浩升、李爾和綽號哨子的三個青年。李浩升捧著一個看起來有點誇張的大花籃，李爾和哨子則一人捧著一摞大大小小的禮盒。三人在張勝的病床前一字排開，斜著眼睛去看秦若蘭。

秦若蘭把俏眼一瞪，三人立即無奈地向前一彎腰，李浩升扯著嗓子道：「張大哥，昨晚對不住了，我們有眼不識泰山，還請張大哥恕罪則個。」

秦若蘭抬起腿照著他的屁股就是一腳，笑罵道：「有點誠意好不好？還則個，則個屁，你以為你是魯智深啊？怎麼不先唱個肥喏再說？」

她這一說，李浩升三人已先忍不住笑起來，郭胖子和三號床也跟著大笑起來，氣氛頓時放鬆下來。張勝連忙下地道：「別客氣，別客氣，也怪我，沒搞明白狀況，把你們當成了壞人，我想救人又怕打不過你們，所以才想玩點花樣，沒想到這辦法太蠢，反而引起你們的誤會。」

李浩升呵呵笑道：「張哥這法兒其實好使，不管誰正打著壞主意，人家的真命天子到了，都得收斂一下。」

李爾笑道：「可惜，我們和這位二小姐整天一起混，她要有男朋友，是瞞不過我們的。」

張勝苦笑一聲，摸著鼻子道：「我要知道這位兄弟是她表弟，也不敢這麼說了。那一拳把我打得整個人都飛起來了，到現在胸口還痛……」

秦若蘭聽得眼波一閃，那眸光就像風吹過鏡一般的湖面，蕩起一層漣漪：「男朋友？這個傢伙，還真能掰。」

她大大咧咧的性子一向爽朗大方，可是不知怎地，一聽到「男朋友」這三個字，竟然有點忸怩了。

哨子嚼著口香糖，大大咧咧地向張勝伸出手：「張哥，昨天動手的是我，不好意思，兄弟當時也喝多了。聽說張哥也是生意場上的人？小弟整天在家混吃混喝，還沒個正經工作，不過我老爸還管點事，是萬客來超市的總經理，你生意場上要是有點大事小情的跟我說一聲，要能幫上點忙，就算我給你賠禮了。」

超市當時是新生事物，萬客來超市是省城第一家大型超市，每天的營業額達數百萬元，貨物吞吐量驚人，但凡做生意的，還沒幾個不和它打交道，不想和它打交道的，張勝一聽不禁又驚又喜。

秦若蘭哼了一聲，鄙視道：「用不著見了人就抬出你老爸，啥時候自己有出息了，說出去才光彩。李爾家裏也是做生意的，搞水果、蔬菜、酒類批發，李氏批發你聽說過吧？至於他們本人，都是些不務正業的二世祖，除了吃喝玩樂啥也不會，你是踏實幹實業的人，不用搭理這些三流子。」

曾經的暴發戶加變態小流氓，變成踏實肯幹的創業者，如此巨大的轉變，不過是秦二小姐一句話的事。

張勝可沒注意她對自己評價的改變，他現在就像一口氣幹了一大大碗公的高粱燒，已經暈暈乎乎不知所以了。一個是省城最大、日營業額數百萬的大超市，一個是批發行業的巨頭，自己無論是建冷庫還是開批發市場，如果能和他們搭上界，得到他們的支持與合作，那是一種怎樣的場面？這真是踏破鐵鞋無覓處，得來全不費功夫，都是貴人啊！

趙金豆去派出所送資料的時候，接待她的是派出所副所長鄭洪飛，此人正是被告嚴虎弟結識的那位派出所領導。

鄭所長與趙金豆握手時熱情得很，半天都沒撒開，可是一聽來意，知道她是郭胖子的家屬，那架子便端了起來。他隨意看了看醫院的病歷和鑒定結果，拿腔作勢地道：「我派人去現場調查過，是你丈夫先動的手嘛，雖說他的傷勢較重，但是事情是他挑起來的，我們警方是不會支持他過分的請求的。」

趙金豆年輕漂亮，做生意做久了又慣會察言觀色地說小話，雖然張勝說過已經托了人，她也不敢得罪這位鄭所長，陪著笑臉說了會話，哄得鄭所長眉開眼笑，語氣便和緩下來，又說如何妥當地解決這件事，他們還需要進一步考慮。

也不知鄭所長是比較健談，還是特別喜歡和她說話，東拉西扯說了半天，也沒有讓她離開的意思，漸漸地便由案情聊到了趙金豆的家庭和工作。聽說她在小二路市場賣小百貨，鄭所長便特意提及他的孩子學習需要買個枱燈，他的老婆有風濕病，想要買個電熱毯，可是工作太忙，一直沒顧得上云云，話裏話外的用意不言而喻。

趙金豆心裏對這個人無比厭惡，面上卻又不敢露出形色，只得耐著性子陪他東拉西扯。

鄭所長跟趙金豆正黏糊著，忽地接到個電話，電話是分局艾局長打來的，問清了接電話的人，便詢問浴室鬥毆事件的經過和調查情況。鄭洪飛不明分局長的用意，小心翼翼地探問一番，艾局長說：「哦，沒什麼，報案的那個姓郭的，是我一個朋友的晚輩，我受人之托問問案情的進展，你不要有什麼負擔，儘管秉公而斷。」

鄭洪飛心裏「咯噔」一下，他偷偷瞟了趙金豆一眼，見她好像不知道和自己說的事情正和她有關，便咳嗽一聲道：「局長，這個案子還在調查之中，目前還沒有處理結果。您放心吧，我會把案子調查清楚，秉公而斷的。等有了處理結果，我一定第一時間向您彙報。」

撂下電話，鄭洪飛也沒心思跟趙大美人索要東西了，他悻悻然地送走了趙金豆，立即打電話給嚴虎弟，第一句話便是：「老弟，你的案子不好辦了，這回壞了！」

嚴虎弟在電話裏滿不在乎地嚷嚷道：「鄭哥，你不用這麼唬人吧？這一帶還有你老哥擺不平的事？」

鄭洪飛一聽急了：「虎子，我這說正經的呢，我哪知道那死胖子看起來蔫不拉嘰的，居然能搬動分局的艾局長為他說話呀，我看這次的事，真他娘的不好辦了。」

嚴虎弟一聽也著急了，忙道：「鄭哥，真的那麼嚴重？我也沒對他怎樣呀，不就是踹了他兩腳嗎？」

鄭洪飛打斷他的話道：「得了，人家的驗傷報告現在就在我手裏呢，輕傷乙級，夠拘留你了。我看艾局長那語氣還不是太嚴厲，只要把那死胖子應付好了，應該沒太大問題，你說吧，是願意破財消災呢，還是進去蹲個十天半個月的？」

嚴虎弟一聽頓時沒了聲，鄭洪飛不耐煩地道：「怎麼著？你這下句讓我等到明天去？我明天就得給局長回話了。」

嚴虎弟吭哧半晌，才肉痛地道：「聽說裏邊的哥們特別欺生，進去……那不得給扒層皮呀？鄭哥，你看，要不，我拿一千塊錢行不？」

鄭洪飛一聽怒道：「你說行不？你自己想吧！」說完就掛了電話。

一個小時後，嚴虎弟就乖乖送來了三千五百元錢，又陪著笑臉約他吃飯，鄭洪飛這才答應幫他周旋。

第二天，也就是張勝在醫院裏悠悠醒來的時候，趙金豆接到鄭洪飛通知，說案子調查有了進一步結果，讓她去一趟派出所。

這一次，鄭所長的口風完全變了，說是經過他細緻入微的工作，親自詢問浴池老闆，並走訪當時在場的客人，終於弄明白了事實真相：雙方先是口角衝突，之後嚴虎弟動手打人，致郭胖子受傷住院。肇事者行為惡劣，後果嚴重，派出所準備予以嚴肅處理，必要時將給予行政拘留處分，今天叫她來，是想詢問一下受害者家屬意見，儘量圓滿解決這個案子。

趙金豆按張勝說的，提出了經濟賠償請求，鄭洪飛聽了頓時鬆了一口氣，他還真怕郭家不接受經濟補償，而是堅決要求嚴懲肇事者，這時聽她提出的是經濟方面的賠償請求，立即一口答應，說馬上去找被告交涉，務必滿足受害者的要求。

等趙金豆走了，鄭洪飛在所裏磨蹭了一個多小時，才親自趕到小二路市場，把治病費用和所謂的誤工費、營養費共計三千元交到了趙金豆手裏。趙金豆欣喜之下，便要送他一套枱燈和電熱毯，鄭洪飛義正詞嚴地予以拒絕，說啥也不要。

趙金豆無奈，便到旁邊做牌匾錦旗的鋪子給他要了面錦旗，那店主是她朋友，拿面錦旗自無不妥。不過錦旗一般是定做，這一幅是店主做出來掛在牆上充樣子的，內容並不十分貼切，鄭所長打開錦旗一看，上面寫的是「雷霆出擊、破案神速」。

鄭洪飛哭笑不得，只得收了錦旗，灰溜溜地去了。

賠償費到手，郭胖子在醫院裏再也待不住了。窮人的身子骨不值錢，要不是聽張勝說得篤定，說有貴人相助，可以替他討回公道，郭胖子哪敢住院？頂多在心裏幻想，如果有一天嚴虎弟落到自己手裏，一定要讓他嘗嘗滿清十大酷刑的滋味，讓他求生不得，求死不能，如此等等。阿Q完了，還不是得自認倒楣，灰溜溜地回家了。

現在賠償到手，再讓郭胖子多花一分錢也嫌肉疼，於是收拾收拾就嚷著出院。此時李浩升、李爾幾個人都在，聽張勝把事情經過一說，哨子笑道：「張哥，你因為幫助郭哥而住院，因為幫助蘭子而與我們結識，這也是場緣分。如今郭哥出院，就讓兄弟做東，咱們去對面喝上幾杯慶祝一下吧。」

張勝有意結納這幾個年輕人，於是欣然應允，郭胖子因為案子贏了，也是心花怒放，吐氣揚眉。當下秦若蘭便幫張勝和郭胖子辦了出院手續，郭胖子和張勝都是一腦門的繃帶，讓哨子和李爾幾人架著，興沖沖地闖進了酒店。

張勝和李浩升、李爾、哨子幾個人很談得來，酒席宴上聊了一陣，感覺甚是投緣。這三個年輕人雖被秦若蘭稱為二世祖，其實從小都循正常途徑接受教育，雖說家財萬貫，可是平常連零花錢拿得都不比普通孩子多。

他們的父輩都是靠精明和勤奮打拚出一片天地，這和一般的暴發戶截然不同，創業的艱辛，讓他們對後代的教育也不敢稍有放鬆，所以在李浩升這一代身上並沒有浮躁、狂妄的脾氣，只不過比一般的同齡人自由空間更大罷了。

三個人畢業後在自家企業打零工，熟悉各個環節的工作經驗，所以年紀雖輕，耳濡目染之下，商場上的知識和見識卻比張勝高明得多。

哨子仔細聽了張勝的打算，和預備建設的冷庫規模、成本以及生產加工、貯存、運輸等條件後，幫他分析道：「現在人們生活水準和營養意識不斷提高，越來越多的人反季節食用水果、蔬菜，因此保鮮食品量日益增多，相應的水果、蔬菜及肉類的冷藏業效益也就相當可觀。由於企業生產規模、生產方向經常根據市場需求進行調整，所以耗資自建大型冷庫的企業並不多，這一來，建冷庫進行招租就很熱門了。我覺得你不該貪多，應該要著重發展一點，把冷庫先做起來。」

李爾笑道：「張哥，哨子說得有理，心急吃不得熱豆腐，我也不贊成你同時鋪開兩條線。一個批發市場想形成規模、想擁有人氣，不是一朝一夕的事。我家就是搞批發的，我告訴你吧，投建批發市場，一般頭一兩年都是保本甚至賠錢經營的，目的就是聚攏人氣。從你的情況看，你目前是沒有資金實力佈局的，批發市場不妨先緩一緩。」

「你準備建批發市場那片地不是剛整理出來嗎？我建議你先停一停，省下來的錢投在冷庫建設上，你原打算建三個冷庫，全是冷藏冷庫，我覺得你可以在規模和品種上擴張一下，建造冷凍冷庫、保鮮冷庫、速凍冷庫、冷藏冷庫和雙溫冷庫五種中型冷庫。」

「張哥，這樣風險小，好運作，我和哨子可以幫你介紹客源，蔬菜、肉類、冷飲、食品、花卉、茶葉、藥材等等各個行業的客源都可以吸收。那些客戶批發都要經我家，銷售要經過哨子家的超市，我們老頭子說句話，在哪兒儲藏都是儲藏，你的客人就上門了。」

「單是出租的話，按存放每噸貨物的庫房純收入為二元／日計算，一個中型庫，日純收入為一千八百至兩千元，月收入五萬四千元萬至六萬元，每年按八到幾個月計算，一個庫年純收入就能達到五十萬元。等你立住了腳，可以自己收購商品，應季儲藏反季出售，那樣的話，年收入還能翻倍，張哥，你覺得我的建議怎麼樣？」

張勝仰起臉來仔細想了半晌，長歎一聲道：「聽君一席話，勝讀十年書！和你們一比，我實在是……這商場上的東西，我要學的實在太多太多了。」

秦若蘭微笑道：「你也不必妄自菲薄，聞道有先後，術業有專攻，他們那是老子種樹兒乘涼，沒吃過豬肉還沒見過豬跑？不比你白手起家，全靠自己！」

張勝難得聽到這潑辣的小姑娘鼓勵自己，心下很是感動，但還是謙虛地道：「我說的是真心話，哨子他們年紀雖輕，可是這份眼光見識，我實在遠遠不及。」

秦若蘭笑嘻嘻地道：「哪裏哪裏，昔有趙高指鹿為馬，今有張勝指狗為豬，這份本事，他們也是遠遠不如！」

張勝沒想到她還記著這件事，不禁苦笑連連。李浩升聽著十分好奇，連聲追問不已，問明了事情經過，他大笑道：「女人都是小心眼兒，是萬萬得罪不得的，針尖大的事，她們也能記上十年。兄台，對女人，敬而遠之才是王道啊！」

張勝配合地拱手笑道：「賢弟至理名言，受教，受教！」

秦若蘭哼了一聲，說：「王道？王道嘛……就是皇宮裏的路，以為護士不會玩手術刀嗎？再敢在我面前說女人的不是，信不信我讓你們一個個都走上皇宮的康莊大道？」

幾個男人一聽，立即閉口不言，不過一個個擠眉弄眼，互相傳遞的資訊不外乎是：「敬而遠之，才是王道啊！」

酒席散後，哨子要開車送二人回家，二人婉拒不過，便讓他送郭胖子回去了，張勝頭上的傷還沒好，回到家裏老爹老媽難免又要嘮叨，便直接去了工地。

一見到徐海生，張勝便把哨子和李爾的建議，按照自己的理解重新整理後對徐海生說了一遍。一開始徐海生就不贊成開批發市場，只是張勝一心想辦實業，張二蛋又一味求大求全，徐海生才一笑置之，如今剛剛鋪開攤子，自己又改了主意，張勝說著頗為不好意思。

徐海生笑道：「沒什麼，做生意講究的就是活、就是變，順勢而為、因時而變，隨時根據市場動向變更自己的投資意向和經營方向，漫說咱們現在還沒建批發市場，就是已經蓋了大半了，如果判斷不賺錢、風險大，也得有壯士斷腕的勇氣馬上停建，寧可已經損失，絕不擴大損失。」

張勝在心裏默默地消化著他的話，暗自點頭稱是。

這時楚文樓頂著個酒糟鼻子興沖沖地跑進來，他平時鼻子沒事，只是一喝醉了就堵得慌，總拿手揉來揉去的，硬給搓成了酒糟鼻子。

一見張勝，他驚訝地道：「張總，你出院了？怎麼也不說一聲，我好去接你呀。」

張勝道：「我的傷不重，本來就不想住院的，不過是為了就近照顧朋友罷了。如今他的案子解決了，他回家養傷去了，我就回來了。你沒事吧？昨天喝那麼多。」

說到這兒，他想起昨夜皇上娘娘奴才的酒令，忍不住笑起來。

楚文樓覺得有點不好意思，他揉了揉通紅的鼻子，也笑道：「沒啥，跟徐哥鬥酒令醉得一塌糊塗，不過睡一宿也就醒了。對了，我剛剛接到天津保稅港的電話，說咱們訂的平治三〇〇已經到貨，儘快帶齊手續去提貨。」

張勝聽得一頭霧水，以為沒和他打招呼又訂購了什麼進口車，連忙追問道：「什麼平治三〇〇？咱們不是就訂了一輛賓士嗎？又訂別的車了？」

徐海生失笑道：「老弟啊，平治就是賓士呀，香港那邊習慣這樣稱呼，國內大多稱為賓士。就憑咱們公司的註冊資金，這都還托了張二蛋的關係，外經委才給批了這麼一台車，想再買一台，難嘍！」

那時國家對外資企業、合資企業相當優惠，營業稅三年免，兩年減半，進口設備免關稅，所以進口車等高消費品必須嚴格控制，否則一家合資企業只要大量進口免稅轎車，再轉手倒賣，賺錢也比印鈔票容易。

張勝這才恍然大悟，楚文樓喜滋滋地道：「這車還真到得巧，抓緊時間提回來，正好能趕上開業前上牌照。開業時有輛黑牌照的賓士裝點門面，那才威風。」

楚文樓說完，挺胸收腹，一臉的躊躇滿志，矮胖的身材彷彿也高大了幾分。

張勝也被他的興奮勁兒感染了，徐海生在一旁說：「那就得馬上派人去天津提貨了，我走不開，誰去好呢？」

楚文樓忙拍拍胸脯道：「我，我去好了，保證把車安全、準時地開回來。」

徐海生笑著搖搖頭：「不行，公司開業在即，方方面面的關係需要打理，我現在恨不得生出三頭六臂來，你哪裏還走得掉？再說，你那車技我也看過，還不到一年的車齡吧？跑長途取車，又是一個人，太危險了。」

張勝忙道：「不如委託別人去吧，付點辛苦費就成了。我弟弟是跑長途大客的，認識許多開車的朋友，我找他介紹個人來？」

徐海生點點頭，說：「一個人不行，太容易疲勞了，得換著開，這樣吧，文樓啊，你向張老爺子借個司機來，跟咱們張總找的司機一塊兒去。」

楚文樓不能第一時間開上新車，未免有點遺憾，不過想想自己原本是糧食局系統的一個會計，學車本沒多長時間，方才光顧著高興了，聽徐海生這一說，他才想起自己還從沒上過高速公路，可別出點什麼事，於是便點頭答應了。

寶元匯金實業公司的招聘在週一準時開始了。在張勝心中，這是非常重大的時刻，他要招兵買馬，幹一番事業了。

但是徐海生卻沒有出現在招聘現場，徐海生熱衷於撈偏門，最擅長的是投機資本的運作，股市、房地產、期貨、兼併重組、貨幣市場才是他真正長袖善舞的地方，他對正經生意沒興趣，也不認為張勝能幹出一份大事業。

他之所以答應劃出十來畝地搞冷庫，並籌備時機成熟時建水產市場，只是為了拉住張二蛋、穩住張勝，讓他們安心做任由自己擺佈的棋子，他的精力並不在這兒，所以當然不在乎張勝招些什麼人來。

第三章 從螺絲釘變成大老闆

明天，公司就要對外營業了，張勝站在粉飾一新的辦公大樓前，望著屬於自己的這家企業，一時感慨萬千。

前年的一名小職工、去年的一名飯店小老闆，現在也成了一家企業的董事長，世事之變化莫測莫過於此。

當初決定買這塊地時，是抱著事不成則蹲大獄的決心拚下來，沒想到竟然有了今日的規模，今後又會如何呢？

張勝坐在會議室主位上，面前擺著招聘的牌子。他今天穿著十分正式，坐在這兒，他就掌握著所有求職者的生死大權。這是何等風光的大事，這是張勝以前想都不敢想的。

當初他找工作的時候，對這些掌握著自己命運的招聘者何嘗不是懷著戰戰兢兢的心情？想不到一轉眼的工夫，他也有資格決定別人的命運了。

真的要感謝郭胖子心臟驟停的那一刻，真的要感謝那位氣勢洶洶的崔知焰崔副主任，世事有時就是這麼奇妙，一件看起來很荒唐的事，都有可能改變你的一生！

有幾個職位已經內定了，比如保安隊長兼冷庫看守員是郭胖子，郭胖子胖得連豬都追不上，讓他摟個電棍當保安似乎不太合適，但是他肯定能幫自己看好這個家，只要能帶好他手下的人就成了。再加上他是電工，巡視冷庫的時候連安全保衛帶電路檢查都齊了。

財會方面，徐海生介紹來一個很有經驗的會計和一個出納。這套財力班子就能搭起來了，這是一家企業的核心部門，全部用剛剛招聘的人還真不放心，既然是徐海生介紹來的，張勝便一概錄用了。

剩下的崗位便不是很多了，眼看著外邊排得長長的隊伍，想想自己真正要錄用的不過寥寥數人，張勝頗能體會那些求職者的心情。

寶元匯金公司的廣告打得響亮，扣在上面的寶元這頂帽子更是貼金，所以前來應徵的人很多，足有三百多人。

一個高個兒女孩推開門，先是禮貌地向兩位主考官淺淺一笑，這才姍姍走了過來。這是第一百零四位應聘者了，張勝從早晨坐到現在，接待的人形形色色，現在已經沒了剛開始的勁頭。不過這個女孩身材出眾，打扮得也十分豔麗，倒是令人精神一振。

「請問，你應聘什麼職位？」張勝掐滅了煙頭問道。

女孩綻顏一笑，柔聲說：「我應聘文秘！」

張勝盯著她豔紅的嘴唇，心想：「唇膏太紅了。」

見張勝盯著自己看，那女孩有意地挺了挺特別飽滿的胸，很有味道地瞟了他一眼。

「咳！你有文秘方面的工作經驗嗎？」

「當然啦！老闆……」女孩眨眨眼，說得很曖昧：「唱歌、跳舞、處理文案，人家都在行，而且人家是外地人，一個人在本地，如果單位要經常加夜班的話……那也沒有問題的。」

楚文樓正嚼著茶葉，一聽這話，一口茶葉根全吸進了嗓子裏去，強憋了片刻，便滿臉通紅地鑽到桌子底下咳嗽去了。

張勝淡淡地道：「好，履歷表上有你的聯繫方式吧？把資料放下，你先回去吧，我們會通知你招聘結果的。」

「老闆……」女孩嬌滴滴地說。

張勝擺擺手，說：「回去等公司電話吧，三天之內一定會通知你結果的。」

女孩欲言又止，扭轉身氣鼓鼓地去了。

楚文樓從桌子底下鑽出來，盯著這個女孩鼓騰騰的後半部分，心頭一陣遺憾。

張勝歎了口氣，這一上午，形形色色，什麼樣的人都有。這個女孩……真是開玩笑！我招的是文秘，又不是小蜜，唱歌跳舞加夜班？我連陪女朋友的時間都沒有呢。他有氣無力地道：「下一位！」

下一個是個農村女孩，身材高挑，眉清目秀，肩後兩條烏黑的大辮子直垂到後腰下。她的衣著十分樸素，看得出家境不是很好。她叫白心悅，橋西本地人，高中畢業，應聘的是冷庫保管員。

張勝見她談吐樸實自然，看得出是位能吃苦的女孩，就留下了她的聯絡方式，讓她第二天就來報到，白心悅歡天喜地的出去了。

張勝看看錶，對楚文樓說：「上午差不多了，咱們休息一下，下午……」

他剛說到這兒，門被推開了，一個瘦削的男子走了進來。張勝瞥了他一眼，說：「我還沒叫下一位應聘者呢。」

那個男人笑笑，傲然道：「但是上一位應聘者已經離開了。時間就是金錢，無論對您還是對我，都是如此，所以……我來了，我可以坐下說嗎？」

張勝聽這人口氣甚大，特意地打量了一下，這是個四十出頭的中年人，短髮、瘦臉、雙眼有神，打扮也很得體，只是神情有些過於矜持。

「莫非，我這小廟竟然招來一個諸葛亮？」張勝心道。他點頭笑笑，向那人示意道：「好，那我們就好好談談，請坐，請報一下你的簡歷，以及你想應聘的職位。」

那人在對面的椅子上慢慢坐下來，用很自信的聲音說：

「我來，是想應聘公司高層管理職位，我的工作經歷比較豐富，三言兩語怕是說不明白，你可以抽點時間看看我的履歷表嗎？」

張勝點點頭，打開了他遞過來的文件袋，抽出了履歷表，喝！這位簡歷洋洋灑灑，僅簡介部分就密密麻麻的足有六頁，字倒是寫得十分漂亮。

張勝簡單地看了看：

「方輕愁，男，一九五五年六月出生。華州管理學院畢業。工作經歷：一九八〇年七月至一九八三年二月，在新大陸食品廠工作，歷任車間技術員、科研員、車間主任等職，開發罐頭新品種三十多個，實際投產七個……」

再往下，全是他在廠子所起的骨幹作用、所做出的巨大貢獻，最後他嚴厲批評說，新任廠長上任後任人唯親、管理不善，導致企業嚴重虧損，於是他憤而轉到第二家企業。在新的企業，他繼續發揮骨幹作用、繼續做出巨大貢獻，為廠子創造了幾千萬的產值，受到企業領導高度重視，並被選派進修……隨即話鋒一轉，說由於晉升機會太少，工資偏低，於是……

張勝皺了皺眉，他想不通受到領導高度重視並被選派進修過的人何以晉升機會偏少、工資偏低，這其中的邏輯關係……他有點被繞糊塗了。

張勝繼續看下去，只見他又轉到一家新廠，在這裏他繼續起到……繼續做出……使公司成為當地行業的領頭羊，但是……主管領導素質低下，自以為是、黑白不分、剛愎自用，導致工作失誤，企業損失慘重，於是本人被迫離開……

張勝匆匆看了一遍，發現這位仁兄以平均兩年到四年的速度跳一次槽，每到一個新單位，他都能起到起死回生的巨大作用，每次都因為領導者的昏庸無能而讓他壯志難酬。

張勝還注意到，這個人就職過的企業有兩家非常有名，其中有一家山東的電冰箱廠，一九八四年成立之初還是個街道小廠，從一九九二年開始突飛猛進，目前已是當之無愧的全國第一家電企業，而這個人辭職的年份恰恰是一九九一年。

張勝看到這裏，抬起頭似笑非笑地瞟了他一眼。

方輕愁見他看完了，以非常自信的語氣說：

「本人在國營、私營、合資和外資的工作中積累了豐富的工作經驗，熟悉生產系統、行銷系統各個部門的工作，具備組織協調和管理能力、具備領導能力。我相信，我的加盟一定能給寶元匯金公司創造巨大效益，希望能受到貴公司的賞識。」

張勝敲著桌子半天沒有說話，方輕愁蹙了蹙眉，強捺住不悅道：

「張先生，如果你還有什麼想瞭解的資料，可以直接問我。」

張勝咳了兩聲，指指那份簡歷，說：「方先生的工作能力……我現在還不瞭解，不過……我覺得，方先生應該先提高一下為人處世的能力。」

方輕愁怫然不悅：「這是什麼話？我有什麼失禮的地方嗎？」

張勝苦笑一聲道：

「很抱歉，方先生，您的工作能力可能真的很強。可是一個企業、一個團隊，最重要的是合作精神，從您的簡歷來看……我很懷疑你能和同事合作愉快，老闆各個都這麼沒用，你怎麼不自己當老闆？寶元匯金是一家剛剛成立的企業，我想……我很難給你提供發展所長的舞台，你還是另找一家企業看看吧。」

方輕愁一聽勃然大怒，指著張勝的鼻子道：

「你們這些人就是這樣，有了點臭錢就自以為是、剛愎自用！你有我這樣豐富的管理經驗嗎？你有我這樣高的學歷和職稱嗎？」

「請這位先生離開，咱們去吃點東西，休息一下！」張勝站起來，伸了個懶腰。

楚文樓站起來推著方輕愁往外走：「去去去，請你出去，不要在這裏大聲喧嘩。」

方輕愁被人往外一推，自尊心嚴重受傷，忍不住悲憤地罵道：

「這他媽的什麼世道？從小到大，人人告訴我說讀書才能成才，結果呢？別人上初中的時候，你們這些垃圾曠課翹課搞對象；別人上高中的時候，你們批發電子錶打火機沿街兜售；別人上大學的時候，你們倒買倒賣儘是假冒偽劣；別人畢了業想找份工作的時候，你們這些垃圾連本科學歷都看不上了！讀書人為生意人賣命，文人為文盲打工，我天天在過愚人節，這是他媽的什麼世道？」

「行了，行了，愚人節快樂！」楚文樓把他硬推出去，碰一聲關上了門。

方輕愁走後，張勝苦笑：「天下之大，無奇不有！」

「是林子大了，什麼鳥都有！」楚文樓笑著回道。

張勝對走回來的楚文樓道：「招了多少人了？」

楚文樓用鉛筆點了點手中的名單，說：「招了三個保安、一個門房，會計和出納已經有人了，倉儲部、冷庫部各召了三個人，現在辦公室文秘、司機等幾個職位還沒有定下來。還不錯，估計下午能再挑選幾個出來，公司開張的時候就不至於冷冷清清連個人手都沒有了。」

張勝臉上露出欣然的笑容：「嗯，先到這裏吧，咱們下館子去，犒勞犒勞自己的肚子。」

他站起來伸了個懶腰，說：「我到裏屋換件衣服，這麼西裝革履地坐了一上午，領帶勒得我喘不上氣來。」

走到裏屋門口，他扭頭對楚文樓說：「告訴外面的人，上午應聘到此為止，咱們休息一下，下午一點繼續。」

楚文樓點點頭，走過去推開門，對外面擺手道：「上午到此為止了，大家下午再來吧。」

許多應聘者擔心下午排不上號，都沒有走開，有人大聲問道：「經理，下午幾點開始招聘啊？」

楚文樓不耐煩地道：「下午一點開始，好了，大家都散了吧……」

他的目光從招聘者身上一掃，忽然發現一個很漂亮的少婦，雙眼頓時一亮。她站在正對樓梯的地方，身後是一面大鏡子。鏡子裏反映出她窄裙裏凸出的碩圓翹臀和葫蘆形的纖腰，那背和腰肢的弓線就極其誘人。

這個女人大約二十六七歲吧，身穿一套淺黑色的套裝，娉娉婷婷，體態妖嬈，看起來成熟得像一枚水蜜桃兒。濃密的烏髮盤在頭上，瓜子臉略施脂粉，秀挺的鼻樑上還架著一副金絲邊的眼鏡，下邊是頎長美麗的頸子，周身散發出一種淡雅、知性的氣質，偏那火辣的身材又無比性感，真是一個難得的辦公室尤物。

楚文樓情不自禁地向她指了指，問道：「你，就是你，過來過來，你叫什麼名字，應聘什麼職位？」

那女子沒想到這個招聘者會特別注意到自己，先是一愣，馬上意識到機會來了，於是大大方方地迎了上來，微笑著說道：「您好，我叫鍾情，我想應聘辦公室文秘。」

她伸出手，微笑著和楚文樓握在一起。

以楚文樓的身高，恰好對著鍾情那V字型的領口，深色印花襯衫內飽滿、結實的部分把胸前每一朵印花都撐得沒有半分褶皺，那弧線流動般的輕柔美態，挾著淡淡的香水味道讓楚文樓醺然欲醉。

楚文樓戀戀不捨地放開她的手，打趣道：「鍾情？一見鍾情的鍾情？好名字，我們公司剛剛成立，業務都沒有理順，迫切需要一個文秘處理公文，可是這都一上午了，還沒招到個合適的文秘，來來來，你進來，我們還有幾分鐘才休息，先看看你的資料吧。」

鍾情優雅地掠了掠頭髮，嫣然笑道：「謝謝您！」然後扭著水蛇腰款款地飄進了辦公室。

旁邊有個滿臉青春痘的女孩馬上嚷嚷起來：「我是文秘專業畢業的，我排在她前面的，您先看看我的資料吧。」

楚文樓的臉刷地一變，指著她義正詞嚴地道：

「文秘最重要的是什麼？是知道領導需要什麼，是善解人意、是有眼力，這樣的人才能勝任這份工作。在領導身邊工作，該說的話說，不該說的話堅決不說；讓你做的事去做，沒讓你做的事堅決不去做，更不可以胡亂插嘴。你連這點都做不到，還說自己是文秘專業的？我很失望，真的很失望，就憑這一點，你給我的第一印象就不好，很不好！」

那個滿臉青春痘的女孩被訓得面如土色，唯唯稱是，楚文樓這才冷哼一聲，把辦公室的門關上了。

人群中有人陰陽怪氣地說：「聽到了嗎？要善解人意，要有眼力，一紙文憑不如女人的一張臉蛋啊！」

楚文樓只作未聽見，他轉過身，見那美貌少婦正禮貌地站在那兒等著他，便向老闆台前的椅子一指，親切地笑道：「請坐。」

鍾情微微頷首，款款地向那位置走去。

楚文樓瞇著眼打量她的背影，纖腰緊致，翹臀渾圓，窄裙下一雙肉色絲襪把一雙修長筆直的腿襯得粉嫩光滑，媚呀！

張勝如今是鳥槍換炮，賓士都開上了，我楚總經理……彷彿看到一台嶄新的「寶馬」正在向他拋著媚眼。

他喜滋滋地走過去，在他內定的「寶馬」對面坐下，見她還站在那兒，忙熱情地道：「坐，坐坐，坐下來談嘛。」

鍾情捋捋筒裙，很斯文地坐了下去，那優雅美感的坐姿弄得楚文樓又是一陣心跳，那種緊張而興奮的感覺，倒像鍾情是主考官，他才是求職的那個人。

鍾情的心裏也在打鼓，不知道這份工作自己能不能得到。她是高中畢業，現在城裏只要招工就要大學文憑，上班這幾年她也沒尋思過混個電大文憑，這第一道門檻怕就過不去。

鍾情自印刷廠的廣播事件之後，也沒臉再回廠子裏上班，本想在徐海生那裏找點依靠，換來的卻是那等絕情的話，讓她徹底死了心。後來徐海生給她打過幾個傳呼，她都直接刪掉了，看清了徐海生的薄情寡義，她再不願與他有半點瓜葛。

在一個小旅館裏委頓了幾日之後，鍾情開始尋思謀生之道了。現在她有班不能上，有家不能回，娘家又沒臉回，迫切需要有個工作養活自己。

她曾試過去人才市場應聘，待遇好工作輕閒的，人家當她是花瓶，有了徐海生的前車之鑒，鍾情已經是一朝被蛇咬，十年怕井繩，不再對男人抱以幻想，更不願成為男人的玩物。現在的她就想憑自己的能力養活自己，可連碰了幾次壁之後，她才發現，女人，想僅靠自己的能力生存，也並不是一件容易的事。

楊戈最終還是與她離了婚，但卻不放過對她不依不饒的搗亂。鍾情每到一個工作崗位，幹不了三五天，只要被楊戈得到了消息，少不了會上門騷擾一番，結果鍾情始終沒找到固定的工作。

眼見手上的積蓄越來越少，正在走投無路的時候，她在報上看到開發區有家企業要招工，考慮一則這裏跑市中心遠些，而且報上說廠子可以提供住宿，這樣可以避開楊戈的騷擾，二則這是一家合資企業，待遇比較高，所以才趕了來。

她並不近視，為了顯得有氣質，才特意弄了副金絲邊的平光眼鏡戴上，希望能給企業領導有個好印象。

眼前這人一看就是個老油條，不是那麼好糊弄的人，鍾情還真怕又被人拒之門外。

楚文樓笑了笑，道：「嗯，先把你的學歷證書給我看看。」

「哦……學歷……」鍾情緊張地扶扶眼鏡，楚楚可憐地說：

「經理，我畢業都六七年了，學歷證書一直放在家裏也用不上，家裏搬過幾次家，現在證書不知壓在哪兒了，一時還沒找到……」

「這樣啊……」楚文樓彈著手指瞥了鍾情一眼，心中隱隱明白了幾分。

鍾情緊張地道：

「經理，我有辦公室工作經驗，檔案管理、文件處理、迎來送往，這些工作我都處理得來，此外，我還會開車，已有四年駕齡，外企不是最重視實際工作能力嗎？您可以給我一個試用期，看看我的工作表現再決定是否正式錄用，這樣還不可以嗎？」

鍾情的前夫楊戈是稅務局的司機，當年就是借公車手把手地教會了鍾情開車，順便俘獲了她那顆虛榮的心。現在，駕駛執照倒成了鍾情除了美貌外唯一可以倚仗的資本了。

楚文樓微微一笑，還想再拿她一把，壓到她心生絕望的時候，再來個柳暗花明。女人一旦對男人有了感激和依靠的心思，要勾引起來也就容易多了。

不料張勝半開著房門在後邊換衣服，恰好聽到了外邊的對話，他的學歷不高，所以對只重學歷不重能力極為反感，聽外邊這女人說自己有辦公室工作經驗又會開車，他就上了心。他的新車馬上就運到了，正琢磨找司機的事呢。女人開車比較小心，安全一些。再說自己正在學車，到時有個文秘兼司機，在自己不方便開車的時候替一下就行了，還省了招專職司機的錢。

這個女人說話得體，適合辦公室工作，做辦公室文秘，迎來送往、待人接物的事是少不了的，而且她知進退，主動提出以試用期考察，如果真的不勝任工作，到時再辭退就是了。於是張勝一邊往身上穿夾克衫，一邊趕了出來，還沒出門便道：

「老楚，我看可以把人留下，試用一段再說。」

張勝出來瞧見鍾情，目光先是一亮，這個人不錯啊，這樣的秘書，形體氣質都極盡完美，帶出去也不掉份兒，不過……怎麼有點面熟呢？

鍾情也覺得眼前這人有點面熟，主要是兩人的打扮都換了，以前的張勝一身油漬麻花的工作服，鍾情的打扮則是豔麗妖嬈，現在彼此的裝束氣質都改變了，所以一時沒認出來。

楚文樓被張勝搶先說出了招聘的話，失去一個做人情的大好機會，心中暗暗著惱，好在自己難為她的話還沒說出來，於是雙掌一拍，大聲笑道：

「我就是這個意思，我們這是中外合資企業，員工個人素質、業務能力要過硬，外貌形體也要過得去才成，我看鍾情小姐的個人條件不錯。」

「鍾情？鍾姐，果然是你！」

「你……你是張……張……」

「我是張勝。」

「啊！」鍾情頓時臊得滿臉通紅，只想馬上逃走。

張勝連忙一把拉住鍾情，閉口不談讓她難堪的往事，故作大方地笑道：

「鍾姐，原來應聘的人是你呀，你也不在三星幹了？呵呵，這可太好了，你原來就在辦公室工作，工作經驗豐富，我剛開的企業，許多事都抓不著個頭緒，以後還請多多幫忙。」

鍾情這時才聽明白他是老闆，不禁驚訝地道：「這企業……是你的？」

張勝還不知道她和徐海生已經決裂，顧及到她的面子，不好在她面前提起徐海生，便含糊笑道：「是啊，我離開廠子後貸款在郊區買了塊地，本來想蓋大棚做些生意，沒想到政府正要開發橋西，地皮升值，於是就辦了實業。」

楚文樓驚訝地道：「張總，你和鍾情小姐認識？」

張勝笑道：「是啊，我和鍾姐原來是一個廠子的。」

楚文樓笑道：「哎呀呀，那可巧得很。鍾小姐，這下你就安心在這工作吧，都是老同事，合作一定愉快。」

鍾情確實需要找份工作，又不知道這企業徐海生也有份兒，她見張勝絕口不提她的醜事，心下稍安，神色也緩和下來。看看自來熟的楚文樓，鍾情有些疑惑地道：「這位是……」

張勝忙介紹道：「老楚是我公司的副總。」

楚文樓趕忙踏前一步，再度與鍾情熱切握手：「鄙姓楚，楚文樓。天門中斷楚江開的楚，道德文章啟後賢的文，故人西辭黃鶴樓的樓！哈哈，哈……」

鍾情啟齒一笑，客套道：「楚總好文采！」

楚文樓被她嫣然一笑，身上的骨頭頓時一輕，連忙眉飛色舞地答道：「哪裏，哪裏，鍾小姐過獎了。」

張勝道：「鍾姐，走吧，咱們一塊去吃午飯，回來再詳談。」

鍾情正容道：「張勝，我……再這麼叫你一次，既然這是你的企業，我是你招聘來的員工，那在企業裏，咱原來的稱呼就不能用了。你可以直接叫我鍾情，我得叫您張總，不能沒大沒小沒了規矩。」

張勝臉上笑容頓時一僵，楚文樓見忙打圓場道：「鍾小姐……小鍾說得對，沒有規矩不成方圓啊，再說，總是鍾姐鍾姐的叫，也把這麼一個美人給叫老了。」

張勝苦笑道：「好好，依你，走吧，吃飯去，下午還要接著招聘呢。」

張勝偷個空兒悄悄告訴楚文樓，在鍾情面前不要提起徐海生的名字，楚文樓極為納罕，連連追問緣由，張勝恰見鍾情向他瞟來，怕引起鍾情疑心，只是搖了搖頭，沒有多說什麼。

三人在國道邊上的小酒店隨意點了幾個菜，酒桌上，楚文樓仍不斷向鍾情獻著殷勤，但是自從知道她和張勝是舊識，又聽張勝很詭秘地告訴他不要在鍾情面前提起徐海生後，楚文樓一時摸不清他們之間的關係，一時不敢起些別的念頭了。

不過，美人如玉，芬芳撲鼻，聽聽她的聲音，看看她的笑臉，也是好的。

張勝假意去上廁所，繞到飯店後邊給徐海生打了個電話，電話一接通，張勝便道：「徐哥，你安排鍾姐來這裏上班的？」

徐海生在電話裏靜了靜，反問道：「鍾姐？哪個鍾姐？」

張勝笑道：「就是鍾情，今天招聘……不是你安排她來的嗎？你說一聲就行了，怎麼還讓她排隊呢？」

徐海生吸了口氣，喃喃道：「她……也來應聘？」

「什麼？徐哥，不是你安排她來的？」

徐海生苦笑一聲道：「不是。」

張勝隱隱聽出了什麼，試探地問道：「徐哥，你們之間……」

徐海生乾笑道：

「你不用問那麼多了，我和她之間已經一點關係都沒有了。她跑到這兒來應聘，看來在市裏是沒有立足之地了，你和她也是舊識，多照應一下吧，我儘量少在她面前露面就是，不用提起我。」

張勝聽得一頭霧水，不過這種事他又不便打聽，只好簡單應承下來。只是在如何對楚文樓解釋頗費了些腦筋，最後只好委婉地暗示徐鍾二人已經分手的事實，楚文樓本就是個人精，一聽這話還不明白其實的原委？得知鍾情是徐海生的舊情人，他不以為嫌，反而心中竊喜，這女人既然一向褲腰帶就比較鬆，自己更有可能得償所願。

鍾情就此成了寶元匯金實業公司的正式一員，由於她是文秘兼司機，薪水提高了一半，對這個結果，張勝、鍾情和楚文樓都十分滿意。

目前公司即將正式開業，籌備工作緊鑼密鼓十分繁忙。招聘會結束後，張勝就召集所有的聘用人員，學著電視裏的樣子開了個動員誓師大會，會上張勝熱情洋溢地描繪了公司的未來規劃、發展藍圖及員工福利等，同時也坦陳創業之初面臨的種種困難，希望大家既然來到這裏，就是來共同創業，共同創造屬於自己的美好明天。

一席話聽得新員工們眸子發亮，熱血沸騰，所有公司成員彷彿同時進入了蜜月期，彼此合作也十分融洽，人人都懷著熱切的心情和殷切的希望盡心竭力地工作。

徐海生這段時間都在跑國土、規劃、房產等部門，因為第一批標準廠房即將建成，儘快把手續跑全，才能實施出租、出售，進而完成銀行抵押，獲取第二筆啟動資金。他本來就是想把公司當成一個取之不盡的提款機，並不熱衷搞實業，這回有了鍾情做幌子，更是得其所哉，名正言順地不在公司出現了。

不過張勝這段時間學了很多東西，經驗日漸豐富，又有李爾、李浩升這些朋友指點，獨自挑樑擔綱，倒也幹得有聲有色。

楚文樓知道了鍾情的來歷和身分，總是想方設法地接近她。以前他還時常回趟市裏的家，現在因為鍾情就住在公司裏頭，他連家都不回了。他的異常熱情早讓鍾情感覺到了什麼，她的應對倒是不慍不火，既不致於得罪這位副總，又不致於讓他以為自己有什麼意思。

鍾情是在性騷擾中長大的，她發育得比較早，十四五歲時胸部發育就頗具規模，公車上經常會遭遇到騷擾。長大後由於她豔麗超群，天生一張情婦臉，很容易勾起男人的欲望，言語上、動作上的一些騷擾更是不計其數，要應對這個從未成功勾搭過一個女人的老男人，自然舉重若輕。

這一來倒弄得楚文樓心癢癢的，總覺得鍾小姐好像不是很討厭他，卻又不知如何讓兩人之間溫溫吞吞的關係更近一步。

明天，公司就要對外營業了，張勝站在粉飾一新的辦公大樓前，望著屬於自己的這家企業，一時感慨萬千。前年的一名小職工、去年的一名飯店小老闆，現在也成了一家企業的董事長，世事之變化莫測莫過於此。當初決定買這塊地時，是抱著事不成則蹲大獄的決心拚下來，沒想到竟然有了今日的規模，今後又會如何呢？

張勝想想，自己也覺好笑，不覺朗聲吟道：

「本是沿路打劫，不想弄假成真。」這話是朱元璋當皇帝後對劉伯溫說的，想必他當時站在金鑾殿上，也是這般做夢的感覺吧。

他把客人名單又仔細翻閱了一遍，細細捋了一遍明日慶典的過程，忽地想起李爾和哨子幾個人還沒通知，他在商界的地位還不夠資格驚動這幾個哥們兒的父親，他邀這幾個朋友來也並沒有攀龍附鳳的意思，只是因為彼此情投意合，希望他們也能分享自己的快樂。

張勝打電話通知了李爾、哨子，告知明日開業的消息，幾人都連聲道賀，並表示一定來捧場。撂下電話，張勝才想起還忘了一個朋友：秦若蘭。

他沒有秦若蘭的電話，這時再打電話給李浩升，不免讓人覺得過於刻意。他想了想，秦若蘭的班是上一晝夜休一晝夜，今天正好她當班，明天休息，便想著親自去跟她說一聲，然後再去見小璐。這一陣子兩人都忙著自己的工作，只是電話聯繫，他真的有些思念小璐了。

張勝下了樓，正好見到楚文樓、郭胖子和鍾情站在大門口比比劃劃地說著什麼。郭胖子穿著一身保安服，皮腰帶上挎了根電棍，旁邊還有兩個保安不時插嘴說話，看來是在安排明天一早的慶典。

郭胖子來上班之前，張勝就特意打電話告訴了他鍾情的一些情況，並一再叮囑他到時見了面可不許嘴臭。郭胖子為人雖說喜歡貧嘴，但憐香惜玉之心還是有的，想想一個嬌滴滴的美人落得如此下場，心裏還真有幾分不忍。除了罵幾聲徐海生不夠爺們兒，不仗義，見了鍾情的面倒是本分得很，鍾情初見郭胖子時的尷尬才慢慢釋然了。

見到張勝下樓，楚文樓、郭胖子和他打了聲招呼。郭胖子傷還沒好利索，但是開業在即，他不想在家裏泡著，便趕來公司上班了，此刻，他的眼眶還是烏青色的，只是淤腫已經消了。

「張總，我們正在安排明天的慶典，還有什麼不放心的地方嗎？」楚文樓遞過一支煙，笑嘻嘻地道。

「哦，有你們在，我還有什麼不放心的？我回市裏一趟見個朋友。」張勝笑著接過了煙。

郭胖子擠了擠眼，笑道：「想小璐了吧？呵呵。」

張勝臉一紅，咳了一聲道：「開業慶典籌備得怎麼樣了？」

鍾情這時才抬起頭來回答說：

「張總，你放心好了，樂隊、司儀全都定好了，禮儀公司包攬了大部分工作，明天五點鐘就開始安排。我下午又去了一趟，和他們把整個慶典過程重新敲定了一遍，不會出什麼岔子的。」

張勝滿意地道：「那就好，我回市裏一趟，今晚還會趕回來的。」

郭胖子插嘴道：「張總，你打算怎麼走？」

他初到公司時仍是一口一個勝子，楚文樓和鍾情私下都對他說過，個人交情歸個人交情，在公司裏這麼稱呼，未免公私不分，於是郭胖子也改了口。

張勝笑答道：「我坐公車回去吧，現在才五點多，來得及。」

他的賓士已經到了，是弟弟張清的一個朋友和寶元集團的一個司機去天津提的貨。楚文樓第一時間就歡天喜地的開去上了戶，現在正停在公司前院裏待命。張勝正在抓緊考證，目前還不能獨自上路。

鍾情把手裏的一塊文件板塞給郭胖子，說：「現在開發區公車新開了一條線，車次少得可憐，我開車送你回去好了。」

張勝猶豫了一下，推辭道：「算了，你還有許多事情要安排，就不麻煩了。」

保安喬羽笑嘻嘻地道：「張總，是該讓人送送，你要是坐公車回市裏，也太丟份了。」

鍾情笑笑，說：「我們站在這兒也只是閒磕牙，事情其實已經安排好了，成敗都在明日，現在也想不出什麼來，還是我送你吧，我本來就兼司機，不是嗎？」

張勝本不想麻煩她，聽他們這麼一說，便笑了笑沒再拒絕。鍾情去車庫把車開出來，張勝上車，車子駛出了廠區。

這兒幾條主要幹道已經修好了，道路又平又闊，有些駕駛學校把這兒當成了免費練車場，路上常見這兒畫個圈，那個豎根竹竿，形形色色的車輛跟蝸牛似的緩緩移動的情景。但鍾情的車開得十分熟練，在他們之間穿過去又平又穩。

張勝勞累了一天，身子有些疲乏，他想吸支煙解解乏，剛剛把煙掏出來，車窗就緩緩降了下去。張勝讚賞地瞥了眼鍾情，點著了香煙深深地吸了一口，煙草的味道緩緩沁進他的身體，疲乏的身子輕鬆了許多。晚風吹拂著他的頭髮，張勝瞇著眼望著前方平坦寬闊的道路，和道路旁平地而起的一幢幢廠房，悠悠地吐了一個煙圈，成就感和滿足感溢滿了他的胸膛。

車子上了環城公路，道路出奇的暢通。

張勝扭頭看了鍾情一眼，她穿著黑白線條相間的女裝短裙，坐在駕駛座上時裙裾上卷，露出了一截渾圓的大腿，大腿上沒有一絲贅肉，可又不失豐滿，透明褲襪顯得大腿粉光細緻，圓潤的膝蓋處閃耀著兩道柔和的弧線，她上身穿一件乳白色的職業裝，沒有扣扣，裏邊低胸束腰的胸衣把她本就高聳的乳房勒得更加凸出。這樣成熟美豔的一個少婦坐在旁邊為他開車，萬一讓小璐看到……不太好吧？

張勝忽然覺得自己有點欠缺考慮，後悔方才沒有拒絕。

鍾情專注地把著方向盤，但是眼角的餘光仍然注意到了他的凝視，她不禁扭頭瞟了張勝一眼，眼中神情疑惑。

張勝若再不說話，未免有偷窺之嫌了，於是笑笑說：「你的車開得真好。」

鍾情勾了勾嘴角，卻沒笑出來。

「是他教的。」

車子又駛出片刻，鍾情才淡淡地道。

張勝不知道這個「他」是她的情人徐海生，還是她的老公楊戈，只好含糊答應一聲。鍾情繼續目視前方開車，張勝則扭頭對著窗外抽煙，車內原本恬靜的氣氛忽然變得尷尬起來。

過了一陣，張勝忽然覺得身旁有些異樣，他扭頭一看，只見迎面而來的車燈映著鍾情的臉，她滿臉都是斑駁的淚痕，不禁嚇了一跳，手足無措地道：「鍾姐，你……」

鍾情一直強抑著哭聲，這時被他發現了，也不想再掩飾了，她忽然一打方向盤，車子發出一聲刺耳的剎車聲，在路邊戛然而止，鍾情伏在方向盤上放聲大哭。

張勝不知該如何相勸，他默然坐了半晌，才從西裝口袋裏掏出一方手帕遞了過去。鍾情接過手帕，扭過臉去擦擦眼淚，把手帕還給他，重新啟動了車子。

張勝見她情緒有些異樣，忍不住說道：「鍾姐，要不……我來開吧？」

「你的證考下來了嗎？」

張勝語塞。

鍾情抿著嘴角，看也不看他一眼。她一掛檔，車子蹭地一下，像離弦的箭似的躥了出去，張勝被重重地砸回靠椅，賓士破風而過，發出呼嘯的聲音，沿著環城高速如流星般疾馳起來，車窗徐徐關上了，張勝手忙腳亂地還沒扣好安全帶。

環城高速上一輛松遼吉普正在疾行，車裏是陸仁、鳳鳴空、王子野、葉星辰幾個藝校的朋友，他們借了輛車去海濱玩，現在正在回城的路上。

幾個朋友興致很高，陸仁彈著吉他，長髮被風吹得飄飄揚揚。破吉普以近一百公里的時速飛快前進著，這輛車跑到一百公里也就到頭了，如果開到一百二十公里，整輛車就會在轟鳴中顫抖，車體隨時都會散了架。

鳳鳴空一邊開車，一邊跟車裏的朋友大聲說著話，車旁一個車影忽然呼嘯而過，片刻的功夫就只剩下一里多外的一個淡影。

鳳鳴空嚇了一跳，一下子把頭探出了車窗，扯著喉嚨叫起來：「我靠，這誰呀這是？環城高速開這麼快，活夠啦？」

他說話時，那車已經遙遙不見蹤影了……

車子開進市區時，發洩過後的鍾情神色已經平靜下來，坐在副駕駛位置上的張勝卻臉色煞白，額頭冒汗，眼神呆滯，著實嚇得不輕。車子在鍾情手裏，就等於自己的命在她手裏，張勝一路上連半句話都不敢講，他屏住了呼吸，比開車的人還緊張，如今到了市區，車速降了下來，張勝提著的心才放了下來。

車子開到公安醫院門口，張勝下了車，暗暗抹了一把冷汗，心道：「我靠，從今天起，誰跟我說女人開車比男人安全，我跟誰翻臉！」

張勝雙腿發飄地走進醫院大門，到了四樓外科病區，秦若蘭卻不在護士值班室。張勝逐個病房地找，到了四〇五病房時，看到一個眉清目秀的年輕人站在窗邊，指著玻璃說道：「護士，你看，這都秋天了，那上邊還有蚊子。」

一個女孩聲音很不耐煩地說：「那就打死牠啊，這也要跟我說？」

「我……沒有蒼蠅拍！」

一個苗條的身影從裏邊閃了出來，順手從床上抄起一張報紙，麻利地捲了捲走到窗邊，瞄準那隻蚊子「啪」地一抽，然後把報紙扔在窗台上，不耐煩地看了那青年一眼。

張勝笑盈盈地走進去，只見病床上躺著個五十歲左右的男人，兩隻胳膊被架起來，抬得很高，像是展翅飛翔的樣子。

秦若蘭一轉身瞧見張勝，立即眉飛色舞地道：「張勝？你又來住院了？」

張勝哭笑不得，翻翻白眼道：「你就盼著我住院呢你，我不住院就不能來看你？」

秦若蘭嘿嘿一笑，和他並肩走出病房，順手帶上房門，調侃地道：「才不信你那麼好心，還特意來看我。除非你生了病，哪還想得起我是誰呀？」

張勝呵呵笑道：「你呀，這張嘴就是不饒人。對了，方才那病人什麼病啊？怎麼兩手老那麼舉著？」

秦若蘭說：「剛才那個？他才做了切除術，他有狐臭。」

張勝奇道：「狐臭也要做手術？他都五十多了，年輕時找對象時不做手術，反倒現在來做？」

秦若蘭嘻嘻一笑，說：「那時經濟條件不允許吧，他現在情況越來越嚴重，已經嚴重到影響家庭和單位團結了，不做切除術不成了。」

張勝想起她方才對病人的態度，忽然停下腳，鄭重地道：「小蘭，我有些話，不知當講不當講？」

秦若蘭好奇地瞟了他一眼，調皮地做了個甩水袖的動作：「愛卿但說無妨，本宮概不追究。」

張勝笑笑，說：「可能你並不很在乎這份工作，可是你既然在這兒工作，就該注意一下，這些護士裏我注意了，其實你工作並不比別人做得少，相反，還最勤快，可是你心直口快，太容易得罪人。就說剛才，蚊子你也幫著打了，就因為多說了那麼一句，我看那小夥子挺不樂意的，要是碰上個喜歡找碴的，還不到護士長那兒告你的狀？」

秦若蘭聽了，笑容一斂，撇嘴道：

「本小姐愛恨分明，從小就這性格！我喜歡的人，怎麼看都好。我不喜歡的人，怎麼看都煩，那是沒法改了。你說剛才那小夥子，我看著就煩得要命，哪還有好臉色給他？就那個廢物，別說打蚊子，他連襪子都不會洗，還大學生呢，說是來陪護，什麼都不會。最可笑的是，他從學校請假來陪護，坐公車居然迷了路，這麼大人了，愣是讓員警給送來的。搞不好這人從小到大什麼事都是爸媽給他張羅，離校返校都是他爹接送，說不定自己上個街都不會問路，你說這樣的人你看著生不生氣？」

張勝見她越說越氣，激動得滿臉紅暈，不禁笑道：「你呀，各人有各人的活法，人家爸媽說不定還覺得自己兒子特有出息呢，你說你跟著上什麼火？」

秦若蘭生氣地揮手道：「行了，不說他，也不知這種兒子養來有什麼用，你今天特意趕來，就是為了教訓我是不是？」

這丫頭的脾氣，張勝還真有點吃不消，他無奈地笑笑，說：「當然不是，我今天來，是因為鄙人的公司明天就正式開業了，特意邀請你秦小姐大駕光臨的。」

秦若蘭餘怒未消地瞟了他一眼，問道：「你這麼晚來，是特意邀請我出席你的開業典禮的？」

張勝笑道：「當然！」

秦若蘭的心情忽然好起來，她展顏一笑，爽快地說：「好，那我明天一定出席，哪怕天上下刀子，我也一定準時出現！」

離開醫院，張勝給小璐發了個傳呼，卻沒見她回訊息，張勝便要鍾情向她的宿舍樓開去。他曾經要給小璐買個手機，小璐嫌貴，說她也沒啥大用處，堅決不要，只買了個中文傳呼，花了一千二百多塊，就這還讓小璐好一頓埋怨。

小璐現在是助理，工作性質重要了些，但是卻不需要像在車間一樣經常加班，正常情形下，現在應該已經下班了。

但是張勝到了宿舍樓，小璐卻還沒回來。張勝心中納罕，就回到車中，和鍾情一邊聊天，一邊等著小璐。

第四章

成功的代價

小璐抬起頭，一雙熠熠放光的眸子鎖緊了他的眼：

「我唯一擔心的是……我不常在你身邊，

你會不會……會不會變了心，喜歡了別人？」

張勝失笑道：「怎麼可能？」

小璐咬咬唇，幽幽地道：「怎麼不可能，

有人說，男人可以為你流血流汗，唯獨不會花很多的時間等你。

再好的男人也沒什麼耐性，無論你多值得等，他都不會等得太久的。」

小璐此時正坐在關廠長的公爵王上。今晚的飯局是那種很正式很普通的，八點多就散了席，關廠長很紳士地親自開車送小璐回家。

張勝正坐在車裏等著，忽然見一輛公爵王駛了過來，車上下來一個窈窕漂亮的女孩，秋風一吹，裙裾飛舞，月光滿身，儼若精靈，張勝不禁仔細看了兩眼，這才認出那女孩正是小璐。

開車的人也下了車，那人四十出頭，留著兩撇小鬍子，一身筆挺的西裝，是那種成熟、成功的企業界人士打扮。小璐上前道別，那人張開雙臂，似乎要和她來個擁抱，小璐機靈地退了一步，伸出手去，和那人禮貌地告別。

關廠長聳聳肩，無奈地笑笑，和小璐握了握手，又在她臂上拍了拍，說道：「好好休息，我先回去了。」

小璐禮貌地笑道：「廠長再見！」

關廠長輕歎一聲，無奈地上了車。

從第一眼見到小璐，關廠長就喜歡上了她。他調小璐去廠辦，就是因為那天在人群中，見到小璐那雙烏溜溜的像小鹿般靈動的大眼睛，印象特別深刻。都市女孩，像小璐這樣相貌清純、身材窈窕，和男人說話還總帶著些羞澀稚嫩的，實在不多了。和小璐在一起，他感覺自己一下子年輕了二十歲，好像回到了初識異性的青年時代。

如今他在老丈人面前不受歡迎，被發配到東北來創業，遠離了夫人的魔掌，眼見一些來內地發展的朋友甚至他的幾個副手都悄悄地找了第二夫人，出雙入對、甜甜蜜蜜的，他的心眼也活泛起來。

如今這時代，一聽說對方是港商，一見他開黑牌照的車子，不少年輕貌美的美眉就會主動貼上去，可惜他中意的這位小璐和其他女孩大不一樣，小璐唯一不吝給他的就是那副甜甜的笑顏，想抱抱她的纖腰都不可得。

關廠長偏又有點死心眼兒，喜歡了一個，怎麼看她都好，況且小璐的確長得甜美可人，關捷勝越是吃不到，心裏越是饞，偏偏這女孩始終不上道，於是關廠長的第二春也便遙遙無期，不知何時才能煥發了。

張勝在車裏看到這一切，他愣了片刻，臉上漸漸湧起一片陰霾，他把煙頭狠狠一扔，推開車門就走了出去。鍾情想要喚住他，隨著車門「碰」的一聲關上，她的話也咽了回去，只是輕輕地搖了搖頭。

小璐挎著帶亮片的小包，哼著歌，腳步輕快地向樓門走去，忽地旁邊一輛車子打開，一個男人從裏邊鑽出來，快步向她走過來，小璐警覺地向那人瞟了一眼，看清了那熟悉的身影，不禁欣喜地叫了一聲：「勝子！」

張勝站住腳，臉色有點陰沉：「你怎麼才回來，看到我的傳呼了嗎？」

「今晚公司宴請客戶，和幾個同事去了酒店，裏邊太吵，我還沒顧上看傳呼呢……」

小璐快樂地笑，並沒注意張勝的冷意，她上前挎住張勝的胳膊，甜甜地道：「勝子，你怎麼來了？」

張勝嗅了嗅，蹙眉道：「你喝酒了？」

「嗯！」小璐很乖地點頭，樂呵呵地豎起兩根手指：「就喝了兩杯，沒醉。這幾天公司就要開業了吧？你要是太忙就不用來看我了，不要誤了正事。」

張勝冷哼一聲，道：「我再不來看看，我女朋友就要被人拐跑了。」

小璐推了他一把，嬌嗔道：「胡說什麼呀你？」

張勝看看消失在社區門口的那輛公爵王，問道：「那人是誰？」

小璐扭頭看看，忽然「嗤」地一笑，扭過頭來，眸波流動，滿臉笑意地道：「那是我們關廠長啊，怎麼了？吃醋啦？」

那張光潔如玉的俏臉，在淡月之下逾增清輝，恍若月中仙子，稚純而甜美，絲毫不見做作。張勝見了，疑慮消了幾分，轉而用勸告的口吻道：「小璐，那個關廠長，我瞧著不像好人，你得小心著點兒。」

鄭小璐聽出男友的關切，心裏甜絲絲的，她輕笑道：「你放心吧，我是廠辦行政助理嘛，參加酒宴的又不是只有我們兩個人，這都是為了工作，又不是和他兩人出去。」

張勝悻悻地道：「他剛才的舉動可不像是領導和下屬，這是在大陸，玩什麼擁抱？你讓一步，他就進一尺，下一回就該吻別了。」

鄭小璐「咭咭」地笑，輕輕地搖著他的胳膊，撒嬌似地說：「才不會呢，人家只和勝子一個人吻別。呵呵，你放心吧，關廠長人不錯的，就是喜歡開開玩笑，不用那麼封建吧？」

張勝不放心地道：「我也是男人，我還看不出嗎？他表面是看玩笑，不過是以此為幌子，想占你便宜。」

「就算是吧，我對他不假辭色，他敢把我怎麼樣啊？總不成人家看我兩眼，我就把人家眼珠子挖出來啊？我又不是笑傲江湖裏的任盈盈。」小璐見張勝仍沉著臉，不禁嘟起了小嘴：「好啦好啦，勝子哥，笑一個嘛，乖！好不容易來看人家一次，臉還拉這麼長，真是的。常言說愛美之心人皆有之，還不行人家看啊？這說明你女朋友漂亮啊。上回，你跟我逛平原街，還不是盯著前邊一個穿皮短褲的大美女看了半天？」

張勝一聽，立即叫起了撞天屈：「天地良心，我什麼時候盯著她看了？」

鄭小璐小嘴一撇，酸溜溜地道：「嘁！撒個謊都不會，你不但看了，印象還挺深呐，否則怎麼我一說，你就立即記起這人了？」

張勝摸摸鼻子，心虛地降了一個調門兒，嘀咕道：「我哪有……」

鄭小璐從鼻子裏哼了一聲，說道：「就有！我掐著錶呢，一共盯著人家看了一分二十七秒，直到人家進了一家服裝店，這才戀戀不捨地回頭。」

張勝啞口無言。

小璐見他吃癟的樣子，開心地笑起來，她吃吃地笑了一陣，反過來安慰張勝道：「看就看了吧，別難為情了，我知道你這人，也就是看看，其實沒啥別的心思，楊過還活動過心眼兒，是吧？闞廠長也是啊，就算他好色，也是個好色的商人，不是好色的土匪，還敢強搶民女不成？」

張勝一想也是，畢竟好色是男人的天性，小璐那麼可愛，不引人注意才怪，以前廠子裏盯著她看、背後議論她的工人也不少，又有哪個真敢動手動腳了？

何況，他也希望小璐走出來多見識一些世面，並不願意把她約束在一個小圈子裏當一隻籠中鳥，現在小璐的性格比以前活潑開朗得多，這是工作環境改變，增長了見識的結果，張勝也樂於見到她的進步。

女人的美貌能靠青春來維繫的不過區區幾年，年過三十的知識女性仍然可以心素如簡、人淡如菊，一個年過三十的村姑絕不會婉約如水、氣質脫塵，這就是有無內涵的區別。只有讓她跳出原來的生活圈子，見識更多的人和事，她才會真正的成熟和有內涵。

未曾見過世面的乖純，不代表她的心就是純真，只是不在那個環境裏，她沒有接受過考驗而已。正如一句話說的：女人無所謂純潔，純潔是因為受到的誘惑不夠；男人無所謂忠誠，忠誠是因為背叛的籌碼太低。如果讓她見識到真正的繁華誘惑之後，仍能保持一顆忠貞之心，那才是真的純淨如水。

張勝想到這裏，歎了口氣，柔聲道：「好吧，你自己小心些，以後再有應酬，時間太晚就自己搭車回來，不要坐他的車。」

小璐嗯嗯地點頭，笑瞇瞇地聽著他的吩咐。

這時，賓士車裏火光一閃，映出一個姿容婉媚的女人，她點著一支女士香煙，吸了一口，很優雅地把手探出了窗外，小璐只看到了火光亮起的那一瞬間，一個姿色出眾、氣質綽約的女人，下一刻就只見一個朦朧的剪影了，小璐的笑頓時凝在臉上。

張勝繼續語重心長地叮嚀：「男人女人整天膩在一起，尤其是只有兩個人的小空間，哪怕原來不想發生什麼事，到後來也會不由自主地發生，這叫什麼來著？對了，辦公室戀情！

你想想，只有兩個人，他又不是出租司機，一路上能不說話？聊啊聊的，俗話說暗室可欺，男女共處易出軌啊！」

「嗯……張老師說得好有哲理啊。」

「那當然，沒吃過豬肉，我還沒見過豬走路？」

「那麼，你車裏的……那個……很漂亮的女人……是誰？」

「勝子？」

張勝正在滔滔不絕，一聽這話頓時窘在那兒，心中警鈴大作。

小璐本來只是以其人之道還治其人之身，調侃一下張勝，並沒有想更多，這時見張勝支支吾吾的樣子，心裏反倒疑惑起來了。

「啊……你說……她啊……」

張勝的大腦以每秒數千萬次的速度飛快運轉著，在小璐氣鼓鼓地噘起小嘴，準備再次發問之前，他已經想到了一個非常完美的答案。他輕輕歎了口氣，用很深沉的語調說：

「她……就是一個活生生的例子啊，你沒看出來她是鍾情？」

「鍾情姐？她怎麼……」

「噓……小點聲，不要讓她聽到。唉，你也知道，鍾情沒法再回廠子了，她和男人離了婚，可是那人仍經常騷擾她，沒辦法，徐哥就把她安排到了我的廠子。唉，說起來也真是可憐，我平常不安排什麼活給她，大概她自己也不好意思吧，聽說我今晚來接你，知道我駕駛技術還不行，就送我來了。」

「這樣啊……」

小璐恍然大悟，連忙也壓低了聲音：「鍾情姐真可憐，她是做錯了事，可她男人也真沒品，打人不算，還去廠子裏把她剩餘的工資全帶走了，去的時候還帶了兩個很風騷的女人，像是生怕人家說他沒本事似的。」

張勝暗暗抹了把冷汗：「是啊，是啊，所以照顧到她的自尊心，我也不好意思不讓她送，免得她覺得我是看在徐哥面上白養活她，傷了她的自尊心嘛。」

小璐的同情心立即氾濫起來，方才張勝的指責未免有點太大男人主義，屬於佔有欲特別強烈的表現，若是換個女人，可能會對他這種管束非常不滿，愛美之心人皆有之，但凡長得漂亮的，別人總會多些喜歡。一個單位，若是漂亮的女員工，領導見了打打趣說說話的機會也比旁人多些，不過也僅止於此罷了，除非有幻想症，否則誰也不會整天緊張兮兮地因此就懷疑人家要把她勾上床。

小璐更是如此，天性善良，總是往好的方面想別人，很少把人心揣測得那麼壞，這時一聽車裏是鍾情，不但沒有什麼懷疑，反而開始為鍾情操上心了：「勝子，其實你小看鍾姐了，她真的是個很有能力的人，不會讓你白養活的。你不知道，我現在接手的工作，只是鍾姐當初手頭工作的一部分，她不僅兼著廠裏的播音員，而且文秘公關樣樣精通，現在還有很多客戶對鍾姐念念不忘呢，說只要是由她的嘴裏說出來的話，聽著就是讓人心裏熨帖，為人處事這方面我比鍾姐可差遠了。鍾姐走後，她手頭的工作現在由三個人分擔呢，所以我覺得，你可別拿她當花瓶，給她些實際工作，才是對她真正的照顧，對一個女人最大的尊重，應該是尊重她的能力。」

張勝本來還有點擔心的，現在看小璐一門心思地為鍾情說著好話，忍不住在她可愛的小鼻頭上輕刮了一下，滿含笑意地說：「小璐，你真的變了。」

小璐嬌嗔道：「人家怎麼變了？」

張勝笑著繼續道：「變得有主見了，變得能言善辯了，變得有思想了。以前的你，就像一隻籠中鳥，只有善良，卻沒有主見，缺少這種靈魂。呵呵，好了，你回去收拾一下，我們走吧。」

鄭小璐聽了張勝的誇獎，心裏正甜甜的，忽然聽說帶她走，不由奇道：「走？去哪兒呀？」

張勝在她腦門兒上彈了一下，責怪道：「笨丫頭，剛說到我明天開業，你就忘了？當然是接你去我公司。」

小璐揉著腦袋，對他說：「哎呀，我去不了呀，廠子現在引進好多新技術，承攬了好多生意，現在不止印刷書籍、票據，還印刷俱樂部貴賓卡、光碟、企業畫冊、廣告攝影平面什麼的，每天好多工作。前幾天你住院，我請假來看你，回廠就被關廠長叫去訓了一小時，從員工職責到企業效率，再到關心我的生活困難，人家心裏彆扭死了。這次要是請一天假，你不怕關廠長再把我叫去單獨開導兩小時？你要送他這個機會，我還不肯呢。」說完吃吃笑起來。

張勝一聽，有點氣悶道：「可明天我的公司開業，這是我生命中有重要意義的一天，我希望有你陪在我身旁。」

小璐見他有些不開心，忙陪著笑臉解釋道：「你別生氣嘛，明天一定去很多生意場上的朋友，對吧？我和他們不熟，就算在場也幫不了你什麼忙的。再說，我們是一家人啊，你在哪兒，我的心就在哪兒，在不在場的形式有這麼重要嗎？」

眼看小璐陪著甜甜的笑臉，張勝有氣也發不出來，只好無奈地歎息一聲，有些失落地說：「我現在真後悔當初沒把你拉進我的公司，一開了業，我們就更忙了，以後又有多少時間相聚呢？」

小璐調皮地說：「男兒志在天下，越是創業初期，越是忙得顧不上家庭。通常來說，這時候心有怨言的，該是他的女人才對，我沒怨，怎麼你倒滿腹怨言了？我要真是整天膩著你，讓你什麼也幹不了，你喜歡嗎？」

張勝被她說得笑起來，無奈地搖頭道：「你呀，光是這張小嘴，就能迷死人。就算你說得對，你裝裝樣子，滿足一下大男人那可憐的的虛榮心成不成？你這麼說，讓我感覺你根本不重視我似的。」

「才不是呢，我只是在用我的方式支持你。小璐不是那種恃寵而驕，只顧個人感受，巴不得男人把所有精力都關注在她身上的女孩，為自己愛的人奉獻和犧牲，那才是好女人。不是說每一個成功的男人背後都站著一個女人嗎？那就讓我做你背後的那個女人，默默地支持你，無怨無悔。」小璐凝視著張勝的眼睛，輕輕地道：「我不想成為你的負擔，不想讓你對我有累的感覺，你懂嗎，勝子。」

張勝忽然想起她因往事創傷形成的特別敏感的性格，頗為感慨地攬住了她的肩，半晌才道：「人有所得，必有所失，這就是成功的代價吧。」

小璐漫聲吟道：「兩情若是長久時，又豈在朝朝暮暮……」

張勝一笑，搖頭道：「你呀……」

「勝子……」

「嗯？」

小璐抬起頭，一雙熠熠放光的眸子鎖緊了他的眼：「我唯一擔心的是……我不常在你身邊，你會不會……會不會變了心，喜歡了別人？」

張勝失笑道：「怎麼可能？」

小璐咬咬唇，幽幽地道：「怎麼不可能，有人說，男人可以為你流血流汗，唯獨不會花很多的時間等你。再好的男人也沒什麼耐性，無論你多值得等，他都不會等得太久的。」

張勝怒道：「這是誰說給你聽的？」

「王三娘。」

張勝一愣：「王三娘是誰？這個社區的？」

小璐道：「不是。王三娘，是古龍小說裏的一個女人。」

張勝愣了片刻，忽然放聲大笑，笑得彎著腰喘不上氣來。

小璐奇怪地瞪大眼睛看著他，張勝笑著笑著，忽然攬住她的腰，向她的唇上印了下去。

小璐對他的表情動作已經非常熟悉了，他剛欲動作，小璐就抬起了手，用掌心迎上了他的嘴，羞澀地道：「別，鍾情姐還在旁邊呢。」

張勝親昵地刮了一下她的小鼻頭，笑道：「你呀，真不知你那小腦袋瓜裏都裝了些什麼，你放心吧，我只愛你一個，永遠都不會變心。」

小璐仰視著他的眼睛，很認真、很認真地說：「我也是，勝子，我也不會變心，永遠永遠……永遠不會……」

張勝低頭凝視著她，迎著他的目光，小璐輕快地眨了眨眼。

張勝笑了，小璐也笑了，月光燈光，清輝交映，她臉上的笑容像暗夜乍放的曇花，美麗、嬌豔、如此迷人。

賓士車內，路燈的光照進裏面，清冷如星光。鍾情靜靜地沐浴在這星光下，淡淡的煙如雲似霧，輕籠著她的臉，只露出一雙朦朧如星辰的眸子。

她若有所思地看著車外那對熱戀中的年輕人，眸中一片深深的寂寥和落寞……

一輛美洲虎駛進了公司大門，車門一開，一個嬌俏得像香扇墜兒似的嬌小美人率先從車裏鑽了出來。

「烏鴉嘴啊你！秦二小姐！」

張勝打著傘迎上去，一見秦若蘭下車，立即抱怨道：「報上說今天沒有雨的，誰知道從一早就開始下，都是你說了句『下刀子都來』，看吧看吧。」

司機座位上的車窗降了下來，李浩升探出頭笑道：「這叫貴人出門風雨多，哈哈哈。」

張勝一身黑西裝，舉著黑雨傘，頭上歪戴一頂禮帽，仍然是大流氓許文強的標準打扮，只是少了一條白圍巾。

秦若蘭笑嘻嘻地鑽到他的傘下，那嬌小的身子就像偎在他的懷裏，她調皮地說：「下雨有什麼不好的，水主財運嘛。」

她穿了件乳白色的套衫和黑色短裙，白嫩的臉蛋，薄薄的櫻唇，貝齒雪白，唇紅齒白分外動人，領口露著一抹細嫩雪白的胸肌，精緻的鎖骨顯示出她骨架的纖細，淺淺梳妝，清秀可人，只因一下子就撲到了張勝的傘下，倒沒看仔細她姣好的身段。

張勝鼻端嗅到一股淡淡的高品香水味，不覺心中一蕩，心魔一生，便做不到那麼灑脫自然，他不自在地退了一步，將自己半個身子暴露在細雨裏，掩飾道：「還說呢，這郊區路段修得還不完善，一下雨有些地方就泥濘了，典禮也不好在院子裏開了。」

李爾和哨子從另一側下了車，撐開雨傘，哨子笑道：「哈哈，活該呀你，邀請我們只打個電話，倒是特意跑回去一趟邀請秦二小姐，你這不是自找的麼？」

張勝臉一紅，嘿嘿笑著，陪著他們往大廳裏走，隨口問道：「你們怎麼來得這麼早？還沒到八點呢。」

秦若蘭打個呵欠，說道：「是我把他們叫起來的，閑著也是閑著，踏雨出遊，也是一種格調嘛。」

張勝瞟了她一眼，關心地問道：「怎麼，昨晚沒睡好？」

秦若蘭丟給他一個白眼，抬腿踏上了紅地毯：「我昨晚值班哎，大哥！」

張勝哼了一聲說：「少來了，我沒見過你值班睡覺嗎？」

哨子向李爾擠擠眼，秦若蘭捂著嘴又打了個哈欠，說道：「昨晚還真沒睡，送來一個病人，我還以為發生了大案子，結果是喝酒喝多了，送來的時候全身發紫，完全沒有呼吸和心跳，瞳孔放大得嚇人！我們馬上採取了人工呼吸、電擊等搶救措施，半小時後才恢復心跳，不過部分部分臟器已經嚴重損傷，大腦也受傷嚴重，現在雖恢復了呼吸，卻進入了植物人狀態。」

張勝吃了一驚，說道：「這麼嚴重？你們幾個全是見了酒不要命的主兒，今後可得注意了，不要因為自己年輕就不小心，我可不希望你們有一個落得這種下場。」

秦若蘭懶洋洋地道：「遵……命……你呀，又來扮大哥……」

楚文樓、鍾情等人都迎上前來，秦若蘭說道：「行了，我們不是外人，不用招呼，你們忙你們的，勝子，給我找個地方，我先睡會兒，從醫院直接過來的，真是又睏又乏。」

張勝忙讓鍾情引著她上樓去休息室，李爾和哨子三個人嘻嘻哈哈地到處參觀，指手畫腳，張勝陪著逛了一陣，郭胖子急匆匆地跑了來，說又有客人到了，張勝忙告了罪趕去迎接。

客人們陸陸續續地趕來，淅瀝瀝的小雨也在九點鐘之前停了，天色掛起一道絢麗的彩虹，張勝心情大爽，在「劈哩啪啦」的鞭炮聲中，寶元匯金實業公司的開業典禮拉開了序幕……

從八點半起，便陸續有客人到來，張勝持續保持微笑笑到面酸，與人熱情握手握到手酸，不過心裏倒是很舒暢。

雖說鍾情統計的擬道賀人員名單，張勝已經反覆看了不下十遍，按他估計，開業時能到場十之五六，已經算是大有面子了，沒想到今天這架勢，倒是到場了十之八九，不得不緊急通知請來的酒店廚師多備十多席的材料。

不知道是不是為了迴避鍾情，徐海生沒有到場，把這個光耀的舞台完全讓給張勝表演了，不過他並沒有完全置身事外，聯繫了許多商界朋友趕來助陣。

張二蛋率領寶元及其下屬企業、關係企業的領導也紛紛到場祝賀，與他隨行的還有兩名報社記者，兩人一到現場就鎂光燈咔嚓響，隨意取了兩張寶元匯金公司的辦公大樓及熱火朝天的工地外景後，鏡頭就追蹤著張二蛋等商界名人而去了。原來這張二蛋有個嗜好，只要是出風頭露臉的事，不論大小，他總是孜孜不倦，樂此不疲的。

當然，張勝作為開業公司的董事長，也跟著沾了不少光。最令張勝激動萬分的是，原先不在他預料之中的開發區管委會牛主任也親自趕來道賀，令張勝大有面子。

張勝為了避開現任的管委會副主任賈古文，但凡跑管委會的事，一直都儘量避免親自出面，所以他和管委會的交往並不多，原沒奢望管委會會派人來參加。

但是一家企業是興起還是敗落，受不受政府支持，有時並不因企業領導和政府管理層個人之間的親密程度而決定，而是出於更大的政治需要。

橋西開發區的設立曾經飽經坎坷，並不像外界想像得那麼順利。市委市政府就是否設立橋西開發區，是經過幾番明爭暗鬥的，所以立項報告呈上去，就連市政府和市委內部都沒人能確定最後是否能夠通過。

新任市長為了創造政績，最終還是悄悄去上面活動，謀求到上層強有力人物的公開支持，設立橋西開發區的決定這才在元旦前倉促決定下來。因此開發區建設的成功與否，與市長個人的官運仕途產生了緊密的聯繫，他極為重視開發區的建設工作，特意把他的心腹，年僅三十八歲，年輕有為的牛滿倉委派到橋西開發區當一把手，主抓開發區的經濟建設。

張勝是第一個在開發區投資搞開發的，該企業又有省內著名民營企業家張寶元參股，牛主任熱切希望通過寶元匯金公司成功帶動其他企業進區，他親自帶人來參加開業慶典，其實是向所有與會企業家釋放一種政治信號。

所以這位牛主任不但來了，還帶了幾個副主任及開發區城管、稅務、工商、公安等各個部門的頭頭腦腦。各公司、單位祝賀的條幅從樓頂直掛到一樓窗戶，整個樓面都變成了一片鮮紅，花籃擺出十多米去。

作為企業的董事長，本該由張勝上台致辭答謝並講話，但是張二蛋一見到場祝賀的人這麼多，方方面面的頭腦都有，一時興起，不需人邀請便越俎代庖，主動上台致辭了。

「非常感謝市委老領導劉江淮書記、開發區管委會牛滿倉主任、各位副主任和開發區各個管理機關的領導、各事業單位的同仁。劉書記、牛主任對寶元匯金公司的建設十分關懷體貼，投注了大量心血，為公司的設立提供了最關鍵的支援、事無巨細的支持……」

張二蛋是個依賴型的企業家，他吃過被權力部門管束過甚的苦，也嘗過被他們大力扶持的甜，尤其是當他成為民營企業的一個標杆，享盡了鮮花、掌聲、榮耀和權力的方便之後，最初艱苦奮鬥的作風漸漸被對權力的崇拜所代替。他認為，政府既然把他樹立成為典型，肯定是不會讓他倒掉的，什麼事都會對他大開綠燈，那樣還有什麼事情是他辦不成的呢？這種思維一直影響著他的後期經營風格，如今牛主任是開發區的一把手，所以他才下意識地恭維一下，幫張勝拉近一下關係。

牛滿倉年富力強，前途似錦，重視仕途，所以為人比較清廉正直，希望在自己任內多創造些政績。開發區建設要主動招商引資，不能等客上門，扶持入駐開發區的企業，讓它們儘快獲得成功，對處於觀望狀態的企業來說，就是一種鼓勵和吸引，他當然真心希望寶元匯金能紅紅火火。

牛主任聽了張二蛋的話，微微一笑，輕輕點了點頭。張二蛋的致辭雖然不盡其實，他也用不著反駁，幫人貼金是好事嘛。

張二蛋發言完畢，就邀請牛主任上台發言。

牛滿倉上台笑道：「張寶元先生方才說得太客氣了，我們開發區管委會當然要為駐區企業盡可能地提供方便，這就是我們的職責所在嘛。張寶元先生經商開工廠的經驗豐富，是我省數一數二的著名民營企業家，張先生也是匯金實業的股東之一，希望今後還能多多幫助我們開發區的企業加強建設。寶元匯金是開發區第一家正式成立的公司，我希望寶元匯金能夠成功，能夠以此為契機，吸引更多的企業到開發區經商開工廠，衷心祝賀寶元匯金實業公司的成立，希望它能一炮打響、一炮走紅！」

賈古文冷冷地瞥了眼站在牛主任旁邊紅光滿面、躊躇滿志的張勝。這小子，當初一個畏畏縮縮、談吐青澀的窮小子，一年不見，居然也西裝革履、人模狗樣起來了，瞧他在那麼些企業家和政府官員們面前談笑風生，還真像那麼回事。

賈古文並沒有忘記被人要脅被迫屈服的恥辱，可張勝現在有那麼多人支持，而且牛主任又明顯站在他一邊，他只是三個副主任之一，背景又最薄弱，現在還不敢使什麼壞水。聽了牛主任的話，他只是咬著香煙齜牙笑了笑，假意開玩笑地說：「能一炮走紅的那都是女明星，沒想到寶元匯金老總也有這本事，啊？哈哈哈……」

旁邊幾個人聽了忍俊不禁放聲大笑，蘭副主任聽了，輕輕拉拉他的衣袖，低聲道：「老賈，你是政府官員，代表政府形象，怎麼能開這樣低俗的玩笑，以後在這些企業家們面前說話，應該注意一下。」

「是是，我也是看大家高興，隨便說個笑話！」賈古文打個哈哈，又飽含恨意地狠盯了張勝一眼。

開業典禮由原市委書記劉江淮、開發區主任牛滿倉、寶元集團公司董事長張二蛋、寶元匯金公司董事長張勝共同剪綵。典禮完畢後，牛滿倉特意與張勝進行了一番談話，聽了張勝的未來發展規劃，他對張勝務實的作風很是滿意，表示開發區會全力支持匯金實業的發展。

隨後的冷餐會上，張勝周旋於各個企業老總們之間，頻頻舉杯致意，向人致禮，也接受祝賀。楚文樓也打扮得衣冠楚楚，躊躇滿志地同老總們聊著天。鍾情有條不紊地安排著宴會的程序，郭胖子則指揮保安們把一份份禮品移到門口，等著企業老總們離開時贈送方便。

一個年輕俊俏的女孩騎著一輛天藍色的自行車趕到了寶元匯金，額頭冒著細汗，臉蛋兒熱得泛起健康的紅暈。放好車，悄然走到門口，站在鞭炮鋪成的「紅地毯」上，她倚著門框，看著西裝革履的心上人漫步在企業家們中間，如鶴立雞群，臉上不禁露出了甜甜的笑意。

其實小璐沒必要騎車來的，可是人節儉慣了是不捨得花錢的，就像張勝的姥姥，窮日子過慣了，什麼東西都喜歡攢著，張勝送去一箱蘋果，不放到爛了都不捨得吃。小璐計算了一下往返的時間，整個午休時間足夠她往返一趟，所以就騎車來了。

她本想上前與張勝相見，可是見他正周旋於企業老總們之間，互相說著寒暄的話，談著生意上的事，於是停住了腳步，只是站在門口，歡喜而滿足地望著他。

小璐的目光一直追隨著張勝的身影，十分鐘後，她抬起手腕看了看手錶，又看了看張勝，賀客如雲，張勝初次經歷這種場面，終究還不能做到遊刃有餘，所以有些應接不暇，臉上雖掛著從容的笑意，對他極其熟悉的小璐卻看得出他內心的緊張和忙碌，她輕輕歎了口氣，到底沒有上去打擾他，只是深深地凝視了他一眼，轉身走出了公司。

「東西都放好了？」郭胖子腆著肚子走出來，「喬羽，份數再點一遍，可別少了。」

剛剛直起腰來的喬羽一聽，又彎下腰點起來。

郭胖子無意間向外一看，恰好看到一個苗條的身影騎著自行車剛剛閃出公司大門。

「咦，好熟的身影，好像是小璐……」

郭胖子疑惑地抓抓頭皮，他回頭看看正安然擎杯站在人群中，專注地傾聽幾位公司老總談話的張勝，又輕輕搖搖頭，否定了自己剛剛的看法……

寶元匯金公司成立，第一單大買賣是出租廠房的事，還有半個月第一批廠房就完全建成交付使用了，辦產權證的事剛一有了眉目，徐海生就已經與另一家銀行接洽好了抵押貸款事宜，而張勝則在各大報紙和電視上打起了廠房出租廣告。

張勝的最終目標是要興辦實業，因此在建冷庫的事上更用心些。設備安裝試運行成功了，徐海生走關係找了銀行的人來評估，明明是出口轉內銷的製冷設備，換個標牌就成了進口產品，設備上加裝一個液晶顯示器，就說是最新數位設備，值一百萬的機器最終估出八百萬的高價，用之做抵押，又貸出約四百萬。

冷庫試運行成功之後，張勝高價從某國營冷庫挖出幾個技術人員管理，引進了比較成熟的管理經驗和技術。冷庫主要的作用就是儲藏商品，運營的好壞哪怕只產生一點影響，儲藏成本就會上升，所以必要的技術人員是不可或缺的。

在李爾和哨子的斡旋下，張勝拜見了他們的父親，求得了他們的幫助。超市的貨物上架都是售後收款，一旦遭到投訴或超市認為市場歡迎度太低，就有可能撤櫃，所以供應商們對這家第一超市是極力巴結的，萬客來總經理只是稍作示意，這些供應商自然心領神會，每個客商照顧一點，對張勝來說就是一筆大生意。

李氏批發也是如此，大批發商下面還有許多小批發商，層層向下如金字塔，李氏批發就是這金字塔尖上的企業，他們的下線貨物進出頻繁，貨物吞吐量也更大，其中有一部分把貨物委託匯金冷庫儲藏，其數量就難以估量。

當然，商人逐利，也不全是看在那兩位商界大佬的面子上，張勝的冷庫地處開發區，再加上是合資公司，享有各種優惠政策，所以冷凍冷藏成本低，運輸也方便，供應商們在此儲藏商品，每年可以節省大量資金，一舉兩得，何樂而不為？

這一來，原本預計要經過一年半左右的運營，最好的狀況才達八成儲貨量的，結果僅僅一個半月，公司的五個冷庫就全部爆滿。一時頭腦發熱的張勝喜出望外，幾乎馬上決定投資再建五個冷庫，他打電話和李爾商量，卻被潑了一盆冷水，李爾在電話裏說：「招攬到客戶只是第一步，還不代表真正的成功，現在應該抓管理、抓運營。管理要到位，不能出什麼岔子，在客戶之間樹立良好的信譽，徹底站穩腳跟。在內部，努力積累管理經驗，降低消耗，科學儲藏，在外部，以此為契機，擴大和穩定客戶隊伍，等時機成熟些才擴大生產。」

張勝沒有剛愎自用的毛病，只要人家說得有理，立刻唯唯稱是，打消了倉促擴張的想法。他購買了許多企業管理、冷庫管理方面的書籍，每天馬不停蹄地跟各種客戶，還有相關政府職能部門的人員打交道，又利用一切時間廢寢忘食地研究、學習，忙得團團轉。

幸好鍾情是個很合格的秘書，把各種事情安排得井井有條，張勝現在就像任何一個創業成功者初期一樣，全心全意撲在工作上，要不是與客戶打交道需要，他連頭髮都顧不上理、鬍子都顧不上刮，至於飲食和睡眠更是可有可無。這一來鍾情還得兼任他的生活秘書，連他的起食飲居都得照顧了。

又是一年春天到，張勝在辦公室忙碌了一個上午，有些疲乏地站起來活動著身子，輕輕推開了窗戶。經過一個冬天，窗沿上落了一層灰，角落裏還有一點未融化的積雪，但是風已經暖暖的了。

縱目遠眺，一幢幢高樓正在建設之中，挖掘機、打樁機在工地上轟隆隆地開著，遠遠近近的，已有一些廠房豎立起來。那些正在施工的，張勝名下土地上的廠房，也有其他進駐開發區企業雇傭的建築商，一派興旺氣象。

開發區正發生著日新月異的巨大變化，而張勝也脫胎換骨，與往昔大不相同，就連他的摯友郭胖子，在私下面對他的時候，都不再嬉皮笑臉地叫他勝子，而是發自內心地敬稱張總。人的威嚴，隨著成熟和權位的鞏固，如影隨形，那是遮掩不住的。

張勝眺望著遠方，狀似休息，心中仍在思考著事情。

企業的發展異乎尋常地順利，他開始有意把原本暫緩實施的水產批發市場提上日程了，因為現在條件已經成熟，他的冷庫名聲在外，結識了眾多的企業界人士，保證了客源。多品種的儲藏為他提供了供貨管道，此時就近建批發市場，可以和冷庫有效地配合起來，固定舊的客戶群，吸引新的客戶群，一舉兩得。

冬季是儲藏淡季，現在生意又開始紅火了，冷庫那邊的院子裏，正有一輛輛大卡車進進出出。張勝還順帶承攬了市內一些商場、超市和大酒樓的蔬菜、肉食供應，也就是說，他現在開始嘗試自己購貨銷貨了，這當然遠比代人儲藏更賺錢，但是耗費的精力也更大。

張勝滿足地舒展了一下腰肢，躊躇滿志地笑了。

電話鈴聲響了，張勝轉身拿起了電話，一聽到電話裏甜甜的聲音，張勝的疲乏就一掃而空。他坐在老闆台上，抓過煙盒，麻利地彈出一支煙叼上點燃，和電話裏的人款款訴起了衷腸。

電話是小璐打來的，張勝自開業典禮之後，就投入了緊張的創業工作，和小璐相聚的時間越來越少。小璐自己工作也很繁忙，星期日的時間則一天用來看望他的父母，一天趕到橋西來看他，聚少離多，大多數時間只能在電話裏一慰相思之苦。

小璐和弟弟張清的理解和支持，的確產生了很大作用，七大姑、八大姨，九竿子打不著的窮親戚們紛紛上門甚至直接來公司要他安排這個安排那個的幾乎沒有了，人家連自己的女朋友、親弟弟都沒安排到廠子裏，縱然心裏不樂意，也沒法挑剔什麼了。

兩人已經定下了婚期，準備今年十一結婚，現在小璐已是他的準老婆了。

張勝和小璐親熱地聊了一陣兒，又開始鄭重地叮嚀這個那個，直到小璐大呼吃不消，吵著要去食堂打飯，張勝這才嘿嘿一笑，問道：「老婆，你那邊有人嗎？」

小璐說：「哪兒有人啊，全都吃飯去了。」

聽著那嬌嗔的聲音，張勝幾乎可以想像她薄嗔似怨，紅唇微噘的俏模樣，不禁心中一熱，說道：「嗯，那你也去吃飯吧。」

「好，拜拜！」

「嗳，別掛，還沒親呢，來，親一個。」

電話裏靜了片刻，然後小璐對著電話「啵啵啵」地吻了三下。

張勝邪裏邪氣地一笑，捂著話筒低笑道：「親愛的，你這三下都親我哪兒啦？」

「大流氓！」鄭小璐脆生生地說了一句，「喀嚓」一下撂了電話。

張勝捏著下巴陶醉地笑了起來，現在稱呼已經從流氓晉升為大流氓了，下一次會叫什麼呢？期望啊！

「扣扣」，辦公室的門響了兩聲，便被人推開了。

張勝沒有抬頭，就知道是鍾情。郭胖子和楚文樓進他的辦公室一向是不敲門的，別人敲門沒聽到他允許是不會推門的，只有鍾情，介於兩者之間。

「張總，你該吃午飯了。」

「嗯，知道了，下午還有什麼事？」張勝笑吟吟地問道。

鍾情一身乳白色西裝，一進來就如同一輪皎月，令人眼前一亮，莊重、優雅、矜持、性感，事業與女人味兼得的氣質，很是賞心悅目。

白色西裝內，偏偏是黑色的內衣，黑色的胸衣、雪白的肌膚，賁起如球的乳房，在胸口擠出一道誘人的乳溝，黑色把她的性感映襯到了爐火純青的地步。她穿著獸皮紋的尖頂小皮靴，娉娉婷婷地走到了張勝身邊。

會表現自己的女人，可以用生動的肢體語言來彰顯自己的美，鍾情無疑就是這樣的一個女人。她的腰肢擺動的幅度並不大，步伐似貓步卻又不誇張，可是配合在一起，簡直就像是她的身體在說話。

賈寶玉說女兒家是水做的，見了便覺清爽，這比喻卻未包括成了親的女人。其實如果成了親的女人能完成這步蛻變，那便是以水為膚，以蛇為骨，周身之媚，無以復加。

女孩，只需要經歷一次就能變成女人，但是要變成一個成熟、性感的女人，許多人一輩子也無法完成這個蛻變，鍾情無疑是這蛻變過程中的一個幸運兒。

「下午沒什麼要緊事，你整天這麼忙碌，會把自己拖垮的，適當休息一下吧。王得富拖欠了十六萬元冷庫儲藏費，已經催過幾次了，也不開口說還。他剛剛派人送來請柬，邀你週四赴宴，看樣子還想再拖下去，你得有點心理準備。」

張勝點點頭，王德富是批發蔬菜水果的大戶，一時資金緊張也是有可能的，非不必要，張勝還是想私下協商索回欠款，不願意訴諸法律。

張二蛋當初做生意還經常讓人賒賬呢，這正是張二蛋打贏許多正規廠家，迅速搶佔市場的法寶之一。生意場上是無法一是一、二是二，一切都按規矩來的，像賈古文那麼不上道的，他才會鋌而走險。對自己的客戶，可不能動不動就打官司，凡事留一線，日後好相見，免得別的客戶見了心寒。

鍾情走到他身邊，淺淺一笑道：「說完人家欠咱們的，就是咱們欠人家的了。咱們現在欠的電費金額較大，供電局派人催過幾次了。」

張勝皺皺眉，說道：「咱們的流動資金很寬裕啊，總是拖欠著做什麼？」

鍾情聳聳肩，道：「這要問你啊，出租廠房和冷庫運營收入結算下來，扣除各項運營成本，流動資金也該幾百萬了。王經理負責財務，我也不知道他為什麼一直拖著不付。」

公司成立這半年多來，張勝從最初招聘的十幾個人中擇優提拔了些中層幹部，徐海生介紹來的會計王昌明已經升任財務部經理，鍾情升任公關部經理，郭胖子仍是任他的保安隊長，不過由於冷庫開業，工程擴建，他手下人馬已經擴充到近二十人。

張勝拍拍額頭，忽地想起來了，王昌明跟他彙報過，結算工程款、設備款等要馬上支付一大筆錢，由於第一批標準廠房的成功出租，現在他的整片地皮都在熱火朝天地開工，這個支出也不小。由於整個開發區都在建設，信譽卓著的施工單位成了搶手貨，供需易勢，工程方墊資款的額度就沒那麼多了，所以他資產雖多，現在卻是過路財神，大把的錢在他手裏流來流去，還不能隨意支配。

張勝點點頭，說：「喔，想起來了，這事我知道了，回頭我和楚總研究一下，能拿出來就儘快付給人家，如果不能，你安排個飯局，請他們延個期限。」

「嗯！」鍾情點頭，順手從他嘴上把煙頭奪過來，掐熄在煙灰缸內，嫣然一笑道：「好了，先去吃飯吧，你要是倒下了，我的飯碗可就不保了。」

她往跟前一站，張勝居高臨下正看清她的胸部，就算不是有意，也窺個正著。她穿的是黑色蕾絲內衣，黑白花邊勾勒出胸部的完美曲線，滲透著致命誘惑。

張勝的眼神不由一凝，鍾情敏感地注意到了他的目光，立即不著痕跡地率先轉身。那純黑色的胸衣襯托出白色的肌膚，賁起如球的胸肌光滑如玉，身體稍一移動間，彷彿有一痕月光在上面倏然流過，好一個嫵媚而不張揚的ＯＬ美人。

張勝笑笑，隨著她向門外走去。這段時間，一直由鍾情照顧他的飲食起居，工作上他安排鍾情，生活上卻習慣了鍾情的吩咐和自作主張了。

高跟兒鞋發出清脆的「咔咔」聲，節奏不急不緩，鍾情繼續彙報著工作：「今晚有飯局，你下午還是好好休息一下吧，你欠睡眠的時候，一喝酒就頭痛。」

「今晚有飯局嗎？和誰？」

「德陽公司的卓老闆啊，他有一批建築材料，不是想推銷給你嗎？」

張勝恍然笑起來：「哦！是他啊，想起來了。」

鍾情瞟了他一眼，輕聲提醒道：「張總，他已經邀請你多次了，看來是急於把貨脫手，這樣我們還能壓壓價。不過現在建材是緊銷商品，他似乎沒有必要這麼急切，我想……我們要買當然儘量買便宜貨，但是他的鋼材品質可能未必如他吹噓的那麼好，咱們蓋的是廠房，最好先驗妥了再說，這種事馬虎不得。」

張勝笑笑，說道：「嗯，我明白！」

他笑起來時嘴角微微上翹，顯得有點邪，但是他非常英俊，雙眼特別明亮，那一點邪笑就完全沒有了討嫌的感覺，反而特別具有個人魅力。

鍾情見了會心地一笑，心中也充滿了愉悅。

現在的張勝已非吳下阿蒙，在商場日以繼夜的磨煉中，他已漸漸成熟，舉手投足間不知不覺地煥發出一種成功成熟男性的魅力，非常有吸引力。

鍾情作為他的助手，眼看著他從最初心中存了一點事就睡不著覺，一遇到難題就四處打電話求教的人，漸漸變成一個有自信的男人，心中頗為歡喜。

男人的魅力不在於英俊與否，高矮與否，強壯與否，而在於自信，鍾情喜歡他成竹在胸的模樣。

這種歡喜非關男女之情，她現在沒有親人，沒有家庭，這家公司就是她的一切，張勝如今就是她的事業。親眼見證了張勝的成長，就像親眼見證她精心照料下的一株小苗長成了參天大樹，那是一種難言的成就感。所以，鍾情對張勝，有種很莫名的情感，是下屬對上司的忠誠，還是女人對男人的傾慕？是親情，還是友情？連她自己也說不清。

也許每一個女人潛意識裏都需要一個自己為之奉獻全部的男人，當然，她也需要一個為自己奉獻全部的男人。後者滿足女人尋求保護的柔弱本性，而前者滿足女人奉獻母性的犧牲本能。她追求後者的目標最初是楊戈，之後是徐海生，結果是令她心灰若死。她追求前者的目標則是張勝，張勝沒有令她失望，他正在漸漸成為億萬眾生中的一個強者……

第五章 商場交易

迎著張勝耐人尋味的雙眼，

鍾情直覺得那是挑釁的目光，她咬了咬唇，一字字道：

「如果，你堅持要用這樣的建材去蓋樓，我就去……檢舉你！」

張勝笑了：「檢舉我？」

鍾情的下巴微微揚起，倔強地直視著他，襯著兩頰一片潮紅，那眸光又狠又嬌，

張勝只覺平生所見女子，未有如許明媚者，不覺一呆。

他原本只是和鍾情開個玩笑，想不到她卻說出這樣的話來，

一時心中喜怒難辨，竟不知如何開口了。

省城最精彩的時刻當屬夜晚。當然，遊蕩在大街小巷的普通人是無法體會這種精彩的。當夜色籠罩了整座城市，無數的霓虹燈就開始在這座城市的各個角落演繹起一場場聲色的迷幻來。

夜色是迷幻的，燈光是迷幻的，然而最迷幻的，還是那些出沒於燈光夜色下的女人。髮廊、休閒中心、KTV、洗浴中心、夜總會、私人會所……只要你有錢或者有權，就能成為這裏的常客，成為那些美豔女子的座上客。

風華國際酒店，距市委大院不過兩里路，規模宏大，氣勢招搖，明眼人一看就知道它的幕後老闆背景不一般。

今天卓新就選在這裏宴請張勝，曾幾何時，張勝是宴請別人，巴結關係的人，現如今，一些所謂的大老闆也得巴結著他了。

卓新是八十年代就發家致富的第一批人，遠比張勝早得多，生意最興隆的時候，他的資產達數千萬，但是近兩年來經營頗為不順，財產縮水得厲害，如今不得不向晚輩低頭了。

卓新煩躁地敲著桌子，一邊等著張勝光臨，一邊盤算著自己的處境。實在不行，那輛賓士得先賣了，多少還能擠出點流動資金，家裏那輛公爵王雖說舊了點，也還湊合用。這批建材佔用的流動資金必須儘快回本，否則再壓下去就得血本無歸……

旁邊，女秘書抱著他的胳膊抵在自己豐滿的胸脯上，喋喋不休地說著前天剛剛看中一款鑽戒，如何美麗，如何喜歡，卓新有一句沒一句地聽著，也沒往心裏去。

老卓這些年包過許多女人，但是在身邊留的時間最長的還是這個寧可兒，原因無他，不過是她能給自己裝點門面罷了。寧可兒身高一米七一，膚白皮嫩，長相可人，而且是英語系畢業的高材生，帶著她面子上好看。

但是這個女人有點貪得無厭，自從和他上床之後，就不斷地索要東西，最初卓新正寵著她，再加上生意做得也順，那是有求必應，寶姿時裝、古芝皮包、倩碧口紅、名貴腕錶、手機住房等應有盡有，可這女人不知足，老卓只要和她一上床，呻吟聲中總夾雜著什麼東西很漂亮，央求他下次買給自己的話，弄得老卓興致缺缺。如今生意越來越難做，他開始覺得這輛專車有點太「耗油」了。

而且時間久了新鮮感就沒了，他對這個女人的興趣也降低了，最近他在自己公司剛剛又覓到一個新鮮年輕的女孩，雖說跟著他的女人大多是圖了他有錢，但是這女孩還是個小家碧玉，要東西還有點忸忸怩怩的，目前算是小排量的省油車，所以他很中意，正準備開除寧可兒，座駕換人呢，哪可能給她亂買東西。

「卓老闆，不好意思，勞您久候了。」張勝一進門，就笑吟吟地伸出手。

卓新連忙起身迎上去，滿臉堆笑地道：「哎呀，張總，見你一面可真不容易啊。」

「哪裏哪裏，大家都是生意場上的人，你也知道，一忙起來黑白顛倒，晝夜不分啊。」

張勝不卑不亢，笑容倒挺親切。對卓新，他瞭解得比鍾情掌握的還多了那麼一點，胸有成竹，自然穩若泰山。今天答應赴宴，是覺得把他晾得差不多了，再消磨一下他的傲氣，就可以獅子搏兔，亮出底牌了。

他接過卓新遞上的香煙，就手點著了，瞧見寧可兒，便笑問道：「這位是……」

卓新道：「這是我的女秘書寧可兒，可兒，來來來，見見張總，張總是寶元匯金實業公司的老闆，家財萬貫、年輕有為啊。」

自張勝一進屋，兩個男人寒暄的時候，兩個女人也互相評估地審視了一下對方。

美麗的女人對美麗的女人，無論相貌、身材、氣質，總是喜歡比較一番。但是她們彼此打量了幾眼，鍾情就若無其事地移開了目光，顯得沒把她當成對手似的，寧可兒正覺有些惱怒，一聽老闆介紹，連忙換上一臉的甜笑迎向張勝。

寧可兒陪了老卓幾年，主要工作就是陪著他出去應酬，腦滿腸肥的人見過，身家億萬的大老闆見過，三千多一瓶的酒喝過，一千多一樽的極品燕吃過，言談舉止自是落落大方。

「張總，您好，我是寧可兒，還請多多關照！」

寧可兒握住張勝的手，向他嫣然一笑，很自然地飄來一個嫵媚的眼神。

張勝淡淡一笑，對卓新道：「卓老闆，可兒小姐風采照人，令人羨慕呀。」

卓新曖昧地笑起來，他瞟了鍾情一眼，滿臉難掩的驚豔，呵呵笑道：「彼此，彼此，鍾小姐才是令人一見驚為天人的美人呀。」

他幾次三番去邀請張勝，和鍾情打過交道，所以知道她的名字。

鍾情聽懂了他的潛台詞，有些厭惡地蹙了蹙黛眉。

她現在陪著張勝沒日沒夜地工作，從無一絲怨言，就是希望用實際行動來證明自己的能力，證明自己不是一個只能依靠男人的女人，所以特別反感別人誤會她的職位是同權勢男人有什麼關係才得來的。

但是那個時代，在大多數人眼中，女秘書同曖昧是密不可分的朋友，如果是漂亮的女秘書，那便與情婦是一母同胞的姐妹了，她也無法辯解自己這個公關部經理兼女秘書的區別，只能默不作聲。

張勝和卓新客套幾句，四人一齊落座，服務員便送上了菜單，杯籌交錯中，晚宴開始了。

卓新是經營建材的，目前倉庫裏積壓了一大批劣質建材，壓在那兒出不了手，形勢對他很是不利。

其實前幾年老卓生意做得很順，在商場歷練多年，他有自己的一套經營理念，那就是買東西要便宜，一定要找私企，私企成本低，買的便宜，而賣東西想賺大錢，則一定要找國企，跟國企做生意只要搞定了單位負責人，那就什麼都好說；交貨時間晚兩天，沒問題；結算時多報上點運費、保險費，還是沒問題。

愛錢的可以用錢擊倒他；不愛錢的，給他送女人；又不愛錢又不好色的，可以安排他的子女去國外讀書。既不愛錢又不好色、又沒有子女的國企領導，老卓還從來沒遇見過。這麼做生意非常容易，人皆有弱點，還幾乎沒見過他搞不定的人。

但是這一兩年，他的生意接連出現失誤，賠了不少錢，這次進了一批建材，就是想利用到處都在開發建設的好機會，狠狠賺它一筆回本的，所以投入幾乎佔用了他的全部資金。可天有不測風雲，這批貨剛剛運到，就出了一件大事。東風市體育館剛剛建成就垮塌了，鋼筋水泥砸得一塌糊塗，叫人看了不寒而慄。幸好當時沒有比賽項目，否則怕是要鬧出一場震驚天下的大事故。

相關人員的處理就不用說了，這件事的副作用就是建築市場一片嚴打，一時間風聲鶴唳，嚴厲打擊豆腐渣工程的呼聲甚囂塵上，沒有什麼人膽大包天敢頂著掉腦袋的風險買他這些規格不符合標準的建材了。

這一來一切倒置了，國營企業的生意不好做，反而是私營企業的生意好做了。私營老闆所得都是個人利益，他敢賣非標建材，自然有人敢買非標建材。可是找了好多家，目前除了張勝，沒人能吃得下他那麼大數目的貨。

老卓今天要做的，就是攻下張勝這道關，借他張勝一顆熊膽，讓他吃下自己的貨，否則，他就要走投無路，血本無歸了。

為此，老卓才紆尊降貴地再三邀請，請張勝赴宴談生意。為了攻下張勝這道關，他還不惜高價從到本市訪問演出的外國舞蹈團聯繫了一位金髮碧眼的美女。

這位國際友人消費一夜的價格是七千元人民幣，老卓眼睛都不眨就答應了，條件只有一個：無論如何得把他的客人陪好。

卓新白手起家，像做夢似的有了今天這份基業，這一路上他見過太多比他更成功的人士一一倒下去。從一天只吃一個便當的窮人到揮金如土的豪紳，從家財萬貫的豪紳再到一貧如洗的窮人，這個輪迴是那麼殘酷，又是那麼真實。人生不是童話劇，一旦倒下，東山再起談何容易？他不想成為其中一個，張勝成了他的救命稻草。

卓老闆一邊勸酒，一邊觀察著張勝的表情、動作，揣測他的心態，以便在適宜的時候把買賣提出來，他的女秘書寧可兒很合格，巧笑倩兮，笑臉迎人，把張勝陪得眉開眼笑。一時間，總見二人咬著耳朵說悄悄話，卓新想插句嘴都難了。

「張勝似乎很喜歡可兒……」老卓咬著牙想，「要不把可兒也送給他享用一番？」

想到這兒他的臉有點火辣辣的，雖說他現在開始有點厭煩可兒了，但是一個佔有欲強烈的人，哪怕是自己用過了打算拋棄的東西，也不願意讓人分享的。作為一個男人，如果這麼低聲下氣，太有損尊嚴。

可是形勢如此，不能不低頭啊。老卓自慚地想：「戴它一夜綠帽子，權當沖晦氣了。那個金髮碧眼的美人都花了大價錢買來了，還差個寧可兒？只要張勝把自己的女人都要了，送他什麼都可以。」

似曾相識的畫面，再次閃現在眼前。

張勝瞇著眼，眼前煙霧繚繞，耳邊諛詞如潮。這一切，曾經出現在他面前，只不過那時他才是有求於人的人，周旋於一群村官中間。

卓新嘿嘿地笑：「做生意，講的是誠信，我老卓在社會上混了這麼多年，這點信譽還是有的，關於建材的品質，你儘管放心，價錢方面……哈哈哈……你儘管放心，一定讓你滿意就是。」

張勝喝得不多，眼神還很亮，並沒有被卓新的話所打動，他不置可否地笑笑，說：「卓老闆，我現在攤子鋪得很大，的確很需要建材，而且由於資金緊張，需要便宜一些的建材。不過自從東風體育館出了事，現在檢驗相當嚴格，你的質檢報告……呵呵，我覺得還是眼見為實的好。」

「那是，那是！」卓新笑著，心裏已經接連冒出了幾個在驗貨時魚目混珠、偷樑換柱的好主意。他親熱地攬住張勝的肩膀，曖昧地低語道：「張老弟，今晚我還特意給你安排了一個餘興節目，她今晚有表演，一會兒演出結束就能過來，嗯……你的女秘書不礙事吧？要不要先把她打發回去？」

張勝似笑非笑地說：「她？沒關係。」

卓新心領神會，只道張勝和鍾情之間的關係就和自己跟寧可兒一樣，說話便沒了那麼多顧忌：「嘿嘿，張老弟好眼力呀，挑了一個極品。不過老哥哥今天介紹給你的可不是一般貨色喲。」

張勝瞟了他一眼，不動聲色地問道：「演員？」

卓新哈哈大笑，一拍他的肩膀道：「嗯，演員，還是舞蹈演員，那身體的柔韌度，什麼高難動作難得了她？」

寧可兒見兩個人咬耳朵，便在另一邊攀住了張勝的胳膊，軟綿綿地偎在他身上，嬌滴滴地說：「張總，跟我們老闆嘀咕什麼呢？」

張勝一笑，舉杯道：「哦，沒什麼，卓老闆在跟我說他的創業史，真是一把辛酸一把淚，不容易呀。來，寧小姐，我們為李老闆今日的成功乾一大杯。」

寧可兒嫣然一笑，舉起杯來與他「噹」地一碰，一飲而盡。

「寧小姐真是豪爽，真有我們北國女兒家的豪氣呀！」張勝哈哈笑道。

卓新趁熱打鐵地道：「張總，關於建材的價格……」

張勝見寧小姐把酒乾了，也舉杯飲酒，卓新見狀只得耐著性子等他把酒喝完，然後接著話道：「張老弟，你看這價格……」

張勝輕輕一拍大腿，說道：「卓老闆，不瞞你說啊，你別看我現在公司紅紅火火，可是需要花錢的地方實在太多了，我要的這批貨不算少啊，一次付清那肯定是辦不到的。」

「那是，那是，分期付款嘛，這個是可以接受的，關於這個價格……」

他剛說到這兒，寧可兒說了句什麼，張勝就側過耳朵去聽，看那架勢，整個肩膀都頂進寧可兒那波濤洶湧的前胸裏去了，對他的話卻帶理不睬的，卓新眼中不禁閃過一絲怒意。張勝笑瞇瞇地回頭時，他的臉馬上又多雲轉晴了。

卓新見張勝似乎無意現在就把生意談妥，心中越發焦急，眼見張勝和寧可兒談得開心，他把心一橫，靠近張勝，拍拍他肩膀，耳語道：「老弟，看來你對可兒很有意思呀，如果你吃得消那匹洋馬，那老哥就把可兒也借給你，讓你玩個盡興，怎麼樣？」

張勝一聽，連忙擺手：「噯，別別別，那可不行，君子不奪人所好。」

卓老闆豪爽地道：「此言差矣，所謂兄弟如手足，妻子如衣服，何況小蜜乎？你要喜歡，老哥把可兒借你玩幾天都行，什麼時候膩了什麼時候還！」

張勝還沒開口，一旁的寧可兒在歌聲中隱約聽到在提她的名字，立即興致盎然地湊過來，嫵媚地笑道：「你們說我什麼壞話呢？」

卓新笑道：「怎麼會說你壞話呢？張總說，和你相處很愉快，有時間想帶你去個香港雙飛七日遊，想不想去啊？」

寧可兒雀躍道：「好啊好啊，我還沒去過香港呢。張總，你是不是說真的啊？」

張勝眼底閃過一絲好笑，他抬頭瞟向鍾情，鍾情聽到兩人的對話，神色更為不悅了，見他拿眼望來，鍾情舉起杯，賭氣似的一飲而盡。

張勝笑笑，向她舉起杯，然後呷了一口酒，那樣子倒像鍾情在向他敬酒似的，氣得鍾情把頭一扭，不跟他照面兒了。

張勝彈了彈煙灰，這才向寧可兒敷衍地道：「好啊，如果以後有機會，我就帶寧小姐出去玩玩。卓老闆不會捨不得吧？」

卓新連忙道：「不會不會，當然不會，你們都是年輕人嘛，呵呵，玩得到一塊兒去，出去見見世面很好嘛。老弟，可兒很會服侍人的，試過了你就知道了，嘿嘿嘿……」

卓老闆三番五次提起生意上的事，都被張勝不陰不陽地搪塞開了，火氣已經消磨沒了，如今自己的枕邊人都搭上了，步步退守，心防已到最後一關，想著女人是男人最津津樂道的話題，便想以此為突破口，不料張勝還是不陰不陽的，弄得他這碗溫吞水實在不知該怎麼喝了。

卓老闆萬般無奈，只好單刀直入，低聲下氣地道：「張總，你看……這批建材的價格，咱們是不是大致先敲定下來，細節嘛，回頭商量起來就方便了。」

張勝見他已被撩撥得沉不住氣了，這才笑道：「也好，那就先談談，不知卓老闆想以什麼價格把貨轉給我？」

卓新心頭急跳，連忙道：「建材商品，目前有的緊俏，有的過剩，如果張老弟願意都從我這兒進貨，那麼……咱們就不必分類計算了，總價我再比市價壓低一成半，如何？」

由於東風體育館事件，現在建材和建築市場查得嚴，大多數來路不太正規的建材都在降價，如今的市價價格已經極其便宜，卓新在此基礎上再降低一成半，可以算得上是大出血了。

張勝沉吟了一下，搖搖頭道：「卓老闆，高了。」

卓新一怔，咬咬牙，非常肉痛地伸出兩根手指，說道：「那麼……比市價低兩成，如何？」

張勝想也不想，再度搖頭，卓新怔住了。這趟貨，他是準備趁開發區大搞建設時撈一把的，可體育場的垮塌，連帶建材的市價狂跌了兩成，他再降兩成，等於按原定賣價的六成出手，扣去運費和保管費，他已經分文不賺了，想不到張勝還不滿意。

停了片刻，他才試探著問道：「那麼，張老弟的意思是……」

張勝笑笑，說道：「卓老闆，我不習慣討價還價，所以咱們就開誠佈公地談談吧，你這批貨我不管你進價多少，我全包了，價格是行價的三成，如何？」

卓老闆一聽，像屁股上裝了彈簧似的，嗖地一下跳了起來，怪叫道：「三成！你是不是說反了？七成還差不多。」

張勝雙眼微瞇，淡淡笑道：「沒說錯，我說的是三成，十分之三、百分之三十、千分之三百！呵呵呵……」

卓老闆臉色大變，含怒道：「張總，你要我？有點誠意好不好？壓價也沒有這麼壓的，這價根本不合理！」

鍾情也抬起頭來，吃驚地看著張勝：壓價壓到三成，沒有這麼談生意的，商人之間轉手買賣比不得服裝市場的小販賣貨物給個人，那時砍價先一刀砍到腳脖子上尋常得很，而商人之間不會有太大的浮價，一開口就壓去了七成的價格，這根本不可能。

張勝笑道：「卓老闆激動什麼？這價不合理嗎？不見得吧。卓老闆，你知道，自從東風體育館出事，現在建材市場查得有多嚴，房產驗收有多嚴，建築企業誰敢用你的材料？那是豆腐渣中的豆腐渣，要掉腦袋的。可是我敢！我全包了！但是……卓老闆，我那可是蓋樓啊，這風險全是我擔著，高風險沒有高收益，誰還肯冒險呢？」

卓新臉色發紫，憤憤地爭辯道：「哪兒有砍價砍到三成的？張老弟，沒有這麼做生意的。」

張勝穩坐釣魚台，淡淡一笑道：「卓老闆，我又不是強買強賣，你覺得不合適，不賣就是了，東西還是你的，我還能搶走不成？」

鍾情雖覺得自己老闆這價壓得有點太凶，基本上不可能談得成，但是他開了口了，就得盡心竭力地支持，於是溫婉一笑，侃侃而談道：「卓老闆，你要是零敲碎打，我相信你這批建材也能賣出去，可那就不知道是猴年馬月的事了。而且，到那時鋼材風吹鏽蝕，價格大跌，其他時效性短的材料更不用說了，水泥呢？油漆呢？隔熱材料、防火材料、石膏、塗料等等這些東西呢？放到那時候還能賣出去嗎？」

卓新快哭了，顫聲道：「老弟，你們不用一唱一和的，我……我要是按這價出手，得賠死了，跳樓價也不是這麼個跳法。」

張勝淡淡地道：「卓老闆，無論是在生意場上，還是論歲數，我都是你的晚輩，有些事不用我教你。做生意本來就是有賠有賺，有風險要擔，否則還不人人都去做生意了？還不人人腰纏萬貫了？我出這個價，是因為我覺得我擔的風險，這個價能勉強接受，你也可以選擇不賣！」

張勝言辭雖然客氣，但是言語錚錚，隱隱有殺伐之意，卓老闆聽了，面容慘澹，臉色灰敗，整個人如被放了氣的皮球般癟了下來。他扶了扶椅背，終於支撐不住似的坐了下去。

張勝一鼓作氣，繼續說道：「卓老闆，曾經有一位商界前輩告訴我，做生意就要有壯士割腕的勇氣，一旦發現錯了就要及時去改，而不能抱著僥倖心理將錯就錯。你能白手起家，有了今時今日的局面，這筆生意就算賠了，也沒到血本無歸的地步，難道連再搏一次的勇氣也輸了？這樣吧，你考慮清楚再回覆我，我等你三天，三天之後如果還沒有消息，我從別處進貨就是了，相信價格會比你高出不少，但是至少沒有那麼大風險。有風險的事，沒有足夠誘惑的價格，相信就是你卓老闆也不會去做吧？」

張勝說完向卓新和寧可兒點點頭，轉身走向門口，卓新急忙站起喚道：「張總！」

張勝停住了腳步，卓新張了張嘴，卻一句話也說不出來，他伸出去的手慢慢縮回來，整個人重新坐回坐椅，張勝整了整衣襟，淡然走出了包廂，鍾情見狀，連忙抓起皮包追了上去。

卓新腮上的肉都在突突亂跳，兩隻眼睛突出來，就像一隻垂死的青蛙。

「老闆……」寧可兒眨著媚眼，撲到卓新的身邊做小白兔狀。

「啪！」一杯酒狠狠地摔在地上，把寧可兒嚇得一下子跳起來，胸前一對玉兔一陣活蹦亂跳，看得人眼花。

「滾！滾！滾出去！」卓新聲嘶力竭地叫。

寧可兒怯生生地道：「老闆……」

「滾出去，讓我一個人靜一靜！」

寧可兒見他大發雷霆，這才慌慌張張地退出門去。

「張總，我覺得你不能進這批貨！」

停車場上，鍾情直視張勝，很堅決地說。

「為什麼？壓到三成的價，再也找不到比這更便宜的貨了。」

張勝食指上套著車鑰匙悠閒地轉著，看著鍾情異常認真的模樣，感到非常有趣。

鍾情微側著頭，思索地道：「我見你砍到三成的價位，就覺得這筆生意談不成，可是他的表情很可疑，看來他這批貨不止是非正常管道進的貨，標號規格不是有點不符合標準，而是完全不符合標準，根本就是一批劣質建材。鋼筋的直徑、鋼板的厚度、水泥的品質，這些東西關乎建築安全，那是蓋廠房蓋大樓啊，一旦出點事怎麼辦？」

張勝笑笑，繼續用有趣的目光看著她。

鍾情見他不以為然，努力繼續說服他：「張總，我們公司現在資金是比較緊張，但是公司的前景非常好，你不能為了貪圖眼前這一點利益毀了自己的錦繡前程啊。這樣的樓蓋出來，那就是一顆顆定時炸彈，說不定什麼時候就會葬送了你的事業，東風體育館就是前車之鑒。」

張勝手中的車鑰匙繼續轉動著，笑吟吟地看著她，一副滿不在乎的神情，鍾情氣得直跺腳，嗔怒道：「我說了這麼多，你到底明不明白？」

張勝心中驀地湧起一股暖流，他壓抑了一下感情，歪著頭想了想，笑問道：「如果我堅持要進這批貨呢？」

鍾情雙眉一鎖，抬眼望來，那眸中似有一抹豔紅乍現。

迎著張勝耐人尋味的雙眼，鍾情直覺得那是挑釁的目光，她咬了咬唇，一字字道：「如果，你堅持要用這樣的建材去蓋樓，我就去……檢舉你！」

張勝笑了：「檢舉我？」

鍾情的下巴微微揚起，倔強地直視著他，襯著兩頰一片潮紅，那眸光又狠又嬌，張勝只覺平生所見女子，未有如許明媚者，不覺一呆。他原本只是和鍾情開個玩笑，想不到她卻說出這樣的話來，一時心中喜怒難辨，竟不知如何開口了。

兩個人對峙似的站在晚風夜燈下，許久許久，鍾情的眸子漸漸騰起一團氤氳的霧氣。

張勝見她眼中淚光盈然，心弦為之輕顫，莫名的感動這一刻一下子瀰漫了他的心房。他不由自主地走過去，輕輕拉起了鍾情的手，她的手溫涼如玉，柔滑細膩。

張勝無奈地道：「你呀你，我開個玩笑而已，你何必這麼認真？水泥強度不夠、鋼筋直徑不夠，蓋不了廠房蓋不了樓，可是能蓋小型冷庫、能蓋水產大棚呀，這麼便宜又適用，我們為什麼不要？」

「嗯？」鍾情眼中的淚正不爭氣地湧出來，一聽這話，她趕忙吸了吸鼻子，努力張大眼睛，但是眼前仍是一片水霧的朦朧，她便盯著那片朦朧中的男人，迫不及待地問道：「建……小型冷庫和水產大棚？」

「是啊！」張勝開心地笑起來，「我們的冷庫儲藏已經飽和了，不及時擴張規模，豈不坐失商機？我仔細瞭解了中外冷庫建設方面的資料，發現我們以前採用鋼筋混凝土框架結構建冷庫成本太大了，現在有一種更先進的方法，適合建造小型冷庫，那就是用泡沫夾心彩鋼板的鋼架結構來建造冷庫，它的成本只有混凝土框架結構的一半，而且還可以隨時把建好的冷庫拆遷、拼裝、重組。卓老闆的材料建不了廠房和大樓，蓋平房冷庫和水產批發大棚卻綽綽有餘。利用這樣的方法，我們可以迅速再建起一些冷庫，同時由於冷庫小、成本低、品種多，可以靈活地根據市場需要來建設或改型，儲藏鮮花、藥品和茶葉、蔬菜、水果等等肯定受歡迎。此外，水產批發市場也可以開始籌建了，這些都需建材，而且儲藏室和整天魚腥氣、滿地髒水和魚鱗的批發市場大棚用那麼好的建材做什麼？我們現在正缺錢正缺貨的當口兒，卓老闆送上門來做及時雨，這筆生意怎麼能推出去？」

鍾情這才明白，她又羞又氣地跺跺腳，怒道：「你……那你……為什麼事先不和我說個明白？」

張勝翻翻白眼，無奈地道：「我哪知道我的員工比我還在乎我的公司。」

鍾情的心「咚」地一跳，臉一下子紅了。

張勝笑道：「好了，好了，下回有這種事，我先和你通通氣好了。」

張勝的手移開了，但是掌上餘溫猶在，鍾情耳熱心跳，忸怩地道歉道：「是……是我立場不對，你是老闆，沒必要把你的經營計畫都說給我聽的。」

張勝走到車門前，剛剛拉開車門，聽到這話，回頭笑道：「誰說沒有必要？我發覺，你的能力遠不止於文秘和公關，以前只是沒有被發掘出來而已。等公司再穩定一些，我準備要你分管冷庫或水產批發市場，做分廠廠長。」

寶元匯金實業開發公司為了方便融資和再融資，公司名字起得很有噱頭，經營範圍也比較廣泛和宏觀，所以冷庫是按寶元匯金實業公司下屬分廠來建立的，屬於母公司子公司的關係，這種包裝是為了避免讓人看輕了這家企業，從一家冷庫無法去揣測整個企業的規模。

由於利益歸屬的原因，民營企業的老闆在創業上，大多更具雄心，希望把自己的事業做得越大越全越好，張勝也不例外，所以他不但認可這種做法，而且很是欣賞，水產批發市場建成後仍打算採用這種分廠模式。

鍾情一聽又驚又喜，這不止是張勝對她的信任，也是她洗刷恥辱，自立自強的一個好機會，她正想問問張勝的詳細打算，一陣高跟鞋的響聲清脆地傳來，鍾情扭頭一看，只見寧可兒花枝招展地追了過來，老遠就在叫：「張總……」

鍾情一見是她，不禁蹙了蹙眉，她直覺地感應到，張勝和卓新談生意砍價如此之狠，必然還有自己不知道的內情，而解開這一切的鑰匙，似乎就是匆匆趕來的這個女人。

她下意識地退了一步，給寧可兒讓開了位置……

寧可兒像隻快樂的喜鵲似的飛到張勝身邊，媚笑道：「張總談判的氣勢好犀利，老卓被壓垮了。」

張勝淡淡一笑，從懷裏摸出一張支票，遞到了她的手中，寧可兒展開一看，頓時喜上眉梢：「謝謝張總，張總真是大方。」說著張開雙臂，看那樣子似乎要給張勝一個香吻。

張勝輕輕抬起手，阻止了她的親熱動作：「這是你該得的，我還得趕回公司去，這就走了，另外一半，等事成之後就給你。」

寧可兒抬起眼睛，黑白分明的眸子用四十五度角仰視著張勝，很是嫵媚地道：「好，張總是一諾千金的大男人，人家自然信得過。張總，人家打算離開卓老闆，要是張總肯收留，可兒非常願意為您效力。」

成功女性不怕丟人，寧可兒又何惜自薦？如今的世道是好馬配好鞍，老頭兒配美女。功成名就有經濟基礎的大多是中年以上的男人，難得有一個張勝這樣年紀輕輕自擁實業的金主兒，寧可兒自從與他一搭上線，就春心蕩漾，動了擇枝而棲的念頭了。

張勝哈哈一笑，打趣道：「我現在還沒有走出國門的雄心，你這位英語系畢業的高才生，到我公司不是屈才了？」

寧可兒瞟了鍾情，欲言又止地咽回了下句話，她展顏一笑，落落大方地伸出手：「那好，張總一路順風，我們有機會再談。」

張勝和鍾情上了車，寧可兒戀戀不捨地招著手，目送他們的車駛進了車流……

車子駛出了市區，鍾情終於忍不住了。

「她……寧可兒……也是你的人？」

張勝笑道：「不是，不過是因緣際會罷了。建材現在是緊俏貨，東風體育館出事後，急著主動找人脫手的，必然是品質有問題，所以我也有些擔心，托了商場上級的朋友查他的底，最初的目的只是想瞭解一下他這些建材到底能不能用，想不到無心插柳，遇到了寧可兒。」

「你不要小看她，她並不像外表表現的那麼庸俗、勢利，那層表像不過是和卓新這種人在一起處久了，自然形成的一層保護色。她知道卓新厭煩了她，正在物色新的女人，想在被打發之前報復他一下，恰巧我正在打他這批貨的主意，於是就和我取得了聯繫。」

「我答應付給她一筆錢，作為代價，她則把卓新的底細告訴我，卓新這批貨是他孤注一擲的投資，現在全部積壓脫不了手，而他的兩筆流動資金貸款也馬上要到期，一旦到期沒錢還貸，這批貨就會被封存，最終可能連渣都不會剩下。」

「目前來說，正在大興土木的生意人不多，敢買他那批問題建材的人更少，除了我，他再找一個合適的買家就難了，所以我才敢把價壓得這麼低。」

張勝叼上一支煙，點燃吸了一口，悠悠地道：「放心吧，我查了他的底，也諮詢過業內的朋友，他那批貨品質上是有點問題，蓋樓是有風險，但我們用來蓋簡易冷庫和批發大棚，絕對不礙事。」

「哈哈，老卓是衝著我大興土木蓋廠房來的，卻不知我正準備擴建自營實業，知已而不知彼，他焉能不敗？不過……今天價壓得是狠了點兒，市價在嚴打之下實際上已經降了兩成了，在此基礎上壓到三成，實際上等於壓到了兩成四。」

「不過這就像是遛魚，總要先提溜一下的。你看著吧，老卓不死心，還會打電話和我討價還價的，那時我再鬆鬆口，把價錢提到四成，這一來比他的心理預期高，他就會答應我的條件的！」

鍾情瞟了他一眼，揶揄道：「下餌、釣魚、遛魚之前是不是還得先趕魚？卓老闆拿著上吊繩，一門心思地盯準了你這棵歪脖樹，恐怕寧可兒居功甚偉吧？」

張勝哈哈大笑，佯怒地瞪了她一眼，說道：「誰是歪脖子樹？對你老闆有點信心好不好？我要做的是參天大樹！這魚可不是我趕來的，而是他自己送上門的，我只是以蓋樓為餌、行建棚之實，將計就計罷了。」

「不過，和寧可兒取得聯繫之後，寧可兒的確用了點趕魚的手段，得罪女人，真是一件很可怕的事。她利用老卓的信任，堵住了他的其他出貨管道，還故意漏了口風引起相關執法部門的關注，逼著老卓狗急跳牆，但這可不是我的主意了。」

鍾情道：「這個女人智勇雙全啊，學歷又高，臉盤又靚，完全拿得出手，你方才怎麼不把她招攬到你的麾下？她可會成為你商場上的好助手呢。」

鍾情完全沒注意自己的語氣已經帶了酸溜溜的味道，張勝聽了，臉色陰沉了一下：「這樣可怕的女人，只可以利用，我怎敢讓她上我的船？」

他叼著煙側頭想了想，又笑了笑，篤定地說：「她現在還是老卓船上的人，所以……老卓這條刺兒魚一定會就範！」

包房內，老卓兩眼發直地坐在那兒。

他並不是被打擊得已經失去知覺，相反，他的大腦現在轉得非常快，利益的得失，貪婪與割捨、悲傷和憤怒，種種情感交織在他的心頭，煎熬著他的心。

酒，一杯杯地灌下去，忽然，他抓過剩下的半瓶白蘭地，一仰頭「咚咚咚」地全都灌了下去。

「哈佳一，哈拉紹。」一個女孩甜甜地說，那聲音就像個十一二歲的小姑娘。

卓新有點猙獰地抬頭，俄羅斯美人拉莉莎像隻輕盈的海燕般翩然閃進了房間，輕輕扣好房門，巧笑嫣然地向他打招呼。

拉莉莎膚白如牛奶，金髮碧眼，身材高挑，一件石榴花的連衣裙，透著無窮的活力和豔麗。纖腰上束了一條金色的肚皮舞孃的飾絲腰帶，脖飾同腰帶是一樣的，只是小了幾號。

拉莉莎最拿手的本來就是肚皮舞，一跳起來，眼花繚亂的手姿，使勁搖擺的胸部，水蛇般起伏的腰部，波浪般起伏的臀部，赤裸伸展的纖足，能立即把無盡的性感眼花繚亂地送進你的心裏，最後，你會被她塗了銀粉的肚臍上那一點漩渦處把魂兒都勾了去，絕對是一個媚惑眾生的尤物。

拉莉莎眼珠俏皮地一轉，發覺了房間中的異樣，她聳聳肩，用帶著異國腔調的中國話問道：「卓老闆，你要我陪的客人呢？」

「客人？」卓新紅著眼站起身，踉踉蹌蹌地走過去，拉莉莎見他要跌倒，連忙好心地扶住他，卓新東倒西歪地晃著，吼道：「飛了，都他媽的飛了！」

「什麼？」拉莉莎睜著一雙海藍的眼睛，莫名其妙地問：「什麼飛了？」

卓新拖著她一路踉蹌，一下子摔進沙發，喃喃道：「背啊！真背啊！人……人要是倒楣，喝涼水都塞牙！」

他說完，忽然一把摟過拉莉莎，左手在她豐滿的胸前使勁地揉搓著，右手便去撩她的裙子，發洩似的咒罵著：「今朝有酒……今朝醉，明日愁來明日愁……明日……我日……」

沙發縫裏塞著兩隻無線麥克風，那是方才寧可兒拉著張勝情歌對唱時扔在那兒的，寧可兒那只麥克風開關還沒關上，兩人撕扯的動作不斷碰到麥克風，音箱發出一陣陣嗡嗡的聲音。

「不要在這裏，不要……唔……唔……」

卓新喘著粗氣壓在她身上，拉莉莎是跳肚皮舞的，腰力何等了得，她不敢動手打這花錢的主兒，就不斷用腰向上挺，挺得卓新就像趴在大客車後座上疾馳過一條顛簸不平的公路，被顛得七葷八素。

「奶奶的，白……白種女人，勁……勁、勁兒真他媽大！」卓新噴著滿嘴酒氣，大著舌頭說著，順手給了拉莉莎兩個嘴巴，拉莉莎害怕了，躺在那兒不敢再掙扎。

卓新趁機掀起她的裙子，壓住她那兩條修長光滑的大腿，準備好好享用一番。可是他大醉之中，再加上那股邪火兒根本就不在性慾上，忙活了半天，還是不成功。

卓新惱了，嚎叫道：「七千塊、七千塊啊，老子背……真背，他媽的，老子的錢……不能就這麼打水漂了！」

氣急之下他忽地摸到一個細長光滑的筒狀東西，便順手抄起來，砸在了拉莉莎的身體上。

「啊……」拉莉莎痛得一聲尖叫，一下子坐了起來，音箱把她的尖叫充斥了整個房間。

卓新醉眼矇矓地東張西望：「什麼事？發生了什麼事？」

這時，拉莉莎摸到了另外一隻麥克風，她順手抄起來，一下子狠狠砸在卓老闆的頭上，卓老板眼一翻白，頹然滑到地上，靠著沙發像死豬似的暈了過去……

張勝鏗鏘有力的聲音還在鍾情耳邊迴響：「放心吧，這條刺兒魚一定會就範的！」

迷幻的燈光，映在張勝的臉上，他的臉上充滿了自信的光彩。

鍾情瞟著他的臉，一時目光竟然無法從他臉上移開。

從男孩到男人，是從生澀到成熟的一個過程。純真的男人可愛，但是成熟的男人更有味道，那是只有會品男人的女人才能嗅出的芳香，

眼前這個男人，正在日漸成熟，可是不知怎地，鍾情心底裏偏偏生出一種失落的感覺。她盼著他成熟，但是當他真的成熟了，鍾情卻又患得患失地懷念起那個質樸的、純真的，有點傻傻的大男孩了。

「怎麼了？」

張勝好奇地轉過頭，向鍾情問道。

「哦！沒……沒什麼……」

鍾情有點神經質地去摸煙，張勝摸出十八K黃金機身、鑲著祖母綠的都彭打火機，「嚓」的一聲為她點燃，鍾情長長地吸了一口，整支香煙立即燃去了五分之一。

鍾情夾著香煙，擔心地想：「他已經踏進了生意圈，已經取得了名利場的入場券，今後他會在這名利場中變成怎樣的一個人呢？會不會變得像徐海生一樣無情無義、唯利是圖？」

卓新被人掐住了七寸，走投無路之下，終於在第三天頂著額頭一個大肉瘤子跑來跟張勝再度談判了。他來，就意味著妥協，張勝胸有成竹，與他反覆交鋒之後，「十分為難」地讓了一步，把價格提高到了四成，雙方開始簽合同了。

合同簽罷，張勝從鍾情手裏接過支票遞過去，很熱情地道：「卓老闆，前兩日蒙你熱情款待，今天來到小弟公司，本該投桃報李，奈何今日約好了人，實在脫不開身，抱歉抱歉，改日兄弟再請你喝酒。」

卓老闆苦笑一聲道：「我現在哪兒還有心思喝酒啊？張老弟，長江後浪推前浪，前浪死在沙灘上，老哥服了！」

他拱拱手，拿著支票垂頭喪氣地去了。

張勝笑笑，扭頭對鍾情說：「材料馬上到位，記著下午請四建的江老闆過來一趟。」

鍾情點點頭，說：「好的，還有件事，楚總的車去供電局了，剛剛財務部說有幾張支票要跑一下銀行，可是沒車可用。」

張勝道：「這樣啊……那麻煩你送一趟吧，我上午不出去。」

鍾情頷首道：「好，我馬上去。」

第六章

男人酒後的意志力

美人醉酒是很迷人的。

貴妃醉酒的媚態，連永遠喪失了男人能力的大太監高力士都難以抵擋，

更何況張勝一個血氣方剛的正常男人面對一個堪比玉環的美人款款寬衣？

若是平時，他還能馬上退出房去，

這時酒後意志薄弱，眼見美人寬衣，怎能不心猿意馬？

張勝的心怦怦地跳起來，明清豔情小説裏的一句戲詞兒湧入了他的腦海，

「燈下醉看美嬌娘」。

張勝不是聖人君子，心裏明知不該，潛意識裏還是升起一種期盼。

鍾情把出納送回了市裏，開發區銀行還未建立，張勝的開戶銀行在市裏，地點就在「淺草幽亭」社區外的路口，鍾情把出納送到銀行門口，然後停到泊車位上，打開音響聽著音樂。

過了一陣兒，還不見出納老宋出來，鍾情手搭在車窗上，隨著悠揚的樂曲聲輕輕地打著拍子。抬起頭，就能看到斜對面的「淺草幽亭」，她一直想讓自己平靜些，滿不在乎些，可是強自抑制了一陣，那雙眼睛還是不由自主地向「淺草幽亭」社區裏瞟去。

那個薄情寡義的人就住在那兒，怎可能視而不見？

滿路人家笑語聲，往事悠悠恨難平。愛也好，恨也罷，都是一種割捨不掉的情，哪是那麼容易忘卻的？

鍾情注目那裏，神思恍惚，眼神十分複雜，也不知心裏想些什麼，手指的動作漸漸地慢下來。

就在這時，她忽然瞟見一個熟悉的身影，定睛一看，正是本該正在銀行裏辦業務的財務部老宋。他提著黑皮包，弓著背，急匆匆地走進了社區大門，向左側一拐，從小花園斜插下去，消失在樹影當中。那去向，正是徐海生居家所在，鍾情曾經無比熟悉的地方。

鍾情若有所思地托著下巴，食指輕輕點著嘴唇，凝視老宋消失的地方良久，一雙秀而媚的鳳眼微微地眯了起來……

鍾情回到公司，並沒有把她的發現告訴張勝。她如今是張勝的得力助手，事無巨細都要輔助安排，公司有個徐海生徐董事又怎麼可能瞞過她的耳目？徐海生同公司有密切聯繫，其實她早就知道了，但是她選擇了沉默，選擇了故作不知。

如果是剛剛來到寶元匯金公司的時候，聽說徐海生在這家公司也有股份，她一定轉身就走，絕對不願再和徐海生有一絲一毫的瓜葛。可如今不同了，時間的消逝使她心中的傷痕正在漸漸癒合，已經不再是那種撕心裂肺的痛。這家公司是她開始新生的地方，傾注了她太多的心血，對她來說，有著非同一般的意義，這裏就像是她的家一樣，她怎麼捨得離開？

以她對徐海生的認知，這個人心狠手辣，絕情無義，心中唯有一個利字，但是張勝是他一手捧起來的，現在公司營運如此紅火，可以說公司辦得越好，對他就越有利，實在想不出他坑害張勝的理由。

他既然是公司的常務董事，又是張勝的幕後軍師，那麼公司財務人員上門拜會一下算是為了公司的事也好，私下拉近關係也好，都是情有可原的事，這種事說出來也決定不了什麼。

而且因為和徐海生以前的關係，使鍾情的身分非常尷尬，如果沒有什麼證據卻在張勝面前說徐海生的壞話，那是自討沒趣，張勝是選擇相信他的扶持者、領路人，還是選擇相信自己，結果不用猜都知道。

於是，鍾情再度選擇了沉默，但是她開始利用董事長秘書的特權，秘密調查並關注起財務部來，這時她才發現財務室的出納、會計人員全都是徐海生介紹入廠的，鍾情暗吃一驚，對財務部更加注意了。

這天晚上十點多鐘，張勝的賓士駛進了公司大門，緩緩停在甬道右側的車庫前，車門打開，張勝開門走了出來，然後疾步繞到另一側，打開車門，把睡眼矇矓的鍾情扶了出來。

「慢點，慢點，小心，別碰了頭！」張勝小心地把她攙下來，鍾情昏昏欲睡，呢喃地道：「到……到了？」

「到了，到了，來，我扶你回宿舍，慢點走。」

一個保安小跑著過來，恭敬地道：「張總，鍾經理醉了？要不要我扶一下？」

張勝擺擺手道：「不用了，我送她回去，你回值班室吧。」

「是！」保安退開了。

張勝扶著雙腿發軟的鍾情向宿舍樓走去。

鍾情是張勝的得力助手，各種公司事務和往來應酬，按輕重緩急安排得井井有條，無論什麼場合，都能把張勝維護得很好，不至於讓他出乖露醜。簽字、談判的時候，各種文件和相關事宜也都準備得充分完備。作為一個合格的助手，她讓張勝節省了大量不必要花費的精力。但是這一切事情，百分之九十都離不了同一個場景：酒席，所以鍾情的工作還有一項很重要的任務，那就是喝酒。

酒文化淵源流長，國人愛酒，古已有之，大至各種宴會，小至數人聚會，均要喝至盡興方止。不論官場還是商場，酒都是人際關係的高級潤滑劑，許多不方便在台面上說的話，倒是可以借著酒勁說出來。

所以，酒宴應酬已經融入到了人們工作、生活的方方面面，只有涉世未深的人才會小覷酒席的力量，你想做事、想交往，這酒就必不可少。自古至今，是求人的敬酒、被求的應酬。今天人求你，明天你求人，這酒宴應酬也就成了辦事人的需要，成了社會的需要。

正是人在江湖走，哪能不喝酒。張勝在生意場上沒有天天喝得像濟公似的，全賴鍾情之助。鍾情的酒量比他好得多，飯局上替他擋下了無數次進攻。

但是今天的飯局實在太多啦，下午先是約見冷庫設備廠商，被他們請去大喝了一頓，然後約見四建公司老總，又被請去胡吃海喝一通。強撐著回到公司，張勝左思右想，還是覺得有必要先與質監局的聯絡一下感情，因為凡事防患於未然，效果可遠比事到臨頭了上門求告好得多，於是一壺熱茶還沒喝完，就趕回市裏，盛情邀請質監局的官員們赴晚宴。

鍾情既要替張勝擋酒，作為一個麗色宜人的美女，更是成為在座的男士們輪番攻擊的對象，被人請時還可以巧言推辭，請人赴宴時可就不能扭扭捏捏的不喝，從下午一點喝到晚上九點，一氣兒喝了三起，鍾情今天真是酩酊大醉了。

宿舍樓只有一幢，廠裏男員工多、女員工少，所以女員工被安排在房間最少的頂樓。鍾情是董事長秘書兼公關部經理，獨自有一個房間，同普通女工的待遇不同。張勝扶著趔趔趄趄的鍾情，她的身子軟綿綿的柔若無骨，可上起樓來就費了勁了，張勝自己也沒少喝，一氣兒把她扶上頂樓，累得氣喘吁吁。

鍾情還有點意識，被扶到自己門口時迷迷糊糊地掏出鑰匙，可是對了半天也沒找著鑰匙孔，張勝便接過來給她打開門，拉亮燈，把她扶了進去。

鍾情的房間不是很大，一張床、一張辦公桌、辦公椅，正對面一個電視櫃，上邊擺著一台電視，裏面對著床是一個大衣櫃，中間鑲著一面穿衣鏡。一進門的地方是洗手間兼洗浴室，有點像是旅店，不過這條件已經算是好的了，別的女工是三人一間，既沒室內盥洗室，也沒有電視的。

張勝把她扶到床上，腳下被拖鞋絆了一下，一屁股坐在了床上，失去扶持的鍾情軟綿綿地倒在他身上，掙扎了幾下，便沉沉睡去。

張勝呼呼地喘了一陣粗氣，伸手想摸支煙，這才發現鍾情半趴在他的身上，酥胸正壓在他大腿上，而滾燙的臉蛋則貼著他的小腹，他根本摸不到褲兜裏的煙盒。

兩個人姿勢很不雅觀，不過這時張勝酒意半酣，也沒注意有何曖昧，他的手伸進褲兜，一觸到那軟綿綿的一團，這才覺察出是碰到了鍾情豐滿的胸部，忙把手縮了回來，坐著喘了會兒氣，他從背後的被子上扯過枕頭，然後小心地把鍾情扶躺在上面。

鍾情閉著眼呻吟一聲，慵懶地躺在那兒。張勝搖搖晃晃地站起身，走到桌前提起暖水瓶搖了搖，裏邊嘩嘩直響，應該還有點水。

他從茶盤中翻過一隻杯子，可是喝醉了酒，手下力道不匀，一下子把整只暖瓶都扣了過來，水灌到水杯裏，又把水杯碰倒了，好在水已經不是很熱了，沒有燙著他。

杯盤一陣嘩啦作響，張勝怕驚醒了鍾情，他甩著手上的水，回頭一看，聲音果然驚動了鍾情。她迷迷糊糊地坐了起來，因為日光燈晃眼，她一直閉著眼睛，但是儘管如此，凌亂的秀髮，緋紅的臉頰，仍然呈現著迷人的少婦風韻。

張勝小心地收拾好杯盤，正要叫她安心躺下，一見鍾情的動作，忽然目瞪口呆。鍾情大概是嫌兩條腿搭在床沿上不舒服，本能地想把腿伸上床再躺下，可是她喝得迷迷糊糊的，根本意識不到屋裏還有人，這時正閉著眼睛解衣服扣子……

鍾情的前襟只扣了兩個扣子，她解開扣子，張勝眼睛裏跳動著的就只有她緋色內衣處的凸起部位。

美人醉酒是很迷人的，貴妃醉酒的媚態連永遠喪失了男人能力的大太監高力士都難以抵擋，更何況張勝一個血氣方剛的正常男人面對著一個堪比玉環的美人款款寬衣？若是平時，他還能馬上退出房去，這時酒後意志薄弱，眼見美人寬衣，怎能不心猿意馬？

張勝的心怦怦地跳起來，明清豔情小說裏的一句戲詞兒忽地湧入了他的腦海，「燈下醉看美嬌娘」。張勝不是聖人君子，心裏明知不該，潛意識裏還是升起一種期盼。

鍾情脫了上衣，沒有繼續脫內衣，卻開始去解皮帶，隨著她款款寬衣的動作，吊帶背心的下沿上卷，露出她平坦圓潤的小腹。

從性感的髖部曲線，可以看出那條黑色低腰內褲把她渾圓的臀部繃得緊緊的，下邊兩條渾圓如玉柱的大腿光溜溜地並在一起，膝蓋之間連一根小指都插不進去，膝頭微微拱起，更覺蝕骨銷魂。

鍾情緩緩地仰臥到床上，一件緋色印花吊帶背心襯得她胸前峰巒起伏，把張勝的一顆心也顛得像是飄在浪尖上的小船，飄啊飄地飄向了她雙峰之間的銷魂谷。

張勝只覺口乾舌燥，下意識地去拿水杯喝水，直到拿到一個空水杯時，才乍然驚醒。他的理智告訴他必須馬上退出去，可是那雙眼睛還是禁不住留連在鍾情誘人的身體上。他不是聖人，也不是太監，思春是人的天性。

但是……但是……直到燈的開關按上，黑暗剎那間撲入眼簾，張勝的視線才像被剪刀切斷了似的收回來……

三樓是男員工宿舍。楚文樓和工人們打了一晚上牌，回房前先上了趟廁所，他吹著口哨正撒尿，忽聽樓下傳來汽車引擎的響聲，知道是張勝赴宴回來了。他趴著窗台一瞅，果然是張勝，還扶著一個醉美人。

楚文樓曉得那美人必是鍾情，不禁又妒又羨，他站在廁所門口側耳聽著，一陣雜亂的腳步聲，兩個人上樓去了，楚文樓不禁暗暗咒罵一聲。

這個風情萬種的女人他盯了好久了，可惜獻盡殷勤，她都是若即若離的敷衍。漸漸地，這個能幹的董事長女秘書在公司的威望和權力越來越大，如今已不是他能擺佈得了的人物了。

她平時和張勝出雙入對的，楚文樓就懷疑她和張勝有一腿，再琢磨她今晚醉酒，張勝不避嫌疑地扶她直入閨房的情形，兩個人之間有私情那是毫無疑問的了。

難怪鍾情對他這個副總經理獻的殷勤毫不在乎，原來她和張勝有一腿。張勝是董事長，又比他年輕英俊，這騷貨當然不把他放在眼裏。楚文樓心中又嫉又恨，可張勝權柄、地位都比他強，他怎麼和人爭？

楚文樓站在廁所裏抽著煙，腦子裏不斷想像著樓上兩個人翻雲覆雨的淫蕩場面，越想心裏越酸。過了好久，他才無可奈何地掐熄了煙頭，準備回房睡覺。他剛剛走出廁所，卻見一個搖搖晃晃的身影扶著樓梯拐了下去。

楚文樓愣住了：「他走了……他居然沒睡在鍾情房裏。難道……他們兩個人之間並沒有一腿？這怎麼可能？」

過了半天，楚文樓才狠狠一拍腦門兒，自語道：「哎呀，我真蠢！張勝視老徐如大哥，鍾情好歹曾是老徐的女人，這小子怎麼可能碰她？」

楚文樓眼珠一轉，嘴角露出一絲淫邪的笑意。

「張勝啊張勝，這飛來豔福你不享，真是暴殄天物呀，好，你不要，那兄弟我可不客氣了。」

楚文樓走回廁所，站在窗台邊靜靜地觀察著，見張勝腳步踉蹌地向主樓走去，急忙又折了回來。他平時不怎麼到樓上去，畢竟樓上是女員工的宿舍，作為公司副總，他也不好意思上去讓人說閒話，不過，鍾情的房間他是知道的。

他不知鍾情的房間鎖沒鎖，抱著萬一的希望，躡手躡腳地上了樓。樓上各個房間都關著燈，只有鍾情的房門縫裏透出一線光。

楚文樓怕樓上的女員工還沒有全入睡，他站在走廊裏側耳傾聽片刻，見各個房間一點聲息都沒有，這才小心翼翼地靠到鍾情房間前，握著門柄輕輕一壓一推，那門竟無聲。

楚文樓頓時大喜。他先把門推開一道大縫，如果鍾情還醒著，那他就不敢進去了，畢竟這是女員工宿舍樓，鍾情一旦驚叫起來，那就完蛋了。

不過，看剛才張勝扶她上樓的模樣，她今天醉得著實不輕，要是趁她酒醉神志模糊四肢無力占她身子，那就容易得多了。

在楚文樓心裏，鍾情是那種對兩性關係比較隨便的女人，真要硬占了她的身子，她也不便聲張的，這啞巴虧她是吃定了。

楚文樓瞇著眼向裏張望，見一個人影正仰臥在床上，他左右看看，這才把門一推，飛快地閃進去，然後又輕輕將門關上。

楚文樓走到床前站定身子，定睛一看，不由雙眼一直，口水都快出來了。

鍾情仰臥在床上，好像正向他做著無聲的邀請。淡淡的月光給她裸露在外的肌膚籠上了一層如水般的光暈，玉體橫陳、曲線迷人，宛如靜夜中的一顆明珠，放出淡淡的光芒。

楚文樓終於知道什麼叫風情萬種，終於知道為什麼有傻子不要江山愛美人了，這才是銷魂蝕骨的一代尤物呀。

他眼中噴著慾火，興奮得直打擺子，他踢掉鞋子，一邊飛快地脫著衣服，一邊向床上那具閃著潤澤光輝的誘人女體猛撲過去……

張勝的住處就在董事長辦公室裏屋，但他走到主樓前就口渴難耐了，便一頭鑽進了收發室，拿起門衛老胡的特大號茶缸子「咕咚咕咚」喝了個痛快。

一缸子涼茶下肚，張勝清醒過來，想起鍾情房間一點熱水也沒了，半夜酒醒必然口渴，得給她送壺水去，便提起了桌子上的暖水瓶。

老胡殷勤地道：「董事長，您這是幹嘛呀？」

張勝打個酒嗝，擺手道：「沒什麼，鍾經理今晚應酬，喝得有點多了，我給她送壺水去。」

老胡一聽忙道：「哎喲，可不敢勞動您，我去送吧。」

張勝有點乏了，一聽便把暖水瓶遞給了他。老胡提起水瓶，剛剛走出去沒多遠，張勝忽然推門追了出來：「老胡，老胡，停下，停下！」

老胡站住身子，點頭哈腰地道：「董事長，您還有啥吩咐？」

張勝走過來，從他手中接過水瓶，說：「沒事兒，還是我去送吧，你回傳達室吧。」

老胡莫名其妙地走了回去，張勝心中暗自慶幸。

他把水瓶遞給了老胡，才想起鍾情如今衣衫不整，實在不宜讓人見到，自己剛從她屋裏出來，如果被老胡看見，指不定傳出什麼謠言去。

張勝暗自慶幸著折回職工宿舍，這時才又想起鍾情的門也沒鎖，自己真是喝得糊塗了，不過，也幸好沒鎖，否則這水還送不進去了。

張勝重新爬上四樓，長長地喘了口粗氣，輕輕一擰鍾情房門的把手，門無聲地開了，房內一片漆黑。

耳畔傳來沉重地呼吸和哼哼唧唧的聲音，張勝蹙蹙眉：「鍾情醒了？挺漂亮的一個女人，怎麼醉酒呻吟的聲音這麼難聽？」

他摸索到開關，「啪」的一聲打開，不由一下子怔住了，只見鍾情坐在床頭，抱著被子捂在胸前，披頭散髮，滿臉是淚，這是……怎麼了？

張勝知道有些人喝醉了喜歡說，有些人喝醉了喜歡唱，他還見過一個喝醉的大老爺們坐在酒店走廊的沙發上放聲大哭，旁邊好幾個喝得面紅耳赤的人跟唱喜歌兒似勸他的可笑場景，想不到鍾情喝醉了也喜歡哭呀……

「等等，不對，這哼哼唧唧的聲音怎麼……」張勝急忙跨上兩步，他方才站在門口，一進門是洗手間，所以突出的一塊遮住了大半個床，這時走進去，才見地上趴著一個人，褲子半褪，拱著個肥胖的大屁股，像母豬拱槽似的做著痙攣動作。

鍾情正傷心落淚，忽然有人「啪」的一聲打開了日光燈，晃得她瞇起了眼睛。張勝疾步走到面前時，她的視力也恢復了正常，看清眼前站著的人是張勝，她也呆住了。

床上坐著一個，床頭站著一個，兩人之間還趴著一個，形成了一個很詭秘的畫面。

鍾情睜著一雙淚眼看著張勝，小嘴愣愣地張成了O形，好半晌，她忽然驚叫道：「不是你？」

與此同時，張勝提著暖水瓶，低頭望著地面驚叫道：「是你！」

地上，楚文樓扭動了一下肥碩的臀部，舒展了一下身子，無力地呻吟一聲作答……

原來，楚文樓迫不及待地爬上床。

鍾情雖說醉得厲害，可還沒到被人壓到身上還全無知覺的地步，楚文樓剛撲到她身上，她就本能地反抗起來。

楚文樓騎臥在鍾情身上，忘了剛才他只輕輕把鍾情的褲子褪到足踝處。這等於把她的雙腿綁在了一起，她一掙扎，兩條大腿只能上下收縮。喝醉了的人受了驚嚇掙扎起來，那力道著實驚人，鍾情兩隻膝蓋猛地一頂，正正兒地磕在楚文樓胯下。

男人那地方輕輕碰一下都受不了，何況是被膝蓋重重地頂上去？

楚文樓悶哼一聲，差點當場「爆胎」，他還沒占到啥便宜，就疼得摔到地上，捂著下體，身子佝僂得像隻蝦米，一個勁兒倒氣，半天都沒緩過來。

楚文樓趴在地上倒吸氣，鍾情坐在床上卻像是做了一場噩夢。過了一會兒，她的神志才清醒了一點。方才所經歷的事和之前支離破碎的記憶畫面混合在一起，於是她把在地上的人當成了張勝。

房間裏沒有開燈，除了窗外朦朧的月光，沒有別的光亮，她的心裏更是漆黑如墨，黑得伸手不見五指。

她沒有勇氣開燈，沒有勇氣去面對地上那人醜惡的嘴臉，那會打破她心中的美夢，把她新生的希望和勇氣全部扼殺。

這一年多來，她始終活在孤單與寂寞裏，與張勝相處的日子，是她過得最充實，最快樂的時光，她第一次感受到憑自己的能力被人尊重的自豪與滿足。每一天，她都過得自信而從容，這一切都是張勝帶給她的。所謂日久生情，其實她心裏已經漸漸烙下了張勝的身影。

可是他這種無恥的行徑徹底打破了她心中的幻象。她沒想到自己全心全意地為了公司、為了張勝，他居然趁人之危，居然也是這種沒有廉恥的小人，居然趁著自己酒醉，想用這種方式佔有自己，完全不顧忌自己的感受。

為什麼，為什麼張勝可以根本不要瞭解她的心理、不需徵得她的同意，要用這種卑鄙的手段佔有她？是不是在他心裏，自己就是那種可以隨便的女人？

想到這裏，鍾情心如刀割。她現在最需要的不是性愛，而是尊重，作為一個人，別人對她人格上的尊重。

她坐在床頭擁被而泣，說不出心裏是種什麼感覺，憤怒嗎？更多的卻是傷心，一種被相信的人背叛的痛苦。

然而，燈光亮起的一剎那，她心中本來已經認定的一切又來了個一百八十度的大逆轉。

張勝提壺站在面前，地上卻是那頭「肥豬」。面對這種突兀的轉變，鍾情喃喃地說不出話來，完全失去她應有的反應了……

張勝看了房中的情形，已經想通了其中的關節。張勝勃然大怒，他把暖水瓶撂在桌上，一個箭步躥過去，雙手一抓，就把楚文樓從地上提了起來。

最難受的階段已經過去了，楚文樓喘過氣來。他雙手提著褲子，狼狽不堪地叫：「張總，你別誤會，不不不，我是說……」

「出來！」張勝臉色鐵青地扯住楚文樓，把他拽出了房間。

張勝怕驚動同一樓層的女員工，把他扯到了三四層之間的樓梯上。黑暗裏，楚文樓慌慌張張地繫好皮帶，喃喃地道：「張總，我……我不知道你還回來，我要是知道你回來睡，我根本就不會上來。」

張勝一聽，心中更氣，飛起一拳，把楚文樓仰面打飛出去。

「嗯！」楚文樓一聲悶哼，重重地摔在地上。張勝踏進一步，壓著嗓子從牙縫裏蹦出一句話：「你他媽的還是不是人？」

呼痛聲停止了，楚文樓咬緊牙關站了起來，憤怒的眼睛在黑夜裏也能讓人看得清。

「張勝！你狠！你為了他媽的一個婊子打我？」

他狠狠一擦嘴角的血跡，猙獰地低吼道：「你行，姓張的，你真行！我為了你的廠子盡心竭力，從創辦到如今，每天鞍前馬後，奔波勞累，沒有功勞也有苦勞。狡兔未死，走狗就要烹了？」

「鍾情是什麼？她不過是個婊子，一個背著丈夫偷人，又被人扔了的爛貨，逢場作戲，玩玩而已，你當她是塊寶？你為了這種女人跟我翻臉？」

「她是我的員工，這是我的公司，我沒資格管嗎？你在犯強姦罪，你知不知道！」

楚文樓譏誚道：

「強姦？哈哈哈，一個人盡可夫的女人，也配說強姦？你以為她冰清玉潔，三貞九烈？要不是她現在一心想攀上你這高枝兒，你以為我會從她床上掉下來？」

張勝冷冷地道：

「那只是你的想法。這世上誰沒有男歡女愛？如果不是她老公背叛在先，鍾情也未必就會找上徐大哥，她找上徐哥的時候，也是真心實意愛著他的，如果你以為她是一個隨便的女人，那你就看錯她了。」

「自從鍾情來到公司，我只見過她深夜還在搞策劃，吃著飯還在整理文件，每天一心撲在工作上，她付出的是她的勞動，是她的智慧，她是憑自己的能力贏得了公司上下的尊重，她有她的尊嚴和人格！她從沒在我的公司靠姿色吃閒飯。你覺得她卑賤，就可以隨便糟蹋？」

漆黑的樓道裏，一個身影靜悄悄地立在樓角處，她赤著一雙雪足，踏著涼涼的水泥地面，一手扶在牆上，一手捂住嘴，掌緣被牙齒緊緊地咬住，眼神中溢出湖水一般的光澤……

「好，我無話可說，你說怎麼辦吧？」楚文樓站在那兒冷笑道，「打電話報警，說我強姦未遂？」

張勝沉默半晌，輕輕地歎了口氣：「幸好你還沒做出什麼事來，我會勸勸她，請她不要聲張，這件事我當沒發生過好了。」

楚文樓冷哼一聲沒有說話，張勝感傷地道：

「老楚，這裏原來一片荒涼，我們是親手把企業大樓在這裏樹立起來的創業夥伴，我希望能和你共患難，亦共富貴，一生一世做好兄弟，人要相處，總有磨合的，難道你願意就此分道揚鑣？」

這句話或許打動了楚文樓，他的呼吸漸漸平穩下來，過了一會兒，他默默地轉過身，借著樓道裏微微的光，扶著樓梯一瘸一拐地下去了。

張勝一個人立在黑暗裏，掏出一支煙點燃，默默地吸了起來。

一支煙抽完，他腳步滯重地回到了樓上，試著一擰門把，門還沒鎖，他輕輕推開門，房裏關著燈，月華如水，流瀉滿床，鍾情側臥於榻的剪影，恰如一幅跌宕起伏的水墨畫。

「鍾……鍾姐……」張勝躊躇著，勸她的話頗覺難以啟齒。

「我沒事，我想睡了，張總，你也回去睡吧。」

張勝猶豫了一下，默默地退了出去，臨走時，替她鎖上了房門。

房間裏，鍾情淚濕枕巾。

國人傳統，對男人重視他的事業，所以男人一失足成千古恨；對女人重視她的貞操，所以女人一失身成千古恨。

鍾情自問並不是一個隨隨便便的女人，當初她是真心喜歡徐海生，所以她奉獻了自己，想不到鏡花水月一場空，始作俑者的徐海生從不曾受人道德上的譴責，她卻背負了全部的罵名。

女人之不幸猶如踩了一腳狗屎，難道自己在別人眼中便也成了狗屎，成了沒有廉恥、可以任人作踐的對象？楚文樓是什麼東西？只要女人向他翹翹屁股，他就會像條狗似的撲上來，這種東西也配扮成道貌岸然的正人君子，把她辱罵得一文不值？

花正芬芳自招蝶，誰知道她承受了多少本不該由她來承受的東西？誰知道她以多大的毅力，忍受了多少痛苦，才讓自己從那夢魘中醒來？

事情曝光之初，她並不十分在乎，別人的閒言碎語，只當它是放屁。一個個人把話說得污穢不堪，好像他們是不食人間煙火的神仙，誰又不曾做過同樣的事呢？心裏有了他，便有了精神支柱，她相信徐海生也是真心對她的，楊戈把她打得奄奄一息，她都沒有絕望。

徐海生之後冷酷無情的言行，才是戳進她心坎裏的一把刀。那些日子，她有家難回，住在小旅館裏，每天渾渾噩噩，臨到吃飯時，都得一口口地吸著氣兒才咽得下去，她在煉獄裏煎熬了多久才掙扎出來！

在這郊區公司裏，她重新找回了自己的尊嚴，重新活得像個人了，心頭的傷疤似乎已經癒合了，卻在今夜，再度被人撕扯得鮮血淋漓。

清秀的臉頰上，眼淚煎熬成珠，癡望窗外一輪冷月，她的心中只有無盡的悲苦……

這一夜發生的事，成了一個只有三個人知道的秘密。自從來到公司後，鍾情漸漸變得開朗自信起來，全身上下都煥發出成熟女人特有的嫵媚，但是從這一夜之後，她又戴上了最初應聘時的那副金絲眼鏡，鏡片後的眼神客氣、冷淡而疏遠。

張勝知道，這其實是她的自卑感作祟，也是她自我保護心理的外在表現。心病還需心藥醫，張勝沒有在言語上多加勸解，而是安排給她更多的工作，張勝明白，或許只有複雜有挑戰性的工作，才能慢慢療治她的心傷。

當初規劃的批發市場開始籌建了，鍾情被任命為批發市場經理，主抓批發市場建設，不再兼任張勝的秘書，這樣也避免了兩人相見時的尷尬。

在這個獨立的舞台上，鍾情越來越發揮出了她的優勢，表現出了她的能力。她善於理財，成本控制比較穩當，比男人更會精打細算。同建築公司和方方面面打交道時，女性的優勢和她特有的韌勁、周到和細膩，使她遊刃有餘，把工作做得井井有條。

楚文樓則主抓冷庫管理，冷庫業務已經漸漸走上軌道，需要操心的不是很多，自那晚的事發生之後，張勝本還擔心他會消極怠工。他是張二蛋作為參股人委派過來的副總，如果事事扯後腿、唱反調，還真是讓人頭痛。好在楚文樓也很知進退，並沒有因此和他翻臉，過了三五日，兩人就談笑自若，一如既往了。

楚文樓還聯繫一些大商場、大酒樓，主動跑業務。這幾年，隨著生活水準的提高，北方飲食業中，火鍋成了一道很顯眼的風景，不止專門的火鍋店開了許多，尋常百姓也把火鍋搬上了桌。

楚文樓包攬了許多大商場、大飯店的羊肉片供給服務，為此，冷庫專門購進了四台切片機。同時，為了保證肉食品進貨品質，降低經營成本，冷庫開始自行採購一些肉食品進行加工、冷凍和批發銷售。

為此，公司又建了個附屬於冷庫的屠宰廠，定點收購生豬、牛羊、屠宰、冷凍、加工、出售一條龍，公司業務蒸蒸日上，越來越紅火。張勝堅信，張二蛋能靠一個被罩廠起家，成為擁資數億的大老闆，他也一定能。

不過，這一切在徐海生眼裏只是小打小鬧，根本不屑一顧。他的生意很大，利用國有企業大批轉型的機會與人合作搞低成本兼併重組，經包裝後，再高價出售。這幾年來，他就是以這種蛇吞象的方式，把不少國有資產變成了他的囊中之物，這才是他盈利的主業。現在的寶元匯金實業對他來說，只是他的一塊資金中轉站。

建築業的利潤在百分之十五左右，房地產業的利潤就在百分之一百到兩百，開發區原來的地價低，利潤更是驚人。公司剛剛開張不久，雖說從銀行利用抵押貸來了不少款子，但是由於攤子鋪得太大，用錢的地方多，而且張勝正在擴大冷庫經營規模，籌建水產批發市場，所以徐海生在開發出第一期廠房並成功出租後，開始變更經營策略。

目前開發的第二期廠房，他準備採取半租半售的方式，準備出租的部分仍採取辦齊產權手續後，繼續向銀行抵押貸款，再用這部分款項作為目前的工程建設資金，而出售部分則待價而沽，所得款項全部用於兼併重組。

由於財務都由自己的人控制，徐海生並不擔心張勝會發現其中的機關。況且張勝現在整日裏忙於公司的發展壯大，基於對徐海生的信任，只要財務上能保證他的資金流動，他對整個公司資金的狀況並不瞭若指掌，所有這一切，都在徐海生的掌控之中，張勝年輕，愛做實業，那就由他使勁折騰去吧。

至於這種快速擴張是否能保證房屋全部租售出去，徐海生並不在意，就算到時廠房賣不出去，他也有辦法，他只要大幅度抬高房子標價，將原來價值一百萬的廠房抬高到一百五十萬，然後指使別人「購買」，然後假購房者以一百五十萬元的標價獲得百分之七十的按揭貸款，就能成功實現資金套現。

這是一個完美的「空手套白狼」遊戲，但風險如擊鼓傳花，最後會落在誰的手上？而這一切，他並沒有完全告訴張勝。

他是一手把張勝從普普通通的工人扶上企業老總位置的人，張勝對他視同兄長，對他的信任無以復加，對他的能力有種盲目的崇拜，更對他有種感恩的心情，再加上財務部完全由徐海生的心腹一手把持，張勝對他的運作細節一無所知。

張勝在努力地擔土挑肥，澆水灌溉，期盼著他的公司像一棵參天大樹茁壯成長，而蛀蟲在內部早已悄然滋生……

夾心泡沫彩鋼板架構的小型冷庫修建起來很快，一個月後，已經建好了三個，張勝便把原來儲藏在中型庫中的一些商品運了過來，這種冷庫更乾淨更清爽，適宜存放對冷藏條件要求比較高的商品。而原來的中型冷庫則騰出來放一個專門冷凍公司下屬的屠宰場送來的鮮豬肉。

郭胖子笑嘻嘻地道：

「張總，咱們這個冷庫，生意真是好得不得了。光是咱們自己採購批發的肉食，就供不應求。屠宰廠那邊現在光是豬、牛、羊，每天就要屠宰兩百頭左右，以前是鄉鎮上許多人幫著收購牛羊和豬等家畜。現在我們已經有了固定的供應商了。」

郭胖子現如今不再擔任保安隊長了，企業越做越大，屠宰廠開業以後，郭胖子就成了屠宰廠廠長。那地方雖說環境不好，可是卻是道地的肥差。屠宰廠的工人們大多家境富裕，甚至比城裏許多人家還強，那地方得有個信得過的人管著，郭胖子就成了不二人選。

他帶人來送貨，恰巧看到巡視至此的老友張勝，兩人便站在這兒聊起來。

工人們正用叉車把一條條屠宰洗刷好的鮮豬肉運進冷庫，過秤員忙碌地做著登記。旁邊站著一個穿格紋西裝的老闆，是來進貨的。

張勝笑道：「現在在開發區工作，不能常回市裏，嫂子沒有怨言麼？」

郭胖子把肚子一腆，神氣活現地道：「她敢？老子一個月掙得比她做四個月小生意還高，敢對我有啥怨言？」

「不過……」他撫著肚子狡黠地一笑，湊過來耳語道：

「說實話，老婆一個人在城裏，我還真是怪想的，每逢週六週日我就回去，唉！別看老婆平時總是一副看不上我的模樣，其實心裏還是疼我啊，對我那個熱情……這叫什麼來著？對了，小別勝新婚！你現在忙得沒白天沒黑夜的，和小璐見面的機會也少吧？」

張勝點點頭，歎氣道：

「嗯，不是我有事，就是她有事，除了週末有時間聚聚，我們現在見面的次數還沒我和朋友們見面的次數多呢，事業、愛情，總要有所犧牲，既想事業成功，還得整日和心上人花前月下，世上哪兒有那麼好的事？有得必有失，這就是代價吧。」

郭胖子拍拍他肩膀，勸道：

「年輕女孩子，都喜歡男友陪在身邊，你總這麼忙也不是辦法，要不和她再商量一下，把她調到身邊吧，那樣就好多了。」

張勝展顏一笑道：

「小璐很懂事，對我的工作很理解，我還年輕，應該以事業為重。我們打算年底企業不太忙的時候就結婚，結婚後我再勸她過來幫我吧，那時也名正言順。」

這時他的手機響了，李爾在電話裏說：「張哥，我上回說的那幾位朋友正在這裏，你要不要見見？」

李爾前幾天和張勝說過，有幾位水產批發商準備在本市擴大經營，正在尋找合適的冷藏合作夥伴，張勝對這個商機非常注意，曾叮囑李爾，等這幾個人到了省城後，一定想辦法幫他創造條件彼此見見面，所以一聽這話，張勝立即興奮地道：「那好，我馬上安排一家大酒店，晚上和這幾位朋友好好聊聊。」

李爾在電話裏笑道：

「不用了，這幾位和你一樣，都在創業階段，個個都是分秒必爭的工作狂人，他們還要乘今晚的飛機趕回去，不用熱情款待了，彼此見個面，認識一下，只要條件合適，他們會主動跟你合作的。」

張勝看看手錶，說道：「好，那我馬上趕回去，你現在在哪兒？」

李爾說：「我在他們下榻的帝豪飯店，你到了打個電話，我下去接你。對了，安排好公司的事情，晚上和哨子他們聚聚吧，你這一陣子不露面，大家挺想你的，二小姐嚷著要去追殺你個無情無義的人呢。」電話裏傳出一陣大笑。

張勝也笑了：「好好，你安排吧，但是如果又要拚酒，那愚兄可恕不奉陪。」

關掉手機，張勝對郭胖子笑吟吟地道：「你忙你的，我回公司裏安排一下，然後回城一趟。」

副總經理辦公室內，楚文樓正聲色俱厲地訓斥著面前的一個女工：

「這批貨是發給市裏幾十家大酒樓、飯店的，所以才連夜加班趕製，你是幹什麼吃的，嗯？連切片機都看不住，羊肉卷、牛肉卷都那麼厚，能拿來涮鍋子嗎？」

亮得能當鏡子的老闆台前，站著一個身段高挑，腰肢窈窕、穿藍色制服、梳著兩條大辮子的女孩，她眼淚汪汪地低著頭，顯得十分可憐。

這女孩眉清目秀，長相宜人，是公司裏比較漂亮的一個女員工，高中畢業，在鎮上也算高學歷了。她叫白心悅，是公司剛剛成立時張勝親自招進來的第一批工人中的一個。由於年輕俊俏，冷庫的工人開些葷笑話時經常把她掛在嘴上當意淫對象，這女孩的男朋友叫黑子，目前也在匯金實業工作，是新成立的匯金屠宰廠的工人。

白心悅抽泣著說：「楚總，您高抬貴手，就原諒我一次吧。我真的不是有意的，一開始那機器都正常，我不是第一天做切片這活兒了，薄厚設定好了就沒啥事了，可誰知道四台機子都出了故障問題……」

楚文樓打斷她的話，不耐煩地敲著桌子道：

「別和我扯這些沒用的，你確實怠忽職守了，這總沒錯吧？操作規程規定，切片機工作期間不得擅離職守，你離開過，這總沒錯吧？」

白心悅用手背擦了一下眼淚，委屈地點點頭，

楚文樓半躺在老闆椅上，不緊不慢地道：

「那你說，讓我怎麼高抬貴手？這次放過了你，下回別的工人都有樣學樣，這廠子還能幹下去嗎？我聯繫這些客戶容易嗎？求爺爺告奶奶，陪著笑臉說小話，我才把這些客戶爭取來，結果……哼！」

白心悅泣聲道：「楚總……」

楚文樓不耐地拿起杯子，杯子裏水空了，他又不耐煩地放下。

小白倒是機靈，趕緊搶過去替他提過暖瓶，楚文樓並不領情，站起身一邊自己倒水，一邊說：

「我是沒辦法了，就這還是我給你壓著呢，要是事情鬧到董事長那兒，你的處分更得嚴重，別忘了，這廠子是董事長的，你這糟踐的可都是他的錢。」

他坐下來繼續訓道：

「你說你這一晚上都做什麼去了，啊？就是一開始看了幾眼，然後就跟個沒事兒人似的，也沒檢查一下，太沒有責任心了。那四台切片機，每台每小時切片八十公斤，四八三百二，四個小時一千二百八十公斤，每公斤十元，這就是一萬兩千八百塊。

「當然啦，你可以把它碎了當肉餡賣出去，然後再還廠裏的損失，這麼算的話，你還不算賠，不過，我們對這些飯店是有供貨合同的，現在延誤了人家營業，是要賠償損失的，這個錢可就大了，你回家按照五萬塊先準備著吧。」

白心悅家境貧寒，別說五萬塊，一萬塊對她家來說都是天大的數目，要是讓家裏知道了這事，還不天塌地陷似的？

白心悅見識少，沒經驗，一聽這話臉色煞白，哆哆嗦嗦地道：「楚總，我求求您……」

一語未了，她便雙膝一軟，「撲通」一聲跪了下去……

「別別別，你這是幹什麼？」

楚文樓急忙站起：「這是公司，我又不是舊社會的縣太爺，跪我做什麼？你……行了行了，你起來，起來說話！」

他剛把小白拉起來，門被敲響了。楚文樓忙壓了壓手，示意她安靜一點。這時，張勝推開了房門：「老楚啊……」

他一進來，正看見白心悅抹著眼淚。張勝和她不是很熟，但是記得她的名字。這女孩很靦腆，每次見到張勝，就紅著臉站到一邊，讓他先過去，以示敬意，至於敬稱，大多數時候只見她嘴唇嚅動，那聲音跟蚊子哼哼似的，就沒一次聽清過。

一見是張勝出現，楚文樓忙站起來迎向他，同時不動聲色地繼續訓斥白心悅：

「你的問題，不是寫份檢討那麼簡單的！一個老員工，違章操作，性質多麼嚴重！影響多麼惡劣！」

張勝一聽，估計是冷庫管理工作上的事，楚文樓是公司副總經理，主抓的就是冷庫方面，出了問題予以處理是他職權範圍內的事，自己沒必要事事插手過問。

這既是維護副手的權威，也是避免領導者事必躬親、事事插手的弊病。所以張勝只是瞟了眼怯生生的白心悅，對楚文樓道：「老楚啊，我回市裏一趟，有什麼要緊事，給我打電話聯繫吧。」

楚文樓笑道：「好，董事長什麼時候回來？」

張勝苦笑道：「別提了，本來只是會見幾位外地的朋友，可他們晚上還得乘飛機離開，我想……送他們去機場，然後再和本市的幾個朋友去吃飯，我估摸著，最快也得晚上九、十點鐘才能回來吧。公司裏，你多照應一下吧。」

「好好好，董事長放心吧，沒有問題。」

送走了張勝，楚文樓把門推上，回頭看看淚眼迷離如雨後梨花的白心悅，輕輕搖了搖頭，他繞回辦公桌後坐下，隨手拿過一份文件翻了翻，又用鉛筆在兩行文字下邊劃了條浪線，好像正專注地批閱著文件。

過了一陣兒，他摸出支香煙，「嚓」的一聲點上，看著文件，頭也不抬地道：「我還有幾份文件要批閱，你先回去工作吧。」

「楚總……」

楚文樓「啪」的一聲撂下文件，狀似發作，駭得白心悅連忙閉了嘴。

楚文樓眉尖一挑，可是看見她淚水欲滴的模樣，聲調不由又緩了下來，他無奈地歎了口氣，皺著眉心道：

「我知道你一向工作還算勤快、踏實，只是這次事故……實在是……唉！我再考慮一下吧。」

白心悅聽出弦外之音，不禁大喜若狂，連連鞠躬道：「謝謝，謝謝楚總。」

楚文樓夾著煙捲揮揮手，一張油乎乎的胖臉努力擠了擠，皮笑肉不笑地道：

「不必謝我，我也不是特意給你開綠燈，處罰並不是我的根本目的，我也是想維持一下公司紀律嘛。」

「懲前毖後、治病救人，才是我的目的，公司的規章制度不能不執行，你的家庭困難嘛，我也會考慮的，嗯……這樣吧，我下午抽空再想想，看看怎麼合理、妥當地處理這個事。」

「唔……這幾台機器一直都是你在使用，你應該比較瞭解情況。四台機器都出了故障，如果能證明是設備品質問題，你的錯誤處理起來就可以儘量輕一些。就這樣吧，我手頭有幾份急件要處理，你先回去吧，下班後來我辦公室，我們……再深入地研究一下，好吧？」

第七章

內部矛盾

自創業以來，有徐海生指點，有好友相助，他一帆風順，盡皆坦途，幾乎沒有遇到什麼坎坷，
可如今公司剛剛走上坦途，矛盾就在內部產生了。
這事如果坐視不管，不但良心上過不去，
而且天知道他還會闖出什麼禍來？
來自內部的問題，處理輕了不成，處理重了也不成，
遠不如碰到的外部困難，可以處理得灑脫。
楚文樓現在成了困擾張勝的一塊心病。

省公安廳俱樂部冷冷清清的攀岩室內，兩個身材窈窕的女孩正在人工仿造的岩壁上向上攀爬。

攀岩運動此時在國內還沒流行，有這種專業攀岩室的俱樂部尚是鳳毛麟角。公安俱樂部最初建設這個攀岩室，目的只是為了模擬自然環境，鍛煉幹警的身體素質。

不過，除了特警和武警，大部分員警的身體，至少從腰圍上說讓他們練攀爬是很成問題的，而有時間或有資格來公安廳俱樂部的，大多不會是特警和武警，所以領導意圖是好的，但是這個攀岩室建成之後，卻幾乎無人問津。

事實上，除了最初幾天圖新鮮，有些人跑來試試身手外，此後在這裏出現次數最多的，就只有現在這兩個女孩了。此時，落在後面的女孩體態嬌小，頭髮束成馬尾，穿著淡黃色小褲頭，同色的小背心，纖腰一束，十分的可人。

她腰間繫了一條安全帶，腳上一雙攀岩鞋，除此之外沒有其他裝備，此刻，她已經爬到四米多高的地方，正從腰間的粉袋裏掏出鎂粉塗在手上，以免滑了手。

遠遠超在她前面的女孩上身穿一件迷彩背心，下身一件緊身的迷彩短褲，雙手雙腳完全赤裸著，她雙腿修長，雪白的大腿上隱隱泛起條形肌，身體素質比後面的女孩好得多，她已經攀到了七米多的高度。

這面攀岩牆高約十米，最後一段難度最大，此時，她團身縮在一個凹進去的石槽內，只用指尖和腳趾，把身體幾乎倒立著懸在岩壁上，看起來實在是驚心動魄。她弓著身子，屏住呼吸，輕輕悠蕩幾下，忽然如猿猴般向前一躍，險之又險地扣住一個腳坑，身體整個兒懸在了空中。

女孩深吸一口氣，收腹引體，左腿一蕩，斜著甩上去，勾住另一個腳坑，然後連續發力，騰挪、跳躍、轉體，以極其優美、流暢、刺激的動作快速登頂，猶如在表演優美的岩壁芭蕾。

她翻上壁頂，看著下邊的女孩指點道：

「右邊，向右邊蕩，女性上體長，下肢相對要短，身體重心比男人低百分之六，所以平衡力比男人強，這一點要充分利用。」

「對，就這樣，女性肩窄，臀大，肩、腹及腿部肌肉弱於男人，但是關節靈活性和柔韌性比男性強，要充分利用悠蕩來節省力氣。」

「啊……啊……手瘦了。」又爬了兩米，秦若蘭放開手，任由安全帶把她懸在空中，耍賴道：「我不爬了，腰酸背疼啊，今天不舒服，真的不舒服。」

上面穿迷彩短褲背心的短髮女孩嗤笑道：「又找理由偷懶！」

秦若蘭一邊向地面移動，一邊反駁道：「誰能跟你比啊，我又不是員警，哪有閒工夫整天像猴子似的爬這玩意兒。」

短髮女孩哼道：「誰像猴子呀？就你這樣的，是永遠也體會不到『山到絕處我為峰』的感覺的。」

秦若蘭嘿嘿地笑起來：「還『山到絕處我為峰』？就……就這假山？說到底，還是猴兒啊，而且是隻小母猴，哈哈哈哈。」

短髮女孩雙手叉腰，兩眼望天，作獨孤求敗狀，悠悠歎道：

「你以為我只能爬假山麼？我是英雄無用武之地呀。我想去真正的山上攀岩，沒有任何防護裝備，迎著山風和陽光，一路爬上去，最好是去阿爾卑斯山，大自然的宮殿，多麼浪漫啊！」

秦若蘭揶揄道：「最好像歐洲女孩一樣裸體攀岩，那才刺激。」

短髮女孩兩眼放光地道：

「說真的，我還真想那麼做呢，在那人蹤鳥跡俱滅的地方，最徹底地面對自然，沒有衣服鞋子，沒有任何繩索和安全工具，僅靠雙手雙腳，超越體能極限。」

秦若蘭伸在半空中拍手笑道：「好啊，那我租架直升機，全程錄影以作紀念，」

她一邊往地面緩緩放著自己，一邊笑道：

「要是讓爸媽知道了你這瘋狂的想法，不知他們會不會嚇倒。哼哼，從小爸媽就說你乖、你文靜，要我向你好好學習。可惜他們看到的，永遠都是那個正在看書的小淑女，哪知道你瘋起來這麼厲害？」

她落到地面，解開安全帶，說：「打了網球又來攀岩，我都一身臭汗了，快下來吧。」

姐妹倆沖洗完畢，換了衣服剛剛走出來，秦若蘭的手機就響了，她打開一聽，眉開眼笑地道：「好，那你們來接我吧。」

「誰呀？」短髮女孩手臂上搭著上衣，歪著頭，一邊用毛巾擦著濕漉漉的頭髮一邊問。

秦若蘭喜滋滋地道：「是哨子、浩升他們幾個，還有張，哦，也是我朋友，他是開發區一家企業的老總，回城辦點事，邀我去喝酒，你也一起去吧。」

短髮女孩一聽，搖頭道：「又是喝酒啊？無聊，我不去了，我喝點酒就想睡，晚上還要看《惡作劇之吻》呢，我先回去了。」

秦若蘭白了她一眼，說道：「那種爛肥皂劇有什麼好看的啊？」

短髮女孩眉飛色舞地道：

「才不是呢，那個嘴巴比眼睛大，耳朵比嘴巴大，嗓門兒比耳朵大的琴子，和直樹的愛情故事好有趣。一個意外的吻，決定了一段宿命的姻緣，啊！不能說了，一說我就喜歡得受不了，真是太浪漫啦，我得趕快回家去，bye bye！」

秦若蘭直眼看著她急匆匆離去的背影，搖頭歎道：

「一個女刑警，卻喜歡看那種最幼稚的肥皂劇，玩最瘋狂的極限運動，結果成了父母眼中的乖乖女。我秦二小姐，一個溫柔賢淑、把畢生奉獻給南丁格爾事業的白衣天使，都快趕上救苦救難觀世音菩薩了，卻成了他們眼中的惹禍精，這是什麼世道啊？」

「還《惡作劇之吻》呢，不就是嘴唇和牙齒的無聊接觸嗎，還沒人工呼吸深入呢，能決定什麼呀？上帝啊，如果讓我選擇，我寧可用一杯美酒來決定我的宿命姻緣，無量天尊……」

張勝的賓士和哨子的美洲虎在公安俱樂部門口一側停了下來。哨子和李爾在同一輛車上。由於天氣熱，兩人有車代步時都成了懶洋洋的大少爺，多一步路都不肯走，自然是賴在車裏不出來。

李浩升坐在張勝車裏，笑道：「二小姐譜兒大，估計這時也在冷氣房呢，我進去找找她。張哥，要不要進去瞧瞧？」

張勝笑道：「好啊，公安俱樂部，我還頭一回來呢，走吧，跟你去開開眼界。」

張勝熄了火，跟著李浩升下了車，兩人走進俱樂部大門，開得十足的冷氣立即撲面而來，讓人神志一清。

大廳正對面是禮堂，左右各有走廊通向其他場所。李浩升邊走邊介紹道：

「二小姐來這兒，肯定是跟她大姐一起攀岩呢。這邊走，說不定運氣好，今天能請到兩位大美女一同赴宴呢。」

張勝跟李爾介紹的客人已經淺酌了幾杯了，他原想盡盡地主之誼，好好款待款待未來的合作夥伴，但這幾位朋友急著趕回去，所以張勝就想把他們送去機場。可張勝要去，李爾這中間人就得奉陪了，那幾位朋友晚上九點多的飛機，他可沒耐心一直陪著。

這幾位批發商同李氏批發關係密切，而且需要借助李氏的地方很多，張勝對他們很客氣，李爾李大少卻不覺得需要對他們禮遇如此之隆，所以雙方聊了一番合作意向之後，李爾就尋個藉口把張勝給扯了回來，拉著他去見自己的狐朋狗友。

張勝酒意不濃，離開那兒就去邀哨子和李浩升，然後又一路趕來這裏。他還沒方便過呢，這時有些尿急，往右一拐，恰好看到洗手間，張勝忙道：「我先上個廁所。」

李浩升道：「行，那你去吧，攀岩室就在前邊，我接了她出來等你。」

洗手間進去，迎面是一面鏡子，下面是四個洗手盆，洗手間男左女右兩個門，張勝正要拐進男廁所，忽然發現洗手盆的大理石面板上放著一部手機，左右看看，卻不見有人。

張勝走過去拿起一看，是一部和自己同型號的摩托羅拉，張勝忙大聲問道：

「有人嗎？誰手機忘在這兒啦？」

等了等，男女洗手間都沒聲音，看樣子是有人洗手時順手放在旁邊卻忘了帶走。那時手機價格不菲，還不是什麼人都用得起的，張勝又喊了兩聲，可是仍沒人作答，他尿急難忍，便順手把手機揣進口袋，然後一頭鑽進了廁所。

他方便之後走出洗手間，站在門口左顧右盼，仍不見有人來找，這時，李浩升和秦若蘭並肩走了過來。秦若蘭戴著墨鏡，穿著一套寶藍色低胸的連衣短裙，長髮披肩，纖腰款款，剛剛洗過的秀髮亮可鑒人，分明是個姿色可人的小淑女，可她剛剛到了張勝面前，當胸便是一拳：「好小子你，賺錢賺瘋了？說，有多久沒來看我了？」

張勝痛得哎喲一聲，苦著臉道：「姑奶奶，你不知道自己手勁兒大呀？我這不是來了麼？」

秦若蘭俏皮地翻個白眼，道：

「少來了，浩升都跟我說了，如果不是李爾硬拉著你，你又跑回公司去了，再見你還指不定猴年馬月呢。」

張勝笑道：「就算猴年馬月，來總比不來好啊，如果事業上一事無成，那時我就算天天來，你二小姐也不待見我了不是？」

秦若蘭撇撇嘴，悻悻地道：「男人啊，都這德性，動不動就拿事業當藉口，沒勁！」

李浩升笑嘻嘻地道：「哈哈，你們還真是一對歡喜冤家，見面就吵，我就喜歡看你們吵架，你們說，我是不是有點心理變態？」

秦若蘭給了他一個白眼道：「什麼有點呀，你根本就是一個變態。」

李浩升忿忿地哼了一聲，反唇相譏道：

「知道我為什麼喜歡看你們吵架嗎？因為只有和張哥吵架的時候，你秦二小姐才有點女人樣，哼哼……張哥，我姑常說，小時候給她和大姐起錯了名字，她呀，從小就跟假小子一樣……」

秦若蘭揚起了粉拳，威脅道：「李浩升！你又皮癢了，是不是？」

李浩升連忙討饒道：「別別別，我可受不了你的拳頭，好好的女孩家，攀什麼岩吶，練得腕力那麼大，挨一下真夠痛的。」

秦若蘭得意洋洋地收回手，和他們邊向外走，邊說：

「你們都該鍛煉鍛煉，攀岩可是渾身上下哪兒的肌肉都鍛煉到了，很不錯的運動，否則你們一個個都變得腦滿腸肥的，還會有人看得上麼？」

張勝睇著眼打量著秦若蘭嬌小健美的身段，促狹地笑道：「攀岩真能練出魔鬼身材？」

秦若蘭冰雪聰明，只聽他的口氣就知道他不是誠心讚美，瞄了他一眼，秦若蘭哼道：

「瞧你那賊兮兮的德性，就沒安好心，你老人家有何高見啊？」

張勝笑道：「我是怕你練成魔鬼筋肉人，我們有沒有女孩看得上不知道，反倒到時候你是嫁不出去了。」

秦若蘭一臉不出所料的表情，努力地挺了挺原本就如玉碗般秀挺的酥胸，兩眼望天地擺著架子道：「那哀家就勉為其難，嫁給你了，就你那小體格，不聽話我就捏死你！」

張勝一本正經地問：「哀家是什麼意思？」

秦若蘭還當他真的不懂，譏笑道：「哈，不學無術的東西，教你個乖，哀家是皇后的自稱！」

張勝點點頭，繼續一本正經地道：「皇后應該稱本宮，哀家嗎，準確地說，是做了寡婦之後的皇后自稱。」

李浩升爆笑出聲，秦若蘭惱羞成怒，張牙舞爪地追打張勝，笑罵道：「本宮現在就掐死你，升格做哀家！」

張勝大笑著跑開，被他們這一打岔，撿了手機的事情便岔開了，直到眾人出了門，迎著熱浪進入冷氣宜人的轎車也沒想起來。

由於上次公安醫院送來急救，最終變成植物人的那個酒鬼影響，秦若蘭、李浩升等人喝酒克制得多，輕易不再飲那麼多酒了。尤其是張勝穩重，因為自己開車，所以不肯多飲，也不許他們酗酒，所以這頓飯純粹就是朋友間的親近歡聚。

他們在酒店只待了一個半小時，由於哨子接到家裏一個電話，讓他馬上回去一趟，張勝便也趁機起身告辭，這酒席便散了。張勝驅車趕回公司的時候，才六點多鐘……

張勝回到公司的時候，工地的打樁機還在夯著地面，工地上照得雪亮一片，要到九點鐘施工才會結束。他見副總經理辦公室還亮著燈，不禁有些自慚，下午因為被李爾等人拖去喝酒，他打過電話回來，說今晚有應酬，不能按時趕回。想不到這麼晚了，楚文樓還在辦公，想必下午積壓了不少公事，張勝停好車，便走到辦公樓前，打開一樓玻璃門上的鎖，緩步走了進去。

辦公樓裏很安靜。這幢大樓除了他和楚文樓、鍾情以及保安隊長之外，別人是沒有鑰匙的。張勝信步上了二樓，走到副總經理辦公室門口，正想推門進去，忽聽裏邊傳出一個女孩哭泣的聲音，張勝心中一奇，忙又把手縮了回來。

他站在門邊，順著門中間的小玻璃窗往裏邊偷偷一看，只見楚文樓坐在皮沙發上，面前站著個人，從窗戶上，只瞅到那人露出的是一雙女性的腿。

他再偷偷看去，從後邊看不清那女孩的相貌，只能看到一件肥大的綠色紋路的上衣，她肩後垂著兩條烏亮的大辮子，衣襟一直垂到屁股上，下邊是長長的大腿，那腿看起來好像稍一用力就能把她那條細碎花格的褲子給撐破。

張勝看著她的打扮，隱約覺得有些眼熟。

「廠長，我爸的病把家裏的錢都花光了，家裏鬧著饑荒呢，雖說您給減到了三萬，可別說三萬，就是三千我現在都賠不起呀。廠長，您大人大量，就饒了我這一回吧，我再也不會犯錯了，求求您了。」

「小悅，我也想網開一面啊，但你這是嚴重的生產事故，嚴重地損害了我們企業的名譽，那是花多少錢都買不來的，你說說，這性質有多嚴重？嗯？四台切片機同時出錯，你是怎麼工作的，影響多惡劣？所以我經過反覆考慮，認為處罰措施還是要執行的。」

「原來是小白！」張勝心裏咯噔一下。白天聽說小白工作出現失誤時，他還沒有多想，現在一聽四台切片機都切厚了，頓時便覺察其中必有蹊蹺。這四台機器運來後，他拿著說明書親手操作過的，這是半自動的切片機，切刀的厚薄刻度一旦確定，沒有人碰是不會移位的。

就算機器會失靈，一台還有可能，也不可能四台機器同時出現故障，這明顯是人為造成的。

「有人在公司裏搞破壞？」想到這裏，張勝頓時緊張起來。

楚文樓見白心悅淚流滿面，便笑容可掬地站起來，摁著她的肩膀道：「來，來來，坐下，你先別哭，坐下談，我還沒說完呢。」

他拉著白心悅坐在身邊，同情地道：

「小悅啊，其實自打你一入廠，我就注意你了，你呢，人聰明、有文化，工作細心，啊……這個領悟力也高。我準備鍛煉你一段時間，就把你提到機關來的。這次你真是犯了經驗主義錯誤了，那機器還有個不出錯的？怎麼能檢查一次，就幾個小時不聞不問了呢？我們公司正在蓬勃發展的階段，必須從嚴治廠，狠抓不懈。董事長信任我，把冷庫交給我打理，你犯下這麼大的錯誤，你讓我怎麼向董事長交代？」

白心悅可憐巴巴地說：「廠長，你就是把我賣了，我家裏也還不上這錢，這事我都沒敢告訴我爸，我怕他的病會……」說到這兒，她哭得說不下去了。

楚文樓拉白心悅坐下時，順勢就握著人家胳膊，自始至終那手就沒放下，這時親切地拍了拍她，瞇縫著眼睛笑道：

「瞧你這話說的，這麼可愛的女孩，誰捨得賣了你呀？你這次生產事故，其實也不是一點辦法沒有，酒樓商場那邊，都是很熟的朋友了，我打聲招呼，道個歉，儘量挽回影響，只要他們不投訴到董事長那兒，還是有迴旋餘地的。如果說需要部分經濟賠償呢，這個……我替你拿！」

「什麼？」白心悅驚訝得難以置信，「這……這怎麼可以？」

楚文樓呵呵笑道：「有什麼不可以？誰叫我欣賞你呢？小悅啊，冷庫的管理工作很多，我一個人忙不過來，一直想找個助手，我很欣賞你的工作能力，想調你做我的助理，你有信心接受這份工作嗎？」

白心悅怔住了：「這不是因禍得福嗎？」

楚文樓臉上別具意味的笑容，讓她馬上意識到了些東西，她想掙開楚文樓的手，楚文樓卻沒撒開。

他個子矮，一張臉正對著白心悅挺拔的胸部，楚文樓盯著那兒，眼睛裏閃爍著貪婪的光芒，封官許願地道：

「小悅呀，這機會可是有不少女工都希望得到的，你可要珍惜呀。做我的助理，工作輕鬆、掙得又多。我一個人在開發區，沒有家屬，生活上沒有人照顧，你年輕漂亮，是個既溫柔又體貼的好女孩，平時多關心一下我的生活就行了……」

「不，不不，楚總，你別這樣！」

楚文樓一邊說著，那張胖臉一邊往白心悅懷裏鑽，嚇得小白一把推開他，抱緊雙臂道：

「楚總，您……您要是幫我這一回，我一輩子都感激您。可……可這種事我不做，我就是這鎮上土生土長的人，做出這種事兒來，以後怎麼有臉做人？」

楚文樓恬不知恥地道：

「嗨！你不說，我不說，誰會知道？小悅啊，只要你點點頭，你的難題就迎刃而解了，而且以後好處多得是，你……你就答應我吧！」

楚文樓說完，忽地縱身向上一躍，一下把白心悅撲在沙發上，臭嘴在她臉上、脖子上四處亂舔，一隻手壓住白心悅的胳膊，另一隻手使勁往下扯她的褲腰帶，嘴裏氣喘吁吁地說：

「小悅，我喜歡你，晚上做夢都老夢到你。我要你，我今天一定要得到你，就算回頭員警把我崩了，為了你都值……」

張勝站在門外，一股火騰地躥了起來。事情至此，雖說還沒有證據，但他心中已有八成把握，切片機出故障的事和楚文樓怕是脫不了干係了。

他為了脅迫女工和他上床，居然連這種手段都使得出來，不惜損害企業利益來陷害她，這樣的人居然是自己公司的副總！

張勝氣得渾身哆嗦，他想衝進去狠狠給楚文樓兩個嘴巴，搧醒這個色令智昏的混蛋，手碰到門把手了，忽地警覺聲張不得。

公司裏，楚文樓的身分最特殊，不是他隨隨便便就能處置的。再者，總經理和副總經理在辦公室大打出手，旁邊還有一個哭哭啼啼的俊俏小女工，外面的人會怎麼傳？那不成了寶元匯金的大笑話了麼？

張勝深深吸了口氣，強抑住心頭的怒火，向後退開幾步，這才漫聲喊道：「老楚啊，還沒休息呢？」

小白死命地抓著自己的褲腰帶，楚文樓扯不下來，便把自己的褲子拉鏈拉開，抓著她的一隻手去摸，小白把手攥成拳頭拚命往回掙，兩下裏正在拔河，張勝這一嗓子，差點兒沒把楚文樓嚇死。

他急忙從沙發上跳起來，一邊提著褲子拉拉鏈，一邊跑到辦公桌後邊，把椅子拽回來，一屁股坐了上去。白心悅也匆忙坐起來，拉拉被扯得皺巴巴的衣服。他選擇辦公樓是因為下班後無人，而宿舍不行，誰知張勝進來了。

張勝故意邁著重重的步子，走到門口停了一下，然後一推門，只見楚文樓坐在老闆椅上，手裏抓著本書，打開來也不知看是沒看。他上身衣服倒整齊，只是臉色紅紅的，頭髮有點凌亂。

白心悅緊張地並著膝蓋坐在沙發上，衣襟的一角翻起，露出裏邊內衣的顏色，臉有淚痕，神情慌亂。因為女性的羞澀和擔心楚文樓會打擊報復，她怯怯的不敢把剛剛發生的事說給張勝聽。

張勝看看楚文樓和小白，問道：「正在聊天？」

「啊？沒……沒有，這不是……不是小悅嘛，因為昨晚的一點生產事故，在這兒向我反映問題。你看看，你看看，錯了還鬧情緒，制度上的事，我也不好開綠燈嘛！」

張勝瞟了白心悅一眼，她髮絲凌亂、滿臉淚痕地也正看著他。他便淡淡問道：「是什麼事呀？」

楚文樓哈哈笑道：「沒什麼，一點小事情，你負責公司的全面經營，這點小事就不要過問了，我老楚辦事，還是有分寸的，哈哈，你還信不過我？」

張勝淡淡一笑，不冷不熱地道：「言重了，言重了，既然不是什麼要事，就讓她先回去吧，有什麼事，明天再談好了。」

他說著，已經靠近了老闆台，楚文樓方才匆匆忙忙的，連褲子拉鏈也沒有拉上。張勝一走過來，他暗暗心驚，忙雙手扶著桌面，不露痕跡地把椅子向前滑動了一點，他個子矮，這一下緊貼著桌子，胸部以下全擋住了。

他緊張地看了眼白心悅，道：「董事長的話你聽到了？快回去吧。」

白心悅怯怯地站起來，遲疑道：「楚總，那……那我的事？」

楚文樓一瞪眼，不耐煩地道：「不是說了明天再說嗎？你先回去休息，明天再研究吧。」

白心悅惶惑地看了他一眼，鞠了一躬說：「那……我先回去了，張總再見，楚總再見！」

張勝擺手道：「去吧，去吧！」

等白心悅出了門，張勝雙手按著桌子，身體緩緩向前傾過來，凝視著楚文樓，目光漸漸嚴厲起來。

楚文樓的拉鏈還未拉好，他不敢起來，強笑道：「張總，今晚不是有應酬嗎？回來得很早啊。」

張勝皮笑肉不笑地牽了牽嘴角，半晌才無奈地一歎，輕聲道：「老楚，你讓我說你什麼好？」

楚文樓臉頰抽搐了一下，笑容有些發僵：「你……你說什麼？」

張勝冷冷地道：「這是我的公司，不是你尋花問柳的地方。我待你不薄，自問對得起你的貢獻，如果誰想毀了我的心血和事業，就算他背後是張老爺子那樣的能人，我也不會坐視不管！」

「張……張總……」

張勝轉身向門口走去，走到門口，他握住門柄停了片刻，忽然轉身一指，肅然道：「老楚，我的忍耐力是有限的，這是最後一次，最後一次！」

門，重重地關上了，楚文樓臉上的肥肉開始劇烈地哆嗦起來。

他低下頭，把褲子拉鏈拉上，然後他猛地一下跳了起來，抓起茶杯狠狠摜到地上，咒罵道：「他媽的，欺人太甚！」

楚文樓一腳把椅子踢開。椅子重重地撞在檔案櫃上。他像困獸似的在辦公室裏走來走去，咬牙切齒，滿眼通紅，身子不可抑制地顫抖著：

「欺人太甚！你姓張的欺人太甚啦！我一忍、再忍，一讓、再讓，你欺人太甚了，姓張的！我楚文樓是你養的一條狗嗎？由得你如此呼來喝去！」

「媽的！鍾情那個臭婊子你占了，不許老子動一指頭，打落牙齒和血吞，我認了！現如今你吃肉，我喝湯都不行了？我泡個鄉下女工，你也橫加干涉！我楚文樓為你鞍前馬後，在你眼裏都不如一個普通女工重要？」

他越說越氣，猛地一揮手，把窗台上的一盆花也掀翻到地上，泥土撒了一地。楚文樓踏上一步，用皮鞋狠狠碾著鮮花的枝葉、花瓣，獰笑著道：

「你不仁，我不義，想騎在我頭上拉屎撒尿，門都沒有！姓張的，這公司是老子幫你建起來的，我能幫你建起來，就能讓你垮下去！咱們騎驢看唱本，走著瞧！」

張勝心事重重地走出辦公大樓，從心底裏講，他是不願和楚文樓反目成仇的。一方面，兩人是一起白手起家、共同創業的夥伴，他不忍因此和他徹底決裂，另一方面，如果現在和楚文樓產生矛盾，張二蛋那裏難免會懷疑他是功成名就排除異己，公司裏的老人也難免會說三道四。

自創業以來，有徐海生指點，有哨子、李爾等好友相助，他一帆風順，盡皆坦途，幾乎沒有遇到什麼坎坷，可如今公司剛剛走上坦途，矛盾就在內部產生了。

這事如果坐視不管，不但良心上過不去，而且天知道他還會闖出什麼禍來？來自內部的問題，處理輕了不成，處理重了也不成，遠不如碰到的外部困難，可以處理得灑脫。楚文樓現在成了困擾張勝的一塊心病。

參天大樹！寶元匯金實業公司真能長成一棵參天大樹嗎？楚文樓是公司副總，是這棵大樹上的一條主幹，如果他長歪了，豈不真成了鍾情所說的歪脖子樹？

張勝正在憂心忡忡，白心悅從立柱後邊閃了出來，囁嚅地說：

「張總，我……我……」

白心悅一開始相信了楚文樓的話，認為這公司是張勝的，如果被他知道自己闖了這麼大的禍，處罰一定更重，所以根本不敢在他面前提起。可她剛剛走出大樓，反覆思量，還是覺得該向張勝坦白才是。

張勝一向給人的印象，就是坦誠、寬厚，如今小白已經知道楚文樓在打什麼主意了，被狼惦記上了，那還有好？公司裏能降得住楚總的也就只有張勝一人而已。

她還沒有說完，張勝就苦笑一聲道：「你不用說了，我已經知道了。」

他見白心悅滿臉淚痕，又歎道：「你放心吧，以後他不會打你主意了，如果他再動歪腦筋，你就跟我說。」

白心悅喜出望外，連連鞠躬道：「謝謝張總，謝謝張總。」

張勝說：「有什麼好謝的，該是我對不起你才是。被他留難了這麼久，還沒吃晚飯吧？」

白心悅道：「嗯，不過沒關係，去了一塊心病，開心，少吃一頓飯不算什麼。」

兩人正說著，一個小夥子騎著輛自行車風風火火地趕來。那人騎車直衝到門樓下，一閃身俐落地從自行車上跳下來，看到白心悅，就急吼吼地說：「小悅，今天怎麼著了？劉嬸下班說你下午躲起來哭，誰欺負你了？」

他說到這兒忽地住了嘴，看看白心悅滿是淚痕的臉蛋，稍顯凌亂的衣衫，再看看一旁站著的張勝，忽地勃然大怒，他把自行車一扔，一個箭步就躥了過來，揪住張勝的衣領吼道：「王八蛋，你對小悅幹了什麼？媽的，你敢碰她？老子把你卸了！」

白心悅一看，急忙撲了上去，緊抱住那小夥子，那黑臉膛的小夥子近一米八的塊頭兒，膀大腰圓，白心悅整個人都快掛在他身上了，對他喊道：「黑子，你幹什麼？快放開張總！」

她這麼維護張勝，那個叫黑子的小夥子一看，真是血貫瞳仁，揪著張勝的衣領，臂上肌肉賁起如球，一條青龍紋身顯得異樣猙獰，另一手攥成了缽大的拳頭，瞄著張勝的鼻樑骨怒吼道：「說！你對我女朋友到底幹了啥？你再不說，我把你開膛破肚當白條豬！」

白心悅急了，攥起粉拳狠狠給了他一下子，叫道：「馬上放手，否則你別想我再理你！今天要不是張總，我就給人欺負了，你怎麼好壞不分呢？」

黑子一聽，愕然鬆開手，急忙拉過她問：「怎麼了，誰欺負你了？你跟我說。」

張勝餘悸未消地鬆了鬆衣領，剛才這小夥子的那氣勢著實嚇人，這一拳要是打下來，自己怕就得滿臉開花了。

瞧他那麻利勁兒，恐怕練過幾天工夫，說不定還在道上混過，真要被他揍一頓，那可冤了。聽說白心悅的男友叫黑子，在自己的屠宰場工作，想必就是他了。

白心悅把黑子扯到一邊，三言兩語說了一遍，黑子恍然大悟，趕回來對著張勝又是鞠躬又是抱拳：

「大哥，張總，今兒真要謝謝您了，要不我女朋友可就被楚文樓那王八蛋給糟蹋了。大哥，我黑子粗人一個，你別介意！」

說完，黑子又對白心悅道：

「你等著，我找那姓楚的去，他也不打聽打聽我黑子是什麼人，居然比我黑子還黑，想糟蹋我的女人，先問問我的拳頭答不答應！」

張勝急忙一把攔住，誠懇地說：

「黑子，我已經警告過他，你就別把事情鬧大了。事情張揚開來，鎮上的人哪知道你女朋友到底有沒有吃虧啊？那些吃飽了撐得閒硌牙的人能不添油加醋？到時誰的面上都不好看。」

白心悅也推著男友的肩膀訓他：

「你長得跟熊瞎子似的，沒輕沒重地把人打一頓，還不把你抓起來，董事長都替我做主了，咱以後防著他點不就行了？」

被倆人一說，黑子的氣消了些，他悶頭想了想，先扶起自行車支好，走回來給張勝作了一揖：「大哥，啊不，張總，郭哥跟我說過，大哥您……啊不，張總，您張總為人正直仗義，小悅在您這兒工作，您多關照。」

張勝苦笑道：「得了，咱們別站在這兒說話了，走，到我屋裏聊聊去。」

張勝把二人又帶回大樓，進了他的辦公室，張勝脫掉西裝上衣扔在沙發上，順手遞給黑子一支煙，苦口婆心地規勸起來，談心談到七點左右，總算把黑子心裏的氣兒給順過來了，張勝這才送他們下樓。

三人走在廊道裏時，張勝下意識地看了眼楚文樓的辦公室，門上的窗黑漆漆的，燈已經熄了。

看著白心悅輕盈地跳上黑子的自行車後座，一雙小手甜蜜地環住黑子的熊腰，張勝微笑起來，他也曾在街頭這麼載著自己的女友過，多麼溫馨的感覺啊。

可是，如今自行車換成了賓士車，條件好了，卻沒有了悠閒於街頭的時間和那份恬淡的心情。上天待人是公平的，給你一些什麼，總要從你手裏相應拿走一些什麼。

張勝觸景生情，心中想念小璐，便站在樓下和女友通了個電話，和小璐在電話裏纏綿了半個多小時，他才意猶未盡地掛了電話，準備回去休息。

剛剛步上台階，他忽地想起，把白心悅就這樣放在楚文樓的眼皮子底下，實在不太安全，雖說自己警告過他，但效果……殊難預料，不如把小白調到鍾情管理的水產批發市場去，以絕後患。這樣一想，便信步往鍾情住的女職工宿舍樓走去。

自從上次楚文樓夜探女工宿舍，差點趁鍾情酒醉實施強姦之後，張勝命人在四樓樓梯口安了一道鐵柵欄，晚上就由女員工從裏面鎖上。這時，時間尚早，柵欄門還沒鎖，張勝便直接上了樓。

鍾情的房間在樓層第一間，他上樓便見房門開著，自門口望進去，看不到人。正對著的窗戶上，白地藍花的窗簾迎風飄舞著。此時正是六月中旬，天氣炎熱，但是這麼開著窗子，有了過堂風，張勝只覺一陣清爽。

他下意識地往裏看了一眼，就見鍾情側著頭，一手挽著長髮，一手輕輕梳理著，正折向窗戶的方向，沒發現自己站在門外。

自從上次勸鍾情息事寧人之後，眼見鍾情在人前冷若冰霜的一張臉，張勝總有點怕見她，這時見她房門開著，他本想進去三言兩語交代完就了事的，不料他還沒邁開步子，順著那風，一陣柔軟好聽的歌聲飄了過來，張勝的腳一下子邁不動了。

那歌沒啥稀奇，是一首流行歌，滿大街都唱爛了的《心太軟》。

問題是……那歌是鍾情唱的！

張勝因為上次的事，一直覺得心中有愧，覺得她的不快樂，自己也有原因，如今乍然聽到她輕鬆地哼著歌，一下子歡喜地站在了那兒。

「你總是心太軟心太軟，獨自一個人流淚到天亮。

你無怨無悔地愛著那個人，我知道你根本沒那麼堅強。

你總是心太軟心太軟，把所有問題都自己扛，

相愛總是簡單相處太難，不是你的就別再勉強，

夜深了你還不想睡，你還在想著他……他……他……」

鍾情「嘩」地一下把窗簾拉到邊上，哼著歌轉過頭，兩眼立即瞪得溜圓，嘴裏呢喃著一個「他」字，再也說不出其他的話了。

一抹嫣紅像火燒雲一樣，先是燒紅了她的雙頰，然後是那眉梢眼角，最後連象牙般瓷膩溫潤的頸子都紅了。此時的鍾情，忸怩得就像個沒長大的小孩子，似乎手腳都不知道往哪兒放了。

張勝也很尷尬，自己雖是無心之舉，可是被人發現了，就有偷窺的嫌疑，尤其……她現在還穿著睡衣。大概是因為整層樓都是女工，鍾情習慣了穿著比較隨便，而且為了乘涼開著房門，以致和張勝撞見，顯得有點難堪，雖然她那睡衣是很保守的類型，下擺垂到小腿上，上邊遮到領口，睡衣的布料也不是薄紗透明的，沒有走光之嫌，但畢竟是睡衣。

張勝咳了一聲，開玩笑地化解窘境：「還他他他呢？唱片刮花了？」

鍾情「噗哧」一聲笑了，緊張和羞窘一掃而空。

「今天怎麼想起來看我了？進來坐吧，站在門口做什麼？」

張勝只好硬著頭皮跟了進去，要是一進去就公事公辦地交代事情，未免顯得太過生硬，於是他只好先匆忙找點別的話題：

「喔……啊！我今天下午沒在公司，回市裏見幾個客人剛回來，想著瞭解一下批發市場那邊的建設進度，卻忘了時間，真是抱歉。」

鍾情走在前邊，柔聲歎道：「唉，你呀，都快成了工作狂了。」

她那瀑布般傾瀉到肩後的秀髮濕漉漉的，應該是剛沐浴過。沒多久，她的脖頸恢復了正常的顏色，渾身上下唯一比較暴露的部分除了脖頸，便是她穿著拖鞋的一雙玉足，腳掌曲線柔美，瘦卻不露骨。

有經驗的男人都知道，剛剛浴後的女人，只要體態姣好、稍具姿色，那浴後的模樣都會把她的味道充分地展露出來，更遑論鍾情這樣的尤物了，那更如朝露之蘭、霧中之蓮，美麗的味道若隱若現，鼻端飄來淡淡幽香，誘人的女人味兒十足。

何況地點又是在她的閨房之內，情由境牽，境由心造，目光所及，是若隱若現的窄窄腰身、款款而動的豐圓臀部，張勝的心著了相，跳得快了起來，表情也不再那麼從容了。

「你坐吧！」鍾情卻不知自己浴後的風姿對一個血氣方剛的男人誘惑有多大，她說著便站到了電視櫃旁邊。

張勝在床頭邊的椅子上坐了下來，環顧鍾情的房間，上一次進來，他自己喝得也是醉眼矇矓，沒有好好打量這裏。說起來好笑，兩次走進鍾情的閨房，都和楚文樓有關係，楚文樓兩次欲對女人大施獸欲，也偏偏都被他撞見阻止，二人還真是犯相。

鍾情的房間很簡單，但是女人和男人終究不同，顏色的搭配、小飾物的擺放，雖只略有不同，那氣氛便截然不同，小小房間顯得整潔素雅，溫馨宜人。

床頭櫃前擺了一台電腦，側對著睡床方向，張勝瞟了一眼，看到了WIN95的招牌畫面。張勝不懂電腦，不過他相信科技的力量，在企業管理上是捨得下本錢的，這時候電腦還相當貴，但他還是為企業配備了三台電腦，鍾情獨自負責一攤業務，事務繁雜，便給她配備了一台。

鍾情在印刷廠工作時用過電腦，那時用的電腦還是DOS系統，機箱裏只有記憶體和處理器，用半本書那麼大的軟盤機來啟動，一關機，電腦裏就什麼都沒有了。用過DOS系統的人用圖形介面的作業系統自然不成問題，她只學了幾天，大多數操作就沒問題了。

張勝看看鍾情，她背對著自己站在桌前，手裏拿的不是杯子，卻是一碗速食麵，便問道：「怎麼，晚上沒吃東西？」

鍾情道：「給你吃的呀，你哪回去應酬在外面吃飽過？還不是灌了一肚子酒？」

張勝呵呵一笑，說道：「今晚是和幾個朋友，倒沒喝那麼多。」嘴裏這麼說著，他的心裏一種被人體貼關懷的暖意還是油然而生。

鍾情往速食麵裏灑著佐料，然後提起暖水瓶，把熱水徐徐澆上去。

她站的位置過堂風很大，風吹著睡衣貼在了她身上，乍隱乍現地呈現出她豐碩渾圓的美臀的形狀，讓他不由自主地猜測那裏是如何的圓潤、被釋放出來時將是何等的動人心魄。

年輕的男性，誰不嚮往異性。張勝有了小璐後，時常有些親昵舉動，只差最後一關未破而已。嘗到了女人滋味，便是食髓知味，鍾情萬種風情，女人味十足，一個正常的大男人，又是酒後易起性的時候，彼此獨處一室，心中豈能全無想法？

張勝看得一陣心猿意馬，連忙移開了目光。

鍾情灌好了水，走過去把門關上，笑道：「水不是太熱，多焖一會兒。」

她走到床頭坐下，按著睡衣，蹺起了二郎腿，笑盈盈地道：

「原來張總不放心，特意趕來垂詢工作的呀？好，趁這機會，我就向您稟報一番吧。」

鍾情對手上的工作顯然是胸有成竹，她對答如流，十分從容，把水產批發市場建設處理的事情介紹得清清楚楚。張勝聽得十分開心，被楚文樓引起的不快漸漸被拋到了腦後。

他本意只是來安排一下白心悅的去向的，並不是特意來詢問工作的，房門一關，他心中更有些不自在，鍾情一談起自己手上的工作就興致勃勃，看來一時半晌還沒有打住的意思。張勝不能一直盯著她的眼睛，只好點著頭作沉思狀。

這一低頭，眼皮子底下可就正是鍾情蹺著的二郎腿了。從她睡袍下擺裸露出來的小腿至足踝，整體曲線優美至極。光滑的腳踝潔白無瑕，腳後跟紅潤乾淨，腳趾均勻圓潤，肌膚又白又嫩，腳指甲是珍珠色的，實是美到了極致。

陡然看到一雙完美得宛如藝術品一般的纖足，張勝的目光一陣癡迷，情不自禁地想起那晚她醉酒後的無邊春色，這種美和那種美是截然不同的風格。

只有露才美嗎？

鍾情給出了答案，不然。

風情一線，更是絲絲動人。

第八章

兩性的選擇

女性與男性的生理差異決定了彼此的心理差異，男人的選擇多半不是接受不接受這個女人，而是接受不接受與她做愛。肉體與靈魂的分割，是自古以來的悠久歷史，也是眾多男人的生理機能。張勝現在沒有思及愛不愛她，今後又如何與她共處，內心對性的渴望驅使著他的本能，他想要她，他想要了眼前這個女人。

那雪足的足尖還在一蕩一蕩的，宛如風中月影下的花枝。

鍾情說著自己手頭的工作，越說越是興奮，越說越是開心，她正滔滔不絕地講著，忽然發現對面這位特地趕來垂詢工作的老闆有點不守舍，那眼神兒瞄得有點不是地方。

鍾情順著他的眼神一看，發現他瞅的地方正是自己的纖足，臉上頓時紅了。她連忙放下腳，慌張地道：「啊！麵應該泡好了，我去看看。」

張勝見她神情異樣，知道她察覺了什麼，也有些不自在。這時，為了轉移她的注意力，正好可以說起自己來的目的，他忙把小白調動工作的事情簡單說了一下，由於不想鍾情和楚文樓這左右手芥蒂太深，張勝沒有提及楚文樓的糗事，只說工作中發現這個女孩機靈懂事、工作能力強，她一個人管著批發市場籌建工作壓力太重，給她配備個助手。

鍾情見這位大老闆如此體貼，心下不勝歡喜。

張勝說完了正事，在床邊坐下來，正對著電腦，他拿起滑鼠胡亂劃拉了幾下，奇道：「哎，我見你們拿著這玩意兒移來移去的，螢幕上有個小箭頭就跟著動彈啊，我拿著它怎麼不動，是不是壞了？」

鍾情扭頭一看，只見張勝手裏舉著滑鼠，在空中比劃來比劃去，不禁噗哧一笑，忍俊不禁地道：「你……你把它放在那個滑鼠墊上移動啊，舉在空中怎麼能移動？」

「哦！」

張勝這才明白，他把滑鼠放下，輕輕移動了幾下，螢幕上的小箭頭果然跟著移動起來。張勝不禁笑道：「這玩意兒是挺奇妙的，前邊這兩瓣的是什麼東西，好像能活動。」

鍾情打開速食麵的蓋子，用湯匙輕輕攪拌著，隨口說道：「喔，前邊可以按下去的，左鍵用得多，選定檔啊什麼的，右鍵……哎呀！不要亂動。」

鍾情忽然想到了什麼，臉色突變，她扭頭一看，張勝正拿著滑鼠亂點，立即快步衝過去奪他的滑鼠，慌張地掩飾道：「我還有檔沒存檔，別弄丟了。」

張勝剛剛把「我的電腦」打開，見她一副怕自己搶了她好東西似的表情，忍不住笑道：「給你配備的，當然是你的電腦，女人家呀，真是小氣，還特意起個名叫『我的電腦』，連我都不讓碰碰。」

鍾情不明白他在說什麼，她慌慌張張地衝過來，穿著拖鞋，電腦螢幕側對著床的方向，她搶過來後只能傾斜著身子往電腦上看，等她看到螢幕下方縮小到任務欄的幾個檔並沒被打開時，一顆心才放了下來，可是那失去重心的身子也站不住了，「哎呀」一聲就往床上坐來。

張勝正坐在那兒，鍾情這一下端端正正地坐到了他的懷裏，那豐滿的臀部正坐在他的胯間。大夏天的，兩人穿得都不多，這一坐實了，兩個人都呆在了那兒。

天吶，方才只是看，只是臆測，那是無法瞭解她的身體是多麼的誘人的。現在，她就坐在張勝的懷裏，有了最親密的接觸，張勝終於對女人的魔力有了切身的體會。

她的臀部豐滿極了，是那種最完美的「水蜜桃」翹臀，最是令男人垂涎三尺。

她的體重使她結實渾圓的臀部產生一種厚重感，整個臀部完全擠壓在張勝的身體上，可是她的臀肉又是那樣柔軟而富有彈性，所以儘管她的全部體重都壓坐在張勝的身上，仍然令他感覺極是舒服。

鍾情又羞又窘，她挺起腰肢想站起來，可是臀部坐在張勝懷裏，她不敢使勁往下壓，只憑腰力往上挺，怎麼可能起得來？

如是者幾次，那徒勞的掙扎只是使她柔軟的臀部一次次起到了摩擦張勝下體的作用。

當她終於強忍羞窘，用手在張勝大腿上按了一下，把身體挺起來時，張勝的慾火終於被點燃了。胯下像甦醒的火山，張勝情不自禁地攬住了她柔軟的腰肢，輕輕一使力，可憐剛剛站起來的鍾情再度一踛跌回到他的懷裏。

這一下，鍾情倒吸一口冷氣，顫聲道：「張總，你……你放開我……」

張勝緊張得有種窒息感，他現在終於知道什麼叫銷魂了，溫香暖玉抱滿懷，身上還有淡淡的沐浴乳的香氣，女人那柔軟誘人的身子，正在逐寸地燃燒他的理智。

女性與男性的生理差異決定了彼此的心理差異，男人的選擇多半不是接受不接受這個女人，而是接受不接受與她做愛。肉體與靈魂的分割，是自古以來的悠久歷史，也是眾多男人的生理機能。張勝現在沒有思及愛不愛她，今後又如何與她共處，內心對性的渴望驅使著他的本能，他想要她，他想要了眼前這個女人。

他雙手向上，隔著睡袍托住了鍾情豐聳而極富彈性的一雙嫩乳，鍾情的嬌軀猛地一哆嗦，紅著臉哀求：「張勝，求你了，別……別碰我，好嗎？」

張勝沒理她，只是用摟得更緊的動作回應了她的哀求，喘著粗氣，就像野獸的呼吸。動物界的強大雄性與人類世界的男性發出這種呼吸時，都有著強烈的侵略欲望，鍾情的身體感受到他強烈的欲望，身體不可遏制地顫抖起來。

張勝對她雙乳的撫弄，使這久曠的少婦不可遏止地升起了熾烈的情慾。一個她心中並不反感，甚至說非常喜歡的年輕人把她摟在懷裏，堅硬的下體頂觸著她柔軟的豐臀，雙手在她富有彈性的嬌俏胴體上撫弄，已經使她迷失其中，漸漸失去反抗之力了。

鍾情無力地癱軟在張勝的懷裏，秀眉微蹙，好像忍受著難過的痛苦似的，兩條眉毛擰著，雙眼迷離，小嘴微張，呼呼地喘著氣。

「鍾姐，我……我好難受……我想要你……」張勝用顫抖的聲音說著，手在她平坦的小腹上盤旋片刻，輕輕滑進她的睡衣，滑向那豐腴柔軟的雙腿之間……

「不要！」

這聲「鍾姐」和要害被襲的雙重刺激，一下子讓鍾情醒了過來，她還是無力掙扎起來，抓過張勝的手，一下子張口咬住，咬得死死的，難抑的哭泣讓她的熱淚一顆顆地落在張勝的手上。

來自同一世界的兩種性別的生物，有著截然不同的思維。男人由下半身走著通向上半身的路，而女人則是由上半身向下包圍男人的下半身，對女人來說，感情永遠比情欲更能主導她們的思維。

她清醒地意識到，讓張勝在突如其來的情欲驅使下佔有自己，將對他、對自己，對彼此現在頗為融洽的關係造成多麼大的傷害。她狠狠地掐了一把張勝的大腿，然後趁勢站了起來。

張勝腿上一疼，如大夢初醒，情欲如潮水般消退，理智漸漸回到了身上，攬緊鍾情的手慢慢鬆開了。

鍾情雙腿一屈，從張勝身上緩緩滑下去，跪坐在地上，雙手捂臉，「唔唔」地哭了起來。

「我……我……對不起……」

張勝手足無措，他徹底清醒了，心中懊悔不已，他也不知道自己今天這是怎麼了，或許是工作的緊張壓力，或許是楚文樓再三觸犯他的底線的煩躁，或許是自上次見過鍾情這種天生尤物迷人的胴體後給他留下了難以磨滅的印象……

總之，那無意中的一坐，一下子勾動了天雷地火，現在想起來，他也不知道自己方才為什麼有那麼大的膽量、那麼大的勇氣去做這種事，自己現在和楚文樓有什麼區別？

「你出去！」

「鍾姐，我……對不起，我錯了，我再也不碰你了，你……你不要哭了，我不是想欺負你，真的不是……」

張勝還在笨拙地解釋，不料鍾情聽了更加惱火，她一下子站起來，走過去拉開門，帶著滿臉淚痕向外一指，低斥道：「出去！」

「我……我……」

「出去！」

張勝低下頭，灰溜溜地服從了她的命令。

女人心，海底針，女人慣會說出口是心非的話，只是說的時候連她自己也不知道那是不是她真正的心意，所以倒算不上說謊。

情場新手的張勝連鄭小璐那種單純的女孩心思都不能完全明白，又怎麼可能瞭解鍾情複雜的心思。他的解釋和道歉更是令心中矛盾萬分的鍾情聽了惱火，怎麼可能不趕他出去？

他現在就是不顧鍾情的感受來個霸王硬上弓，或者蹲下來抱著她甜言蜜語一番，鍾情心裏都不會這麼難受。可是聽了他那句「再也不碰你了」，鍾情忽然有種想哭的感覺。

人孰無情？

鍾情在情人、家庭都拋棄了她的情況下，被張勝收留下來，張勝尊重她、愛護她，兩個人朝夕相對的，她心裏怎麼可能一點不動情，張勝賭咒發誓地說從此再不會碰她，讓她有種被人拋棄的心痛感覺。

眼見張勝出去，她把房門一關，撲回床上拉過被子蓋住臉，在被子下放聲大哭起來。

她不敢和張勝發生什麼關係，真的不敢。

這與他有了女友無關，她從沒奢望做張勝的女友。她拒絕張勝，不是因為討厭他，恰恰是因為喜歡他，不知不覺間真的喜歡了他，正因如此，她不想和張勝發生些什麼，她怕關係的改變會讓她失去現在的一切，她被傷害得已經不敢再接受什麼感情了。

在婚姻中行走久了的人，有時候渴望激情，就像沙漠裏的人渴望見到甘泉一樣。如果這婚姻的鞋子不合腳，那麼當激情降臨的時候，就更容易超越底線。徐海生風度翩翩、善解人意，很難有人能抗拒被他追求時那種細緻入微的體貼和幸福。鍾情就陷落在他的情網裏，這成了她人生悲劇的開始。徐海生不但拋棄了她，這件事還鬧得盡人皆知，成了她一生洗刷不去的污點。

她喜歡張勝，所以不想和他發生什麼關係，心想他沒有得到時可能只記得自己的好，一旦得到，焉知他不會計較起自己昔日的事情，因為靠得太近反而造成彼此的分離？

這不是她杞人憂天，她深深知道，再大度的男人在兩性關係上都是心胸狹隘的。男人的佔有欲特別強烈，對男人來說，沒有得到和已經得到時的心態是截然不同的。他瞭解自己的過去，就算現在一心一意地對他，就算鐵了心從此只對他好又怎麼樣？

沒辦法和他相處的，如果對他熱情一些、奔放一些，他會不會產生別的聯想，惱恨於她曾把同樣的熱情先給了另一個男人？

如果拘謹一點，小心一點，他會不會又認為他讓這女人對他的著迷程度不如她以前的男人？到那時可就成了自釀苦果，想恢復現在的關係都不可能了。

現在尚能彼此尊重，還有那麼一種朦朦朧朧讓她歡喜的感情，一旦撤去了男女之間那道大防，彼此赤裎相對的時候，他還會像以前那樣對待自己嗎？女人難做，走錯過路的女人想回頭更是難如登天，與其戰戰兢兢、如履薄冰地勉強維繫一份感情，她情願一生一世孤獨地過下去，為自己以前的錯盡付青春韶華和一生的幸福。能守在自己喜歡的人跟前，已經是她最最奢侈的要求。

她抽噎良久，才從被子下爬了出來，到洗手間重又洗了臉，紅腫著雙眼走回床邊，坐到電腦旁邊，點開了下邊的檔。

那都是她利用職務之便從財務部弄來的賬簿、記錄，從辦公室弄來的公司規劃和營運方面的檔，以及掃描進去的銀行方面提供的全部帳戶對帳單。

憑著女人的直覺，她感覺徐海生背著張勝正在幕後操縱著的這家公司進行著許多風險極大甚至違法的事情，她不能讓徐海生繼續害人，不能讓他毀了張勝、毀了張勝的希望。

由於張勝對徐海生的信任、感恩和友情，在沒有掌握真憑實據之前，她不能讓張勝知道這件事，否則，他不僅會認為自己在挾怨報復，而且一旦在徐海生面前露出點蛛絲馬跡，想再找他的漏洞那就更難了。

這就是她想為張勝做的事。喜歡他，就默默地守在他身邊吧，這一輩子，她不再打算嫁人，不再想和男人發生任何交集。

她很清楚，有些事，你錯過了一次就一輩子不能再擁有；有些人，你註定要放開他的手。在命運面前，個人是無奈的，這種淡淡的朦朧的情愫，就像偶爾射進房間的月光，你可以欣賞，卻不能把它留下……

日光燈滅了，台燈亮了，月光傾瀉進來。

月光在花窗簾上的影，溫存而美麗。月光補充了台燈照不到的地方，映得一室通明，那通明不是白天那種無遮無攔的通明，而是像蒙了一層紗的，婆婆娑娑的柔和的光明。床單上的百合花，被面上的金絲草，全都像用細筆描畫過的，清楚得不能再清楚。

一室通明，唯一朦朧的讓人摸不清道不明的，只有鍾情那顆自己都琢磨不透的女兒心。

她收斂了思緒，面對著電腦，開始靜靜地檢索、核對著每一筆資金的進出和用途。一支摩爾香煙挾在她的指尖，淡淡煙霧繚繞著這個封鎖了心靈的寂寞女人。

人淡如菊，心素如蘭……

「你真無恥，怎麼能做這種事？如果她答應，你是不是就和她上床了？圖得一時快樂，你還怎麼面對小璐？你怎麼安排鍾情？你有了幾個臭錢也學人家找情人？」

張勝大汗淋漓，坐在自己房間裏進行批評與自我批評：

「真該讓鍾情給你一個巴掌，再一腳把你踹得遠遠的。跟老楚一個德性！沒出息的東西，你對小璐怎麼就不敢這樣？是不是在你心裏，也把鍾情當成了一個放蕩的女人？無恥啊！無恥！」

這時，手機鈴聲響了，張勝嚇了一跳，同時也發現鈴聲跟他的手機還不同，慌張地四下看看，拎過西服他才想起裏邊有一部撿到的手機。

「喂？」

「哈！終於肯接電話了？思想鬥爭了一晚上吧？」

張勝愕然：「你怎麼知道我在思想鬥爭？哦……你說的是撿了你的手機不想還是吧？至於嘛，不就是一部手機嘛。」

「什麼叫不就是？蛤蟆喘氣，好大的口氣。你自己也承認在思想鬥爭了不是？」

張勝正在滿心懊惱，雖然電話裏的女孩聽聲音極其悅耳，他也沒心思跟她磨牙，張勝不耐煩地道：

「我說我欠你的是不是？憑什麼跟我火氣這麼大，丟了手機的人跟我撿手機的人不客客氣氣地說話，誰把你寵成這樣啊？」

電話裏的女孩不知道是打了幾個電話沒人接所以才火氣甚大，還是今晚遇到了什麼不痛快的事，跟吃了槍藥似的，小嘴語速極快，還一點不饒人，她語帶輕蔑地道：「算了，我不跟你計較。你在哪兒呢？約個地方，把電話給我帶來，你要多少酬勞？」

張勝一聽大怒，正好把在鍾情那兒忍下的鬱悶之氣全撒在手機女孩的身上，他狠狠地道：「你什麼家教，連句客氣話也不會說？我缺錢嗎？告訴你，叫兩聲大哥，說幾句好話，賠個禮道個歉，手機就還你，不然，免談！」

「你這人怎麼這樣，什麼人品？」

「什麼人品？你說什麼人品？我純潔得像一張白紙！」

「去！寫滿無恥的白紙？」

說者無心，聽者有意，張勝的臉騰地一下紅了，惡聲道：「我還寫滿淫蕩呢！我對你無恥！我對你淫蕩！喜不喜歡？」

「啪！」那邊電話狠狠地摞了，張勝被震得連忙挪開手機，看了看，順手合上了機蓋。手機剛剛丟到沙發上又響了，張勝不耐煩地再次打開手機，電話裏一個呆板的女人聲音道：「先生，撿到東西不還，屬不當得利，是要承擔法律責任的。」

「你是律師？」

「差不多吧。」

「你知道我是誰嗎？」

手機妹妹繼續用呆板的聲音道：「不知道。」

「那麼你知道我住哪兒嗎？」

手機妹妹的聲音開始有點不耐煩了：「不知道！」

「那麼你怎麼追究我的法律責任呢？」

電話裏靜了片刻，隨即傳來一聲獅子吼：「你耍我！王、八、蛋！」

張勝又氣又笑，正想再說話，只聽手機裏一個中年婦女的聲音似乎在較遠的地方叫道：

「女兒啊，這才剛回來，出了什麼事了？」

「哦，沒事，媽，你去睡吧，我在罵一個打騷擾電話的流氓。」

一個很乖、很柔、很甜美的女孩聲音嬌滴滴地說道，與此同時，電話再度掛上了。

張勝握著手機發了一陣愣：「這個女孩就是剛剛那頭暴龍？」

扔手機，躺下，然後手機再度響起。

「喂，有完沒完啊？」張勝有氣無力地說。

「你這個流氓！」

手機裏的聲音很低、聲音壓得小小的，好像生怕被人聽到。因為忍著氣說話，聲音壓得太低，不像罵人，倒像撒嬌似的，張勝被她逗得笑了出來：「哈哈，我女朋友也這麼說。」

「呵，英『雌』所見略同。」手機妹妹總算笑了一聲，聲音雖然短促，卻如銀瓶乍裂，悅耳清脆。

張勝馬上加了注解：「因為我對她流氓過，所以她才這麼說。」

「你……你……」手機妹妹又要抓狂了。

忍了半天，她才放鬆了聲調問：「你說吧，要多少報酬才把手機還我？」

張勝耐心解釋道：「我真的不是想訛你的錢，我不缺錢。」

「那你缺什麼？缺德？」

「我說你……有求於人還這樣的，實在少見！」

對面的女孩子也不知遇到了什麼不順心的事，脾氣暴躁得可以，聞言冷笑道：

「有求於人？是，我的手機丟了，你撿到了，照理來說，如果你還給我，我該表示感謝。但是撿到他人物品予以歸還，這也是人的基本道德吧？你這樣的我見多了，昨天還見到一個刮了自行車訛人家中學生的大老爺們，口口聲聲不缺錢，不差那點錢，說來說去，最終目的還是要錢。算了，不和你說這個，我也是誠心的，酬勞我會付，兩千塊夠高了吧？」

張勝氣極反笑：

「你說你認準了我圖你的錢是不是？我還告訴你，你知道我的公司有多大嗎？我開車出去繞一圈都得大半個小時。」

「哦……牛車？」

「尖牙利嘴。」

「你說你不圖錢，可又死賴著我的手機不還，你說，你圖啥？」

張勝怒了：「我圖你的人，成不？」

「無恥！」

「無恥也是你逼的！你說你什麼人，就算事業、愛情、工作上遇到了不順心，和我有什麼關係？你電話一通就這麼囂張，我是任你呼來喝去的？你不檢討自己的毛病，反挑了我一堆不是。我說手機妹妹，你大概很漂亮吧？」

「漂亮，怎麼了？」

「我就說嘛，這臭毛病都是讓那些捧著你、順著你的男人給慣出來的，不過我可啥都不圖你的，我不吃你這一套！」

手機裏靜了半晌，女孩的聲音終於柔和下來，她用標準的電話接線員的聲音既親切又客氣地說：

「好吧，大老闆，是我不太禮貌。請問，我的手機您能還給我嗎？現在很晚了，您一定不方便出來，您可以說個地址，我明天去取就是了。您看，這樣好嗎？」

張勝一聽大悅：

「對嘛，這樣就對了嘛，如果你一開始就這麼好好說話，我們至於這麼吵嗎？我能不把手機還你嗎？我是那種不講理的人嗎？我是圖你的手機嗎？很稀罕嗎？我就為了和你多說幾句話，占點口頭便宜？我有這麼無聊嗎？」

「你情緒不好，或許有你的理由，我理解，但是你不該把自己的情緒作用到別人身上。常言說，禮下於人，必有所求。反過來說，有所求人，必然禮下，你這種態度在社會上為人處世是要吃虧的。我見過的漂亮女人整天擺著一張臭臉的多了，好像男人和她多說一句話，就是想和她上床似的，我說至於嗎？」

「拿我來說吧，我現在心情也很不好，我剛剛從別人那兒回來，很丟人，羞得無地自容啊，我都不知道明天還有沒有勇氣面對人家，可是你看看我，我跟你發火了嗎？這就是成熟，這就是理智，說實話，你要總是這脾氣，你就是長得賽過天仙，我看一眼都煩，聰明的女孩不該把容貌的美麗當成自己的資本，蠻橫霸道自以為是的女孩是最招人……」

對面的女孩聽得渾身發抖，手把電話握得緊緊的幾乎要攥碎了，要不是怕大吼一聲再把媽媽驚動了，她真要再度獅子吼了。

她握著電話哆嗦半天，才道：

「你……你……你唐僧呀你，你狠！你狠！我服了你了，大哥！不就是一部手機嗎？我不要了，你留著吧！」

「咔嚓！」電話再度掛斷。

張勝一陣茫然：「我說什麼了？我沒說什麼啊，這人什麼態度啊？」

其實張勝不是有心拉著這個女孩胡扯，實在是他今晚平生第一次做出這樣的舉動，現在心中羞臊得無以復加，他不能把這件事告訴任何人，想起來又覺得羞愧難當，恨不得找條地縫鑽進去，所以他的潛意識裏很想抓住個人隨便聊點什麼，總之，找點事做不去思考就行。

恰巧有手機妹妹這種陌生人讓他可以毫無負擔地說話，所以才抓住她說個沒完，怎料這女孩聽了他的話，直覺認為他毫無還手機的誠意，完全是在調侃自己，所以把電話掛掉了。

張勝搖搖頭，無奈地把手機往沙發裏一扔，歎道：

「現在的女孩，一個個都慣成什麼德性了？不要拉倒，我還主動給你送去不成？趕著上的不是買賣。」

經過這位手機妹妹一打岔，張勝那惶恐焦躁的心漸漸平息下來。他熄了燈，悄悄踱到陽台上，眺望斜對面的女員工宿舍樓，見鍾情的房間燈光似乎是滅了，仔細看，才會發現那隱隱的一線燈光。

「她……還沒睡……」

張勝叼起一支煙，煙快吸盡的時候才摁響了鍾情的號碼。「快要接通了吧？」張勝心裏暗道。就在對方摁響手機的同時，一陣心慌，好不容易積攢起的勇氣突然消失得乾乾淨淨，他把手機關掉了。

鍾情遲疑了片刻，然後悄悄走向窗口，隱在窗簾後面掀開一道縫兒向張勝的住處窺視過來，那裏一片黑暗，過了片刻，黑暗中亮起乍閃又滅的一點紅光，鍾情的心跳了起來。

張勝默默回到房間，手機舉起來又放下，如是者幾次，始終提不起勇氣向她完完整整地說一句「對不起」。

鍾情坐在電腦邊核對著賬簿，手機就擱在左手邊，時而，她的目光會移注到手機上，幽幽地注視片刻，但那電話始終沒有再響起……

「好，那就聊到這兒，一會我就下班了。呵呵，手機妹妹，你挺喜歡和我聊天的啊？不會是喜歡上神秘而風趣的我了吧？」

張勝拿著手機開玩笑道，三天，僅僅三天，兩人就從仇人變成了幾乎無話不談的好朋友，這大概就是類似網路交流方式的優越之處：你沒有任何負擔，可以向陌生人完全敞露自己的內心想法，這樣的交流方式，可以讓彼此投緣的人迅速地接受對方，很快就成為相當熟絡的人。

現在的人都能體會到網路交流中的輕鬆和放縱，但是那時是一九九七年，ＩＣＱ要明年才誕生，ＱＱ要後年才問世，而且張勝不懂電腦，但是機緣巧合的，這部手機替代了ＱＱ聊天的功能，讓他結識了平生第一位素不相識的聊友。

和這個不相識的女孩聊天沒有任何負擔，工作上的壓力、人際關係的複雜，什麼牢騷都能講，什麼想法都能說，這成了他舒緩工作壓力的一種方法。

其實第二天晚上，當張勝在沙發縫裏摸到這部手機的時候，就不想再難為她了。於是他善心大發地給手機妹妹回了個電話，表示不計較她的蠻橫無理，要把手機還給她。

對面，那女孩正拿著新的愛立三八八把玩欣賞著。這是她表弟買給她的。聽說表姐丟了手機，撿手機的流氓不但不還，還在電話裏就想占她便宜，把她氣得一佛出世、二佛升天，她那富家子的表弟笑得直不起腰來，惹得她鳳顏大怒。

眼見就要成為遭殃的池魚，她那表弟立即施行補救措施，立馬跑去手機店，給她拿回來一部新手機。這女孩一聽張勝的話，氣得渾身哆嗦，她根本不相信他的話，認定了這是個油嘴滑舌占女孩便宜的傢伙，她對著電話大吼一聲：「你去死吧！」就再度掛斷了電話。

張勝碰了一鼻子灰，只好撂下了電話。

以後他抽空又打過幾次，每次都是在吵架拌嘴中結束對話，對面的女孩幾度被他不緊不慢的溫吞發言給氣得發瘋，不過從此她倒找到了宣洩工作壓力和不滿的途徑，心情不好就打電話找張勝吵一架，以此舒緩壓力、放鬆心情，兩個人成了關係很怪異的架友。

此時聽了張勝的調侃，手機妹妹從鼻子裏冷哼一聲道：

「少臭美了你，我是找不到你，否則，我打得你滿地找牙，生活不能自理。知道我為什麼要找你聊天嗎？嘿嘿……」

她很「陰險」地笑了兩聲：「我是為了把預存的話費全花光，讓你小子少占點便宜。」

張勝嘖嘖歎道：「這賬都要算，女人真會算賬。」

手機女孩得意洋洋地道：「那當然，數學構成世界，數學就是算賬。女人最會算賬，所以嘛……」

張勝是個很盡職的聽眾，一見她抖包袱，忙適時追問了一句：「所以什麼？」

「所以，女人就是世界。」

「哦！」之後沒了下文。

一直喜歡和他抬槓的手機女孩等了片刻，好奇地問道：「沒有不同意見？」

張勝忍住笑道：「沒有。」

手機妹妹滿意地哼了一聲道：「算你識相。」

張勝悠悠地道：「當然識相，你的邏輯沒錯啊，你是女人，所以你就是世界嘛，我完全同意。」

「呵呵。」

「而我是男人，所以麼……」

「所以怎樣？」

「上帝造女人，既然是為了創造這世界，那上帝造男人，自然是為了駕馭世界！你是女人，所以你是世界，而我是男人，所以我駕馭……」

手機妹妹未等他占完便宜，便如明珠輕墜綠玉盤，脆脆生生地「呸」了一聲，又加了一句注解：「流氓成性！」然後便掛斷了電話。

張勝笑笑，也收了手機。

今天他的心情也很愉快，所以有心思開玩笑，因為今天週五，每逢週末，他都會開車回市裏，見見小璐、見見家人。

此外，他事業上的左膀右臂鍾情和楚文樓雖然關係不和，和他的關係也變得複雜起來，不過他們在工作上倒是都能識大體，沒有把私人感情帶到工作上去，這令他大大地鬆了口氣。

自那晚突然起性冒犯了鍾情之後，他總是避著鍾情，有些不敢見她。不過兩個人在一個公司，鍾情又負責著三分之一的公司業務，作為老總，兩人交流溝通的機會絕對不少，鍾情就像那晚什麼都沒發生過一樣，見了張勝神色自若，漸漸的，他也從容起來。

楚文樓這回倒是真的惱了，見了張勝總是不冷不熱的，好在他公私尚能分明，張勝也就沒往心裏去，盤算著過上幾日，兩人找個機會去喝兩杯，男人嘛，這種事嘮嘮貼心話兒也就解開了。

黑子在屠宰廠上班，這幾天常抽空來看望女朋友，其實兩人下了班盡有機會見面，實不必表現得這麼親熱，他分明是向楚文樓示威來了。

這小子一向兇悍，十六歲就進過勞教所，那是出了名的能打，廠子裏的工人都知道他，見他來，也沒有什麼人敢找他麻煩。

黑子上次聽了張勝和女朋友的話，沒去找楚文樓麻煩，不過他來看白心悅時，總是隨身帶著一把剔骨尖刀。楚文樓管著冷庫，每次一見到楚文樓，黑子就摸出尖刀，一邊剔著指尖，一邊對著他齜牙直笑，那笑容配上他一臉橫肉，著實有些猙獰。

黑子近一米八的塊頭兒，一身疙瘩肉，長得極是健壯，光看著就有壓力，手裏再整天提著把明晃晃的尖刀，楚文樓矮矮胖胖的身子，黑子看他的眼神就像正在打量一口待宰的肥豬，楚文樓以前還真不知道白心悅的男朋友長得是如此模樣。他見了黑子心中有鬼，總覺心驚肉跳。他雖好色，畢竟生命更可貴，哪還有心打白心悅的主意，是以表面上看來，真的安分了許多。

張勝下了班，向楚文樓和接替郭胖子的新任保安隊長李泳謀簡單交代了一下公司的事情。楚文樓大概和老婆感情不和，住在公司裏逍遙自在，回市區的次數倒是少得多。張勝知道他本周不回市裏，諸事當然得交代給他，一切完畢，這才驅車離開了。

他本想帶上郭胖子，所以特意繞道橋西新鎮的屠宰場，不料現在正逢學校放暑假，趙金豆帶孩子回農村娘家去了，郭胖子不用回去。他跟黑子等幾個哥們正在屠宰場門口的小酒館喝酒。見董事長來了，一幫殺豬的起哄敬酒，張勝託辭正在開車也不成，只得飲了杯啤酒，又還敬一杯，然後馬上落荒而逃了。

郭胖子喝了酒，一個人哼著小調去了屠宰廠不遠處的錄影廳，錄影廳老闆平時沒少從郭胖子那兒買點便宜下水，自然認得他，連忙陪笑把他迎了進去，也沒讓他買票，還送了一包煙、一瓶飲料和小食品。

郭胖子坐的是包廂，不過這包廂也簡陋得很。開發區新建，施工隊的以及各企業的工人平素沒什麼娛樂，常來這兒，結果椅子耗損嚴重，大多破爛不堪，這包廂的座位也早失去了彈性，一坐一個坑。

郭胖子也不在意，嗑著瓜子抽著煙，一個人看錄影，如此休閒倒也得趣。他先看了一部《青蛇》。第二部是《大丈夫日記》，這是一部喜劇片，此時正演到「周潤發」一腳踏兩船的事被「葉倩文」和「王祖賢」兩個女友知道了，她們有意折騰他，累得他下了這床上那床，疲於奔命的搞笑時刻，錄影廳門口有人扯著嗓子喊起來：「郭哥！郭依星，郭依星出來。」

錄影廳裏都是些粗獷的工人，一聽吵聲立即叫罵起來，郭胖子從包廂座位上爬起來，瞇著眼睛往後看了一眼，也沒瞧清是誰，便扯著嗓子回了一聲：「誰啊，啥事兒找到這兒來了？」

「郭哥！」那人瞅準了位置，連忙擠了過來，借著投影錄影的光線，郭胖子這才看清是冷庫那邊的保安喬羽，也是自己的哥們。他吐掉一塊瓜子皮，拍拍旁邊道：

「來，坐下，一塊看錄影，挺逗。找我什麼事？」

喬羽也實在，郭胖子讓他坐便坐，一屁股坐下去，人造皮包著的墊子坑窪不平，還不如板凳舒服，硌得他哎喲一聲。

喬羽也顧不上揉屁股，貼近了郭胖子詭秘地道：「郭哥，我聽說一件大事……」

「去去去，離我遠點，你有口臭不知道啊？」

喬羽咧嘴笑笑，稍稍挪開了一些：「郭哥，我真的聽說一件大事。」

郭胖子看著錄影，心不在焉地道：「你說，我聽著呢。」

喬羽情不自禁地又靠近過來：「哥，今天董事長回市裏了，我有個特要好的哥們讓我跟他做筆買賣去，我問他什麼事，你猜他怎麼說？」

「怎麼說？別賣關子。」

「他說，從冷庫裏偷肉製品去賣。」

郭胖子一驚，一下子收回了目光，緊盯著他問：「誰說的？消息可靠嗎？」

喬羽道：「郭哥，我平時雖然神經大條了點，可這事我敢開玩笑嗎？」

「到底是誰告訴你的，說詳情。」

於是喬羽原原本本地說了一遍，事情是他的死黨江寧告訴他的，兩人感情甚好，江寧想拉上他一起賺錢，喬羽一開始有點心動，後來問清了是盜竊廠裏物資，不禁嚇了一跳。他膽子小，不想幹這事，也勸兄弟別幹。

江寧不以為然，告訴他這事是公司楚副總指使的，有他頂著，什麼危險都沒有。喬羽仍是不幹，江寧就有點後悔告訴他了，最後只好再三囑咐他不要說給人聽。兩人好得穿一條褲子，他相信喬羽就算不跟著他幹，也不會告訴別人。

喬羽一開始還真打算守口如瓶，可他在家裏窩了半天，越想越不踏實，公司老總對他們不錯，待遇挺高的，要是這事被人發現，不但要辭了工作，說不定還得蹲幾天，太划不來了。再說這是自己所在的公司，要是發生了這種事，丟了信譽，經營狀況不好，那自己的工資獎金不全受影響？

思來想去，他忍不住把這事跟老子說了，他爹一聽就急了，兒子找份好工作不容易，你現在替人家守秘，要是他們被抓個正著把你供出來，你不就成了同案犯了？這種地的老頭子想得倒明白，馬上逼著他去跟老闆坦白。

喬羽聽江寧話裏那意思，這事不止是楚總的主意，好像保安隊長李泳謀也是同謀，他又沒有董事長電話，能去找誰去？想起老隊長郭胖子是董事長的老友，和他關係也極好，他就跑到屠宰廠來找郭胖子了。

郭胖子一聽就急了，公司剛剛闖出牌子，一旦讓楚文樓給砸了，再想樹起來可就難了。這小子雖說實際上是張二蛋的人，畢竟現在做著匯金公司的副總，這還不知足？就為了圖那點小利？真他媽的混蛋一個。

郭胖子汗都急下來了，一張胖臉上的肥肉直哆嗦，他趕緊跳起來，拉著喬羽就往外跑，一出了錄影廳的門，郭胖子就掏出他的二手大哥大，按了張勝的號碼，扯著喉嚨跟他報告剛剛聽說的事情。

張勝和小璐以及父母、兄弟剛剛吃了飯，全家人正坐在一塊兒聊天，一聽這消息當時就炸了，張勝立即道：「你盯緊了，不要報警，我馬上趕回來。」

郭胖子還沒囑咐一聲「路上小心」，電話就掛掉了。

郭胖子握著大哥大站在霓虹燈下發了一會兒怔，忽地一拍腦門道：「他媽的，姓楚的可別腿腳太麻溜，這麼屁大的功夫就溜了。」

「郭哥，我兄弟從小就這樣，有點缺心眼兒，真的，他老被人當槍使喚，再說他要不告訴我，我也就沒法告訴你，你跟董事長求個情，千萬別追究他呀，要不我沒臉見自己哥們兒。」

郭胖子揮揮手中的大哥大，不耐煩地道：「行了，我知道了，等抓到了人再說。」

他扭頭看看喬羽，捏著下巴道：「就你這熊樣兒，咱們倆去也不成啊。對了，黑子，快快快，去黑子家。」

黑子家就在大小王莊合併而成的橋西新鎮上，郭胖子帶著喬羽上氣不接下氣地趕到黑子家，使勁拍起大門來。這一拍門，院子裏的狗就狂吠起來。

郭胖子使勁地拍著門，過了一會兒屋裏燈亮了，一個高大的人影披了件衣服，手裏拿著手電筒從房裏走出來，嘴裏喊著：「別拍啦，誰呀這是？半夜三更的幹什麼？」

郭胖子大喜，連忙說：「是黑子嗎？我是郭哥，快開門，我有急事，快點！」

黑子一聽是他的聲音，奇道：「郭哥？這是怎麼了，出啥事了？」

他快步走過來，拉開門栓，郭胖子立刻閃身進了院子，他剛進去，一條黑狗就呼地一下撲了上來，好在有鏈子拴著，差一點沒咬著他，把郭胖子嚇了一跳。

「去去，滾開！」黑子朝黑狗罵了兩句，那黑狗被主人一訓便退開了，但仍緊盯著郭胖子。

郭胖子急忙說：「黑子，哥今天有事只能請你幫忙了。」

「嗨，你客氣啥，出啥事了？」

郭胖子把事情簡要地說了說，黑子一聽，當時就興奮了：「郭哥，這哪是你自己的事啊？就是你不來，只要我知道了，也得去幹他。這小銼子欺負我女朋友，我是忍下來了，可這口氣一直憋著呢，哈哈哈……郭哥，快進屋，我打幾個電話。」

郭胖子和喬羽跟著他進了屋，右邊房裏有個老漢的聲音問：「黑子，是誰呀？」

黑子說：「爸，你睡你的，沒啥事兒。」

他帶著郭胖子進了屋，興沖沖地就開始打電話。這新鎮上的屠宰戶都挺有錢，加上新鎮建設時電信局裝機優惠，所以好多人家安了電話。

「喂，剛子？少他媽廢話，馬上起來，帶上傢伙到我家來，來晚了好東西就沒你份了……來了再說，哎，二虎子和彪子家裏沒電話，你叫上一塊來，全抄上傢伙，馬上！」

「喂，狗子？你少他媽廢話！喔……是四大爺啊，我是黑子，是是是，我混蛋，我明天讓你罵個夠。你快讓狗子起來，馬上到我家來，我這……喂？哦！狗子？你馬上到我家來，帶上傢伙，有好事！」

「喂，平子？哈！是小翠啊，怎麼是你接電話，跟你家平子折騰半天還沒睡吧？跟你男人可得悠著點幹啊，早早熬乾了你就守活寡了，你說到時你要是求我幫忙，我幹還是不幹？嘿嘿，你讓他起來，立馬來我家，有急事。」

「喂……」

郭胖子看著黑子打電話，一臉的木然。

黑子打了七八個電話，讓他們來時分別通知其他的兄弟。撂下電話，黑子對著郭胖子不好意思地嘿嘿一笑，說：「鄉下人，說話粗，郭哥不習慣吧，呵呵……」

郭胖子努力牽牽嘴角，乾笑道：「哈哈，習慣，習慣……」

一輛賓士疾行如箭，張勝的心更是早已飛到了公司，一路上，他的心情如波瀾起伏，憤懣難平。

他萬萬沒有想到，楚文樓居然會用這種兩敗俱傷的方式洩憤。這麼做對他有什麼好處，但他還是做了。哪怕損人不利己，只要能得到報復快感的事也要做，他可算是極品小人了。

「知人知面不知心，以前怎麼就沒看出來他是這樣一個人？難道說我制止他的醜行是錯的？如果兩情相悅，願意睡到一張床上，關我屁事，可利用職權軟硬兼施地逼人就範，如果我置若罔聞，早晚會捅出大簍子啊，別的不說，光是那個黑子就不是好惹的，非要送了性命才相信我的好意？」

張勝牙根緊咬，狠狠地捶了一下方向盤，然後摸出了手機，按下一串使用最頻繁的號碼。

「喂，鍾情？」

「你……張總！你……你怎麼這麼晚打電話來？」

鍾情驚訝地拿著電話，一手扣著睡衣扣子，兩隻矇矓的杏眼一下子睜得好大：「張勝這麼晚打電話來，會為了什麼事？」

一種既期盼又害怕的感覺讓她的心沒來由地急跳起來，她想從張勝嘴裏聽到她想聽的話，卻又怕聽到。

張勝努力平抑著語調，靜靜地吩咐著：

「我剛剛打電話給張寶元張老爺子，電話關機。你馬上試著通過其他管道，通知張老爺子，請他馬上到寶元匯金來一趟。」

鍾情的心一下子放了下來，輕鬆的同時又帶著些隱隱的失望：「好！你……你要馬上趕回公司？發生了什麼事？」

張勝「哈」地笑了一聲，說道：

「沒什麼，馬上聯繫張老爺子，請他務必趕來，就說有件事涉及他老人家的人，我做不了主，請張老過來主持公道。」

「楚文樓？他做什麼了！」鍾情馬上警覺地問。

「問那麼多！囉嗦！叫你打電話，趕快聯繫人！」

女人是彈簧，你弱她才強。張勝這一吼，鍾情倒乖了，回答的聲調立刻柔和了幾分，乖乖應道：「哦！」

「先別掛！記住，聯繫了張老之後，你就乖乖待在樓上，我沒到，不許下樓！」

「哦！」

……

「怎麼還不掛電話？」

「呃？你……沒別的吩咐了？」

張勝沒好氣地道：「沒了！」

「哦！」

張勝沒好氣地撂下了電話。

第九章

人不狠，站不穩！

楚文樓落得這般下場，實非他所願，
楚文樓把他視同寇仇，全不想自己做過什麼，這一切怨得誰來？
「人不狠，站不穩！」
張勝默默地咀嚼著這句話，望著駛出廠區去的轎車，幽幽地歎了口長氣。
鍾情悄然走到他的身邊，同樣凝視著漸漸消逝在遠處的車子，
忽然說道：「你不用同情那個敗類，別看現在哭的是他，
如果不是有人通風報信讓你阻止了他，那時哭的就是你了。」

「快點快點，趕快搬！」

一個人站在二號冷庫門口，舉著手電筒往裏照著，壓低嗓門催促著。四個工人肩上披著麻袋片，把那半片半片的凍豬肉往門口一輛平板車上運。

郭胖子和喬羽因為不知道他們布沒布暗哨，沒敢走門，而是翻牆進來的，他們伏在暗處悄悄地看著。郭胖子喃喃道：

「幸好，這小子收買的人還不夠多，門衛和保安室的人沒全跟他走，他把東西運到西牆頭扔出去，翻到牆外再裝車，這就費了功夫了，希望黑子他們來得及。」

喬羽繼續在他耳邊嘟囔：

「郭哥，我兄弟從小缺心眼兒，人家讓他幹啥他幹啥，整個就一二傻子。你可得跟董事長說好了，別太難為了他。」

郭胖子不耐煩地道：「知道了，把人盯緊點，要是把這群王八蛋都抓住了，就分一半功勞給你的傻子兄弟。」

這時一個黑影朝那舉手電筒的人走過去。一團微弱的紅光亮起，映清了他們的臉，吸煙的正是楚文樓，他正點燃香煙，那遞煙的人笑道：「楚總，這一手絕啊。」

聽聲音，這人正是保安隊長李泳謀，楚文樓舉薦接替郭胖子的人。

郭胖子當隊長的時候他就在公司，這小子是質檢局一個領導的窮親戚，張勝礙於他的情面不能不要，便給他安排了個保安。這人好吃懶做，郭胖子看不上他，他管著保安的時候，這小子是守大門的，不過這人慣會溜鬚拍馬，把楚文樓逢迎得很好，郭胖子調去做屠宰廠廠長，就保薦他當了隊長，這小子就此成了楚文樓的心腹。

楚文樓吸了口煙，嘿嘿笑道：

「他不仁，我不義，這叫無毒不丈夫！大夥兒賣點力氣，再搬幾條豬肉就走，賣多少錢都給你們哥幾個分了。」

幾個同謀一聽，搬得更來勁兒。郭胖子攥緊了拳頭，眼中怒火萬丈：「黑子，黑子啊，他們馬上就跑了，你倒是快點啊！」

黑子並沒閑著，他正在家裏調兵遣將呢。

他約的這些哥們都住在新鎮，所以來得也快。一會兒工夫，就騎著自行車陸陸續續地趕到，不到半小時來了二三十號人，全是屠宰廠的工人，一個個武大三粗，滿臉橫肉，腰裏別著殺豬刀，肩上搭著捆豬的麻繩，自行車架上是血淋淋的打豬棒子。

殺豬時為了放血方便，他們把豬捆上，用棒子狠狠揍一頓，然後順脖子一刀，一邊接血一邊攪和，所以那棍子沒一根乾淨的，全都沾著血腥，看著殺氣沖天。

黑子怕吵了他老爸，站在院子外頭舉著手電筒說：

「兄弟們聽著，咱們的屠宰廠生意憑啥這麼紅火？憑的是咱們的大老闆，寶元匯金公司的張總，現如今有人拆他的台，破壞他的冷庫，這人還是公司裏的人，說出來你們都知道，他就是楚銼子。」

「這個吃裏扒外的東西，他這麼搞，不是砸我們兄弟的飯碗嗎？郭哥已經帶人先過去了，咱們這就出發，堵他們去，一定要人贓俱獲，在張總面前立個大功！」

黑子說完把手一揮，吼道：「走，拿人去！」

他領著二十多個大漢橫行街頭，頗有一種黑道大哥去約人談判的派頭，到了寶元公司門口，黑子也不知郭胖子埋伏到哪兒去了，便讓兩個兄弟翻過鐵柵欄，逼著傳達室的老胡頭兒把門打開。

保安室有兩個人提著電棍跑出來，還沒把威風擺出來，幾把明晃晃的殺豬刀一亮，就把他們逼了回去。這幾個保安和老胡頭不是楚文樓的同謀，眼見這些人明火執仗地衝進廠來，還當他們是強盜，手腳都嚇軟了。他們有心打電話報警，可是黑子命人盯住了他們，什麼小動作都做不了。

黑子只聽說廠子裏有同謀，保安隊長就是楚文樓的同夥，他也無法分辨這幾個守門的和楚文樓有沒有關係，為了以防萬一，便讓自己的兄弟把他們也看了起來，其他的人提著麻繩，別著殺豬刀，扛著血淋淋的打豬棒浩浩蕩蕩湧向冷庫。

郭胖子老遠就看到了他們，恰在這時，楚文樓等人把三輛平板車都堆滿了凍豬肉，不忙著運到牆邊往外扔，卻把人都叫進了冷庫，郭胖子趁機跑過來，氣喘吁吁地道：

「快，快，他們在冷庫裏，快去把他們堵住。」

冷庫裏，楚文樓丟出一堆工具，吩咐那幾個心腹道：「快點，把這幾部製冷機組都破壞了，螺絲也拆掉……」

李泳謀一聽，有點遲疑，偷了豬肉能賣錢，把冷庫破壞……這也有點太損了吧？

他訕訕地道：「楚……楚哥，咱們弄點油水，給他姓張的一個教訓就行了，不用把冷庫都毀了吧？破壞製冷機做啥用……」

「你懂個屁！」

楚文樓的聲音在冷庫裏很空洞，配著那絲絲的冷意和一束電筒光，顯得陰森森的。

「幾板車豬肉你就當寶了？這點東西能讓他姓張的感到肉痛嗎？我的目的就是破壞冷

庫，偷豬肉是捎帶著的，快動手！」

李泳謀見他發火了，連忙稱是，幾個人又趕緊忙活起來。

楚文樓用手電筒替他們照著，嘿嘿冷笑道：「把製冷機上的銅管銅線扯下來帶走，一會出門時把門再破壞掉，我告訴你們，只有這樣我們才安全。」

李泳謀搓搓凍得有點不太靈活的手指，疑惑地問道：「為啥？」

楚文樓得意地道：「如果只偷肉製品，員警不會懷疑是監守自盜嗎？如果只破壞設備，那更擺明了是挾怨報復，第一個就得查廠子裏有工作矛盾的人，最後只能把火引到咱們自己身上。只有這樣雙管齊下，表面上是破門而入偷肉製品，順道把電機設備的管線也盜走，這樣看著才不像廠子裏的人幹的。」

李泳謀恍然大悟，蹺起大指贊道：「楚哥英明，我怎麼就沒想到呢？」

楚文樓陰陰一笑，道：「一會兒再破壞兩間冷庫，做出撬門壓鎖沒闖進去的樣子，然後把裸露在外的管線都切拆下來……」

他剛說到這兒，身後一陣「轟隆隆」的響聲，楚文樓猛地驚轉過身，只見大門徐徐落下，轟然一聲，四下一片漆黑，整個冷庫裏只剩下他斜舉向空的一束光芒……

「啊！」李泳謀像女人似的一聲驚叫，抱著胳膊顫聲問道：

「楚……楚總……這是怎麼啦？」

門外，郭胖子這時才放聲大笑道：「好！鎖上，鎖上，全封在裏邊，給他們來個甕中捉鱉！」

楚文樓一聽大驚失色，這個人壞水兒是有，可使壞的能耐終究還是有限，張勝一回城，他自覺這一畝三分地就數著他是老大了，警惕心就差了，畢竟不是慣犯，門口連個把風的人都沒放，結果郭胖子沒費半分力氣，就把他們關在了冷庫裏。

楚文樓幾個人瘋狂地衝到門邊，拿著螺絲刀和扳手拚命砸門，砸得門上冰霜亂濺，門被擂得鼓一般響，門外的人只是不理，過了半個多小時，裏邊捶打的聲音就漸漸弱了下來。

又過了十多分鐘，張勝的車子開到了廠門前，他跳下車子，見到正守在保安室和傳達室的屠宰廠工人，問明裏邊情況，也顧不得再上車，直接往冷庫跑去。

匯金冷庫是寶元匯金實業公司的子公司，當初單獨起這個名字，既是為了避免讓它也冠以寶元的旗號，同時也是為了給外人造成一種公司下屬產業眾多的繁榮景象。

冷庫實際開業以後，張勝卻發覺了這種方式還有其他好處，因為子公司獨立核算、獨立申報納稅，賬目上的記載比較清晰，不至於和徐海生主持的房產開發專案收支混淆。

同時，子公司是獨立法人，可以享受免稅等在內的各種優惠政策。而分公司則不能，所以設立屠宰廠、肉食加工廠、水產批發市場時，也按子公司的形式來設置，反正是他全資控股的子公司。

不過，經營上雖然自負盈虧，管理上各有獨立法人，它們卻同在一個公司大院裏，冷庫距主樓並不是很遠，張勝心急如焚，匆匆趕去，跑得一身大汗。這時後邊有人喚他，張勝停步回頭一看，月光下一個人影快步向他追來，雖說看不清相貌，單看體形也認得出是鍾情，便停下來等她。

鍾情接了張勝的電話，便與寶元集團聯繫，最終總算輾轉找到了張二蛋，電話裏聲音嘈雜，聽著像是正在什麼大酒店裏，對於事情的經過鍾情也是語焉不詳，但她能說會道，把事態說得很是嚴重，到底把這位大佬給釣了出來。

張勝囑咐鍾情在他到來前不要下樓，是怕她打草驚蛇嚇走了楚文樓，鍾情倒也聽話，一直站在窗口候著，直到看見張勝的車子，這才匆匆下樓。

張勝等她跑到面前，馬上追問道：「找到張老爺子了？」

鍾情喘著氣點頭：「是，張寶元已經在路上了。」

張勝冷冷一笑，道：「好，咱們走！」

鍾情追了個並肩，問道：「張總，到底發生了什麼事？」

張勝嘿了一聲，走了幾步才道：「等你見到，你就知道了。」

張勝到了冷庫，只見十多個大漢正站在那裏。郭胖子拿著手電筒，一看他的體形便認出來了，忙迎了上去。

張勝問清情況，知道楚文樓等人都被困在冷庫裏，一個也沒有逃脫，這才放下心來。

鍾情看看冷庫前三板車凍豬肉，向旁邊的人問明經過，也氣得臉色鐵青，她這時還只道楚文樓是盜竊洩憤，若是知道他的心更毒，蓄意破壞冷凍設備，更不知要如何氣憤了。

郭胖子猶如打了一場大勝仗的大將軍，顯得十分興奮，他揮舞著手電筒道：「勝子，要不要開門，把這群吃裏扒外的傢伙好好收拾一番？我這些兄弟捆肥豬都有一手。」

張勝掏出一盒煙，點上一支，剩下的扔給郭胖子，盯著冷庫的門淡淡地道：「不急，再等等，打狗還得看主人，為了他姓楚的得罪張老爺子，不值得。兄弟們辛苦了，一人點一支，大家先抽支煙解解乏。叫兩個兄弟去門口守著，張老爺子一到，就把他請到這兒來。」

「好！」郭胖子笑嘻嘻地發了一圈煙，吩咐了兩個兄弟趕去門口，又叫人把冷庫門前廣場上的大燈打開，一時亮如白晝，大傢伙兒就站在冷庫前吞雲吐霧起來。

又過了半個多小時，一輛加長林肯駛進了廠區，後邊還跟著兩輛轎車，車門開合砰砰作響，幾個大漢簇擁著一個身材高大、後背稍稍佝僂的老人大步流星地走了過來。老人身穿白布小褂、黑色燈籠褲，正是寶元集團老總張二蛋。

「老爺子……」張勝扔掉煙頭，快步迎了上去。

張二蛋哈哈笑道：「張勝啊，出了什麼擺不平的大事，非得三更半夜把我找來？」

張勝恭敬地笑道：「老爺子，說起來不算啥大事，本不該麻煩您老人家。可是這事和您的人有關，晚輩可就不敢作主了，總得稟明您老，請您老給我主持公道才是。」

張二蛋聽了很是受用，他推開保鏢遞上的香煙，問道：「涉及我的人？啥事嘛，不要賣關子，儘管說好了。」

「是，老爺子，您看到冷庫門口那三板車豬肉了吧？我的楚副總經理……」

張勝把事情原原本本說了一遍，張二蛋臉上掛不住了，他黑著一張臉問道：「那個吃裏扒外的東西……在哪兒？」

張勝陪笑道：「哦，他們正在冷庫裏偷東西，被我廠裏的人發現，全在裏邊關著呢。」

他說到這兒，輕輕擺擺手，摒退眾人，湊到張二蛋身邊，輕輕歎了口氣，一副推心置腹的模樣道：

「老爺子對我有知遇之恩，我這公司雖說老爺子您只有百分之十的股份，可前前後後，老爺子為了我張勝付出的一點一滴我都深深記在心裏。」

「老楚坐上公司副總的位置，憑的啥？憑的是您老人家的威望地位，那是我對您老表示的敬意啊。可誰知……他一而再、再而三地壞了公司規矩，先是想強姦水產批發部的鍾經理，然後又想誘姦公司女工，我只不過勸了他幾句，他就……」

張二蛋氣得吹鬍子瞪眼，惡聲罵道：

「這個不成器的東西，連兔子不吃窩邊草的道理都不懂！我倒聽人說過，你這兒有位八面玲瓏的鍾經理，就是你說的這女子？」

「是，就是她！」張勝往旁邊指了指。

張二蛋瞧了一眼，一見鍾情那成熟得水蜜桃兒似的少婦手姿，不由雙眼一亮，隨即惋惜地搖搖頭，連聲道：「可惜，可惜，歲數大了點兒……」

一見不是自己屬意的女人，任她風情萬種、花姿曼妙，張二蛋也不再看上第二眼，他轉過臉去，怒視著冷庫大門沉聲喝道：「把門打開，把人給我帶過來！」

黑子等人連忙去開門，片刻的功夫，冷庫的大門打開，屠宰場的工人們衝進去，提了六個人出來，把他們都拉到了張二蛋面前。

這些人一個個凍得滿頭白毛、滿臉白霜，哆哆嗦嗦地說不出話來。

楚文樓抱著雙臂，臉色白中透青，一見張二蛋站在面前，他那青白的臉色忽地變得發紫。他面無人色地看著張二蛋，顫聲說：「董……董事長！」

張二蛋瞅著他齜牙一笑，嘿嘿連聲地道：「小樓啊，你真給二舅長出息。」

「二舅！」楚文樓心膽俱喪，「撲通」一聲跪了下去。

張二蛋笑了笑，那笑容在燈光下有點猙獰。

他走過去拍了拍楚文樓的肩膀，楚文樓嚇得一哆嗦。張寶元很和氣地道：「起來，起來，不年不節的，跪什麼跪？」

說著，他親手把楚文樓給攙了起來，替他拂了拂頭上的白霜，非常慈祥地說：

「小樓啊，雖說你是我的遠房親戚，可是舅……待你不薄吧？你在城裏失業了，舅二話不說，就把你收下了，靠著我這張老臉，你現在也混上了副總經理，就這樣你還不知足？你這孩子怎麼就那麼不長進呢？」

「舅，舅啊，我錯了，我錯了，你饒我這一回，我再也不敢了！」

張二蛋說得越是和藹可親，楚文樓越是面無人色，渾身發抖。張二蛋這句只不過是長輩恨鐵不成鋼的話一說出口，楚文樓忽然出溜到地上，抱住他的大腿，號啕大哭起來。

張二蛋惋惜地搖搖頭，噙著眼淚說：「白眼狼，白眼狼啊！我張二蛋怎麼就出了這麼個不爭氣的親戚？」

他很傷心地一揮手，淡淡地道：「使家法，老規矩，吃裏扒外的，打折雙腿！」

張二蛋帶來的保鏢裏立刻衝過去兩條大漢，把楚文樓架了起來。另外就有一個大漢繞到林肯轎車後邊，從後車箱裏拿出一根棒球棍來，然後走到楚文樓的身邊。楚文樓的叫聲立刻拔高了調門，聽起來像待宰的肥豬似的，尖銳難聽。

張勝一見大驚，他沒想到這位著名企業家竟然要動私刑。他急忙上前勸道：

「老爺子，他是您的人，你我又是合資人，這事兒張揚出去誰的臉上都不好看，所以我壓根就沒想把他交給警方。請您來，實在是因為他是您的人，晚輩不敢擅自處治。依晚輩看，撤了他的職，不予錄用也就是了，枉動私刑，萬一有人告上去，對您老的名聲不好。」

張二蛋森然一笑，冷冷地道：「告？哪個不開眼的東西敢去告我？」

他一指嚎叫著的楚文樓，中氣十足地喝道：

「打！給我打！打斷他的雙腿，送回楚老四家，就說是他二舅下的手，他要是殘廢了，後半輩子我養他，但是這頓打，他必須給我受著！」

「啊……」

一聲淒厲的慘叫，那連肉帶骨受到重擊的聲音，連張勝聽了都不禁眼角直跳。

張二蛋招招手，有人遞上一支雪茄，隨即點著打火機湊上去。

張二蛋吸了一口，噴著煙氣獰笑道：

「我的人幹出這種醜事，我張二蛋丟不起那人！張勝給足了我面子，我就不能讓他這當晚輩的難做人，這叫江湖道義！不講道義的人還出來混？」

楚文樓被兩個大漢死死摁住胳膊掙扎不得，棒球棍重重擊在大腿上，痛得他死去活來，就像一隻鍋子上的蝦子似的上下直蹦，那慘叫和痛苦的扭動看得旁邊幾個凍得半死的人毛骨悚然。他們髮上的冰霜已經化成了水，混合著他們的冷汗流得滿臉都是。

忽地，一下重擊，楚文樓的大腿應聲而斷，那聲撕心裂肺的慘叫一傳出來，李泳謀幾個人已嚇得雙腿一軟，全都跪到地上，腦袋磕得砰砰直響。

張勝也被張二蛋心狠手辣的性格、大家長似的作派給嚇著了，他膽戰心驚地想：

「這老頭兒不會把這些人的腿全都打斷吧？我靠，黃老邪也這麼幹，問題是人家沒人告啊，這些人能那麼服貼嗎？就算你財大勢大，用銀子砸一定擺得平，可是有必要這麼做嗎？」

張勝滿頭大汗地勸道：「老爺子，我覺得……這個教訓已經夠他刻骨銘心了，你看……是不是就這麼算了？」

張二蛋重重地一哼，道：

「我張二蛋平生最恨的就是吃裏扒外、棄信背主的人！男子漢大丈夫，吐口唾沫就是板上的釘，我說過要打斷他兩條腿，就絕不打一絲折扣，打！給我狠狠打！」

楚文樓的另一條腿也被打斷了，他已經痛暈了過去，棍子打在身上發出沉悶的聲音，但他耷拉著腦袋已經喊不出來了。

張二蛋這才命人住手，他歎了口氣，對張勝拱拱手，說道：

「小老弟，慚愧啊，楚文樓是我的人，我現在把人帶走，剩下的事，是你的家事了，我就不參與了。」

張勝忙道：「老爺子，你看這事……」

張二蛋把手一擺道：「你不必說了，我都明白。」

他苦笑一聲道：

「去年年末的分紅，你一分不少、一天都沒耽擱，是個有誠信的人。我在你的公司只占百分之十的股份，卻派駐了一個副總經理，我這面子你給得十足。現如今我的人幹出這種醜事，我也沒臉再派人了。不過，咱們仍然是合作關係，有什麼用得到我張二蛋的地方，你還是一如既往，儘管開口，告辭了。」

「老爺子，我送您。」張勝疾步追上去，歎道：「今天請您來，實在是礙於您的面子，我不好作主，不知該怎麼處理這件事，可是老爺子對他處罰如此之嚴，令晚輩很不安……」

保鏢打開了車門，張二蛋在他的林肯車前停下來，轉身對張勝道：「不必不安，我不是為了你，是為了我自己。送你一句話，人不狠、站不穩！」

他重重地一拍張勝的肩膀，笑笑道：「小兄弟，慢慢品吧。」

這時，楚文樓被人拖了過來，有人打開了後車箱，似乎要把他丟進去。這陣拖動，楚文樓疼醒了，他狠狠地瞪著張勝，眼光無比怨毒，那毒蛇般的目光使張勝暗生一股寒意。

兩條大漢毫無顧忌地拉起他，碰地一聲將他摔進了後車箱，裏邊又傳出楚文樓的一陣痛呼。張勝不禁黯然，楚文樓落得這般下場，實非他所願，楚文樓把他視同寇仇，全不想自己做過什麼，這一切怨得誰來？

「人不狠，站不穩！」

張勝默默地咀嚼著這句話，望著駛出廠區去的轎車，幽幽地歎了口長氣。

鍾情悄然走到他的身邊，同樣凝視著漸漸消逝在遠處的車子，忽然說道：

「你不用同情那個敗類，別看現在哭的是他，如果不是有人通風報信讓你阻止了他，那時哭的就是你了，盜竊十幾口豬不過是他掩人耳目的幌子，他真正想做的，是破壞冷庫，而且不止一座。」

「什麼？」張勝觸目驚心。

鍾情微笑道：「你放心吧，目前只有這座二號冷庫受到了輕微破壞，我方才已經打電話要技術員馬上回廠搶修了。相信明早就能完全排除故障，不會造成什麼影響。」

鍾情又回頭瞟了李詠謀等人一眼，問道：「那幾個，怎麼處理？」

張勝的心思全在冷庫上，他一邊向冷庫走，一邊說：「你處理吧，我去看看冷庫的損壞情況。」

迎上來的郭胖子聽到了這句話，對鍾情說道：「鍾經理，這些王八蛋太可惡了，把他們送進局子吧？」

鍾情苦笑一聲，搖搖頭道：「怎麼送？人送進去一審，主犯呢？被人動過私刑然後帶走了，那不是把張二蛋給裝進去了？」

郭胖子撓頭道：「那……那怎麼辦？」

鍾情淡淡地道：「放了吧，全部除名，這幾個人從此跟咱們匯金沒瓜葛了。」

郭胖子怔了怔，困惑地道：「就這麼放了？」

鍾情眸波流轉，微微地向他一瞟，說道：「怎麼，放還是不放？我去看看冷庫的損壞情況。」

她從郭胖子身邊飄然而過，輕輕鬆鬆地又丟下一句話：「人不狠、站不穩，怎麼個放法，你看著辦！」

郭胖子恍然大悟，他挺胸腆肚地走回去，看看戰戰兢兢等候發落的李泳謀等人，獰笑著，大喝一聲：

「黑子，把這幾個王八蛋給我狠狠教訓一頓，然後趕出廠去！」

一聽這話，十幾個殺豬的一擁而上，圍著李泳謀等人拳打腳踢，把他們打得像豬一樣嚎叫起來。

等到李泳謀等人全被打成了豬頭的時候，鍾情不知從什麼地方突然又冒了出來，站在他們面前聲色俱厲地道：

「董事長寬宏大量，今天算是便宜了你們，不然的話，就憑你們監守自盜，破壞公司冷凍設備，造成公司直接、間接損失，合計七八十萬元的罪名，每人判你個三年五年都不稀罕！哼！把他們趕出去，即刻解除勞動合同！」

這幾個哼哼唧唧的小子一聽自己造成的損失這麼大，罪名這麼嚴重，一個個噤若寒蟬，他們抱著腦袋逃出冷庫時，心裏猶自帶著幾分慶幸：一頓打抵了坐牢的罪，似乎……自己還占了便宜。

他們也不敢再說什麼，忍著怒氣，一瘸一拐地被人押著，取了個人物品連夜滾出了公司。

張勝從冷庫走了出來，鍾情忙迎上去，問道：「怎麼樣？」

張勝說：「還好，他們破壞得還不算嚴重，技師正在搶修，估計天亮就能恢復運行，裏邊都是肉製品，自然溫度下放半宿也不會融解的，損失不是很大。」

鍾情聽了，長長地吁了口氣，她妙目一掃那些手持「奇門兵刃」的屠宰廠好漢，對張勝低聲道：「這些人幫了大忙，應該安撫獎勵一下。」

張勝點點頭，向他們走去。

他的講話很簡短，其實對這些人也確實沒有必要長篇大論，感謝、誇獎之後，就是公司對每個參與捕盜的員工獎勵一千元的獎賞措施，贏得了殺豬匠們一陣殺豬般的歡呼聲。

郭胖子把他們帶走之後，張勝和鍾情回到了他的辦公室。

張勝坐在沙發上，輕輕扶著頭，顯得十分疲憊。

看著那張英俊的臉，那無比疲憊的氣色，鍾情沒來由地一陣心疼，一種母性的柔情輕輕自心底湧起……

趕來公司一路上的焦灼，技師做出鑒定前的擔憂，一同創業的夥伴分道揚鑣的打擊，令他身心俱疲，他真感到累了，心裏累。

鍾情無聲無息地給張勝沏了杯普洱，端到他面前的玻璃茶几上，然後拿起几案上的香煙，遞給他一支。

張勝無聲地接過來，輕輕叼到嘴上。

「啪」的一聲，鍾情打著了火，張勝深深地吸了一口，讓那辛辣直入肺腑。他低著頭，煙氣飄上來，熏了他的眼，眼睛籠上了一層霧氣。

鍾情起身，繞到沙發後面，雙手搭上了他的肩膀，輕輕揉按起來。

張勝身子一震，心裏想要拒絕，但是只張了張嘴，還是把背靠到了沙發上，閉著眼睛由她按摩。鍾情的按摩手法並不專業，不過輕輕地揉動還是很解乏的，張勝緊張的情緒漸漸放鬆下來。

「張總。」

「唔？」

「副總經理吃裏扒外，連帶著保安隊長和幾名職工一齊解職，這對企業很不利，雖說今晚快刀斬亂麻，迅速清除了這些蛀蟲，不過消息傳開，對我們的生意還是會有影響的。儲藏商品如果損壞，我們會承擔賠償責任，不過只是原價賠償，但是，這件事會使一些企業舉棋不定，懷疑我們企業的信譽。」

張勝歎了口氣道：「這也是沒有辦法的事，事情已經發生了，影響只能慢慢挽回。」

鍾情嗯了一聲，說：「不過，我們可以做些努力，最大限度地挽回影響。」

張勝張開了眼睛，問道：「怎麼說？」

鍾情道：「第一，明天一早就召開公司員工大會，把事情向員工說個明白，透明度高一些，他們才不會以訛傳訛，越傳越邪。同時，把這件事的影響告訴大家，關乎大家的切身利益，我想員工們就不會對外面胡亂說起的。」

張勝想了想，點點頭，道：「嗯，這個主意不錯，明天一早就召集冷庫和公司機關全體人員開個會，和大家通通氣。」

他停了停，又問：「那……第二呢？」

鍾情笑笑，道：

「第二，當然是儘快任命新的部門領導。姓楚的自公司一成立，就在這裏，是老人，不能小看了他的影響，有人敢跟著他為非作歹，就一定有更多的人和他交好或者對他抱以同情態度，為了避免人心浮動，儘快安排一個新的領導是最好的辦法。」

張勝若有所思地點點頭，說：「嗯，明天我和……我再考慮一下人選吧。這個人得能深孚重望才行啊。」

鍾情何等聰明，聞弦音而知雅意，張勝那句未曾說完的「我和……」一說出來，她便知道張勝想跟徐海生商量目前局面的處理。

張勝經過歷練，處事做人的經驗日漸豐富，不過，現在和徐海生那種人精比，還是遠遠不如的，他有心求教於徐海生原本沒錯，但是前提是徐海生這個人靠得住。

鍾情目前雖然想不出徐海生有害張勝的理由，不過她調查的財務資料顯示，有幾筆數額很大的資金和它本來的用途存在著很大出入，現在還未查出真正的去向，為了以防萬一，她寧可處理方法不是那麼完美，但是卻能讓局勢完全掌握在張勝手中，避免徐海生繼續安插私人。

想到這裏，鍾情從後面繞回來，坐到張勝身邊，說道：

「我以為，這種事應該儘快決定，以雷霆手段迅速平息事端，才能儘量減小損失。所以……這人選，明天一早開會的時候就應該公佈以安人心。其實，你身邊就有合適的人，還有什麼可考慮的？」

張勝微微一蹙眉，疑惑地道：「我身邊就有合適的人？誰？」

「郭依星！」

「郭胖子？」

張勝啞然失笑：「原來是他，他怎麼能……嗯……郭胖子？」他忽然若有所思地沉吟起來。

鍾情輕輕地笑了，柔聲道：「是呀，就是他，他有什麼不行？大局還有你把握著嘛，現在冷庫需要什麼人？不就是一個忠心耿耿、踏實肯幹的人？郭胖子做保安隊長、做屠宰廠廠長，都做得有聲有色。你和他原來是同一個科室的同事、朋友，你現在做得了一家企業的董事長，他就沒有能力擔這個重任？」

張勝被她說得意動，但仍有些猶豫道：「可是……他剛剛熟悉了屠宰廠那邊的業務，把他調過來，那邊怎麼解……啊！有了！」

張勝一拍大腿，興奮地道：「我怎麼把他忘了？這個人接郭胖子的班，一定能挑得起來。」

鍾情好奇地道：「誰？」

張勝想到了解決辦法，心情大好，他笑瞇瞇地開玩笑：「還能有誰，自然是你！」

「我？」鍾情信以為真，不禁大吃一驚，她指著自己的鼻子尖愣在那兒。

「讓我兼管屠宰廠，天天出入腥氣沖天的屠宰車間，跟一些穿著皮靴皮褲手執鋼刀的大漢混在一塊兒？」鍾情想到這兒，想笑沒笑出來，她有點為難地道：「我去管屠宰場……怕不合適吧？」

張勝哈哈大笑起來：「看把你嚇的，呵呵，你肯我也不肯吶。我想到了一個人，這人叫黑子，在屠宰場工人中特別有威望，今天這些人就是他召集來的。嗯，這個人行，一定能把屠宰場管起來。」

鍾情見他有心思開玩笑了，知道他已把這件事情放下，心中十分歡喜，她展顏一笑道：「你這人，這時候還有心開玩笑。好，既然你已經有了人選，那明早開會時，我通知郭依星和這個……黑子也來公司開會。」

她看看黑漆漆的窗外，站起身說：

「十二點多了，你好好休息一下吧，明早還要面對全體職工，不要到時精神不振的，我也回去休息了。」

「我送你吧。」張勝站了起來。

「不用了。」鍾情走到門邊，回眸一笑：「天再黑也安全的，除了楚文樓那個好色無恥的混蛋，公司上下還有誰會騷擾女人？」

說者無心，聽者有意，張勝的臉騰地一下紅了。

鍾情妙目一轉，窺見張勝局促的表情，忽地想起那晚的曖昧，她的表情也不禁訕訕起來。鍾情不自然地輕掠鬢髮，忸怩地低聲道：「你休息吧，我回去了。」

房門輕闔，鍾情的曼妙曲線被隔斷在門外。

第十章

可疑的資金流向

老李抱著一堆帳本走了進來，

張勝瞄了一眼，語帶嘲諷地道：「有沒有拿錯，別把兩套賬給弄混了。」

老李愣道：「不會，怎麼會混？……啊，混……混什麼？」

「混蛋！」張勝「啪」地一拍桌子，一下子站了起來，

指著他的鼻子怒吼道：「有些企業做兩套賬，是為了糊弄稅務局，

我的公司也做兩套賬，卻是為了糊弄我這個董事長！」

張勝轉了轉有些痠的脖子，掐熄了煙頭，仰臥在沙發上放鬆了身體。他的臥室在裏屋，但他心事重重，此時全無睡意。

張勝靜坐半晌，才慢慢坐起來，端起杯子喝了口茶，他品了品味道，輕輕蹙了蹙眉，把茶杯又放下了，這茶不是他喜歡喝的龍井，因為不合胃口，他就沒有再動。

張勝重又靠回沙發，輕輕撫著額頭，忽地想到鍾情的細心。因為接待的客商什麼地方的人都有，鍾情做公關經理的時候，購置了各地多種風味的名茶擺在他的辦公室裏。張勝平時嗜喝龍井，鍾情是知道的，但是她今晚卻特意給他沏了普洱，因為普洱是世上唯一的後發酵茶，喝它不但不影響睡眠，反而會促進睡眠。

「真是個體貼、細心的女人。」

張勝思及她的體貼，不禁重又端起杯來，細細地品味著，撲鼻而來的，是歲月的沉澱，質樸的幽香，輕輕呷一口，那回甘綿長的味兒，一如那沏茶的女子。

張勝品茶思人，不覺想起了那晚她坐在自己懷裏掙扎扭動時，所感受到的成熟女人彈性的部位的刺激，胡思亂想著這些事情，楚文樓的事帶來的煩躁感淡了。不知是不是茶水的作用，素淡的月光下，張勝慢慢產生了朦朧的睡意。

他剛剛閉上雙眼，悅耳的手機鈴聲又響了起來，張勝迷迷糊糊地四下摸了摸，從沙發上摸到一部手機，打開來放到耳邊，含糊地說道：「哪位？」

「唉！」電話裏悠悠一歎，清越之聲如倩女幽魂。

張勝清醒了過來，苦笑一聲道：「手機妹妹，是你呀，這都幾點了，還打電話？」

「唉……」電話裏又是幽幽一歎，就像清涼的風吹在張勝的臉上。

張勝調侃道：「一詠三歎盪氣迴腸，清越之音，寂寞如景，不過……味道還是不足啊，就你這歲數，我怎麼聽都聽不出歷經滄桑的迷人味道。」

「你這人……真是的。」女孩嬌嗔著，果不其然，又歎了第三聲氣。

「其實我只是下意識地按了你的號，本沒指望你會接的。大老闆，這麼晚了還不睡，在哪兒腐敗呢？」

「腐敗？我腐敗？不會吧？」

手機裏傳出輕輕一哼：「不然這麼晚不睡？我剛一打就接了，我沒打擾你的好事吧？」

張勝歎了口氣：「大小姐，我要是在外面花天酒地呢，帶你的手機幹什麼？」

對面的女孩似乎接受了他的解釋，她輕輕嗯了一聲，說：「哦，那你就是有心事？生意上的事，還是女人的事？」

張勝掩飾道：「沒事，就是天氣燥熱，睡不著覺，一個人望月感懷而已。」

女孩嗤笑一聲：「原來如此，一個人半夜望月感懷，悶騷得很吶。」

張勝無奈地翻翻眼睛，說道：「你這是誇我呢？」

「當然是誇你，普通的男人不是發騷就是發飆，哪有本事悶騷？只有你這種有點閱歷閱情和經濟基礎的所謂成功男人才有悶騷的物質和精神基礎。」

張勝哼了一聲道：「我不睡就是悶騷，那你這麼晚不睡，又是為了什麼？」

女孩歎道：「唉，還不是為了今天的案子。」

張勝疑道：「案子？什麼案子，你到底是幹什麼的？」

「你忘了，我說過呀，我……是律師。」

「哦，對了，難怪了，一部手機說不要就不要了，原來是律師，你們這行業賺得多，打官司的都拿你們當神仙看啊。呵呵，拿人家手短，有啥不開心的事，跟我說說吧，總比你多活了幾年，我來開導開導你。」

那時一部手機很貴的，一開始她是不相信張勝有心還她手機，總想找他吵架，但是後來彼此熟絡起來後，她也沒再提起還手機的事，張勝主動提起，她還以已經有了新手機，舊的拿回去也沒有用，再說她非常忙，沒空見面等等來推脫，張勝感覺到她是不願因為還了手機斷了彼此的聯繫，或許那時會成為真正認識的朋友，但是卻不可能保持現在這種無話不說的密切了，是以才不願取回手機。

張勝的想像中，她應該是個事業有成的白領女性，家庭經濟條件也非常好，所以才不大在乎物質的東西，不過這樣家庭出身的人，這樣事業有成的人，精神上總是存在著這樣那樣的問題或經常處於緊張狀態的，她總和自己聊天，其實就是找個人傾訴心聲，緩解心理壓力，所以自己也樂得當這個未經過一天專業訓練的「心理醫生」。

果然，女孩開始訴苦了：「唉，人說天上好，神仙樂逍遙，成功的背後淚多少呀，我整天接觸的都是社會陰暗面的東西，真是煩心死了。今天又處理了一樁案子，到現在我都無法平靜下來，翻來覆去睡不著覺，這才給你打電話的。」

「是殺人血案？因為太血腥了，受了嚴重刺激？」

「案情血腥點倒不會刺激我，刺激我的是兇手。」

「此話怎講？」

「一共四個兇手，兇手中有兩個是女孩。他們最大的十七歲，最小的十三歲，被殺的那個……才十六歲。」

「少年犯罪，讓你深受感觸了？呵呵，他們為什麼殺人啊？」

「理由聽起來很可笑的。」

「說來聽聽。」

「這些孩子放暑假，整天無所事事，就泡舞廳、溜冰場，被殺的男孩父母是做生意的，家裏比較有錢，那兩男兩女四個小孩子就去找他『借』錢花。那男孩不給，於是四個人就在公園裏打起來。那四個小孩很殘忍，他們把人打死了，屍體砸得不成樣子。當我……我們這兒的員警聞訊趕去，找到他們的時候，你猜他們在做什麼？」

「毫不在意地在玩？」

「是的，在打檯球，用的是從那個被打死的男孩身上搜出來的錢。」

「一群法盲，殺了人都不當回事，不知該理解成愚蠢還是神經病！」

「不，你錯了，他們既不是法盲也不是神經病。他們把那男孩子打倒後，是由那個十三歲的女孩撿起石塊砸他的頭，把頭砸得血肉模糊直到他斷氣。我問他們為什麼要由那個女孩獨自完成殺人過程，他們說，因為他們知道，十三歲殺人不犯法！」

「我問他們，你們把一個熟識的人就這麼活活打死，你們心裏就不怕？他們說：『為什麼要怕？我們是未成年人』，受法律保護，頂多勞教兩年就出來。」

張勝歎了口氣。

手機裏，女孩的聲音越來越憤懣：「我學過犯罪心理學，可是我無法理解他們腦子裏都在想些什麼，看到他們，我一下子感覺到學校裏學的東西是那麼蒼白，真的該抓抓道德教育了，一味地要成績，這教出來的都是些什麼東西！」

張勝又歎了口氣，勸道：「嗯，這件事對你刺激明顯很大，學心理的，自己的心理可要調節好，想開些吧。」

女孩激憤地道：「我就是想不通，人性呢？人性哪兒去了？如果說他們是愚昧無知，哪怕做得再殘忍些我都能理解，可是……不是這樣的，不是！他們不是無知，是冷靜地、理智地在犯罪。」

「我曾經見過一個慣偷，他說幹到十六歲就金盆洗手，知道為什麼嗎？因為那時他就得承擔刑事責任了。這些渣滓依仗著《未成年人保護法》……我不是反對這部法律……我不知道該怎麼說，見了他們，我還得保持冷靜和理智，尊重他們的人權，我……心情很沉重，呵呵……我好像有點鑽牛角尖了，明知道不能改變什麼，可是看見他們沒有人性的行為，還要杞人憂天……」

「這女孩……」

張勝幾乎可以想像得出她的模樣，一個白皙纖弱的女孩，戴著一副金絲邊的眼鏡。一個剛剛從象牙塔裏走出來，脫離現實生活的富有藝術特質的女孩子，富有正義感，想著利用所學為弱者伸張正義，結果面對生活卻屢屢無奈，面對罪犯卻無力制裁，於是深夜難眠、長吁短歎的樣子。

張勝苦笑一聲，只好打起精神勸道：

「其實也不難理解啦，那兩男兩女是情侶吧？唉，這些小青年，為了在女朋友面前顯擺自己本事，有人多看女友一眼，都有人白刀子進去紅刀子出來呢，這些人，覺得能打架、讓人怕，就受女人喜歡、在女人面前就有面子。什麼人性、什麼對生命的尊重，這種人，你可以理解成一種退化，有些人返祖，是在面相上，這些人是在心理上……」

受這女孩影響，張勝說話也深奧起來，他忽然覺得自己這個比喻非常深刻、很有哲理，尤其是這樣開通「午夜節目」，開導一位年輕女孩，令他很有成就感。

但他正侃侃而談，手機妹妹卻苦笑一聲道：

「你錯了，如果真是為了在女友面前炫耀自己的武力和狠辣，好歹也算一個理由，可是……不是的，那兩個女孩是拉拉……」

「啥？拉啥？」

「Lesbian.」

「哦……」停了停，張勝忍不住又問：「那個……什麼是Lesbian？」

手機裏面靜了靜，然後傳出笑聲，女孩揶揄道：「哎呀，大老闆啊，真是大老闆啊，現在發財的都是你們這樣的，你的英文還有待進步啊。」

英文？張勝學生時代最大的隱痛被觸到了，如果不是因為該死的英文，自己怎麼會半途……它就真重要若斯？張勝心中大為不平，霍地一下坐直了身子，點上一支煙，開始進行反駁：

「學英語有那麼重要嗎？考古專家譯職稱都得考英語，可憐那些研究甲骨文的，還得耗費大量時間死記硬背蝌蚪文，可笑！英語不是知識，只是一種交流工具，有必要讓全民都去掌握這門工具嗎？」

「我始終沒有搞明白，為什麼要把英語提高到如此不可思議的高度，全中國至少有一半的大學生一輩子也不會和外國人打交道，他們花費如此大的精力在一門根本用不著的科目上，簡直就是浪費。不是全體學英語就不能和外國人進行交流？那我們的翻譯人員還有什麼用？而且，就算我們學了英語，但是現在我們這些學英語的又有多少能夠與老外進行面對面的交流溝通？」

「我其實只是……」

張勝越說越氣，立即打斷，很鬱悶地繼續發洩：「你別說話，聽我說完。」

「哦，好吧……」

「我說到哪兒了？」

「你說學了也未必用得上。」

「對對，拿我來說吧，我是做生意的，如果有一天我能走出國門和外國人做生意，聘個翻譯不就成了？何必一窩蜂兒地都去學英語？」

「這麼說有失偏頗吧？」

張勝一通發洩，心懷舒暢，這時談興未盡，又道：「你別說話，聽我說完。」

手機妹妹噎了一下，忍著笑道：「呃……好……你繼續，千萬別太激動……」

「結果呢，國人學了一口外國人聽不懂的英語，反倒把中國話的底蘊給丟光了。」

手機女孩終於忍不住笑出來，她笑著勸道：

「別激動，別激動，你大概上學時沒少吃學英語的苦吧？說不定就因為它才沒考上大學？其實呢，學英語還是有用處的，要接觸外國人的思想和文化，加強溝通和瞭解，沒有語言的溝通，怎麼能做到呢？」

張勝不以為然地道：

「很多人上學，把大部分精力都用在學英語上了，結果一輩子也沒和一個外國人交流過，天天還是在說漢語。為了接觸外國文化的理由根本站不住腳，外語版的說明書、出版物等等，就算一直學到大學，有幾個人能獨立地去閱讀、去理解了？專門培養一些外語專業的翻譯就是了。」

「自己那水準去翻，弄不好還翻錯了。考個研究生，天天學的是英語，反倒是專業可有可無了，現在這種學法，讓全中國一半的天才在沒把英語學好的考試路上就被埋葬了，另一半考上去的天才，繼續在學英語上消磨精力和時光。」

「人的一生時間是有限的、精力是有限的，學習階段的主要精力全放在這兒，還有精力鑽研專業？術道有專攻，幾千年前的學科那麼少，古人都總結出了這個道理，現代人反倒不明白？」

「為了交流？為了及時掌握國外先進資訊？我靠，再投入一千億，能讓一半學習者達到那水準嗎？乾脆改英語系國家得了，有那環境才學得了。讓翻譯把那資訊翻譯成中文不成？」

「呃……你……你不要這麼激動，事實上……我其實……」

「要是這種狗屁邏輯成理，那自動化是先進知識吧？為什麼大學要設自動化系，沒讓所有人都學自動化？為什麼要分文科理科？為什麼要分經濟系管理系？英語也是一門工具，就成了全民必學的，在升學考試中佔據重要地位的學科？學生每天把一大半精力花費在這上邊，各個實用專業還怎麼出世界頂尖人才？」

「我……我只是……」

「聽我說完，外國人有些地方比我們強，我承認，可我不覺得全民學英語有必要，還把它提到如此重要的地位，以致我們將來為四化建設添磚添瓦的建設者們只能拿出一小部分精力學習將來建設工作用得上的。」

手機女孩舉著手機，聽著張勝慷慨陳詞，可她顯然不是個好聽眾，更沒有當心理醫生的覺悟，聽了好久好久，女孩終於忍不住打起了哈欠：「呃，和你說話真是愉快，縈繞在我心裏大半天的煩悶全都沒了，我現在心情好多了，啊……好睏……」

「你說同樣的時間、同樣的精力，如果讓人多學點專業知識，那得……啊？要睡了？」

「是啊，那個……時候也不早了，洗洗睡吧，晚安，手機哥哥！」

說完，不待張勝答應，女孩就趕緊撂下了手機。

張勝哭笑不得地舉著手機道：「喂？喂？」

手機裏只傳出一陣忙音，張勝看看手錶，已經快一點了。他把手機扔進沙發縫裏，和衣躺在沙發上，可是手機妹妹寬心地去睡了，他卻已被折騰得沒了睡意。

翻來覆去半晌之後，張勝忽然想起今晚秦若蘭值夜班，既然有人折騰得他睡不著，何不……

於是，張勝立即掏出自己的手機按下了號碼，想著那個偷偷躲在值班室睡懶覺的小護士被他吵醒的惱火樣子，他的嘴角露出一絲壞壞的笑。

電話接通，裏邊傳來一聲「喂？」聲音慵懶，帶著貓兒一般的性感，張勝沒想到她半醒不醒的時候，聲音居然如此美妙，和她平時的刁蠻全然不同：「呵呵，她這時躺在床上，身上蓋著薄被單，星眸迷離，櫻唇半啟，該是什麼模樣呢？」

「喂？」秦若蘭的聲調提高了一些，還帶上了些不耐煩，打斷了張勝的綺思。

「哦，小蘭，我是張勝。」

「勝子？怎麼這麼晚想起給我打電話？」

「哦，我有點事想請教你。」

秦若蘭呵呵地笑起來，笑聲很是引人遐想：「好呀，什麼事？」

「那個……你英語學得怎麼樣？」

「唔，還可以。」

「哦，你知道Lesbian是什麼意思嗎？」

「Lesbian……什麼Les……Lesbian！誰是Lesbian？你女朋友是同性戀？哦……聖母瑪利亞！」

手機裏的聲音陡然拔高了八度，震得張勝耳朵一陣奇癢……

秦若蘭是值夜班的，既然被吵醒了，哪肯放過他，張勝被騷擾了半宿，解釋了無數遍，秦若蘭才半信半疑地相信了他的解釋。

第二天一早，張勝睡眼矇曨的時候，公司職工已陸陸續續趕來上班了，他匆匆洗了把臉，清醒了一下，便趕去主持公司全體員工大會。

會上，他公開宣佈了楚文樓的所作所為，對楚文樓及所有從犯作出開除處理，並當場任命郭依星為冷庫公司經理，提拔黑子為屠宰廠廠長。

張勝一直給予公司全體員工一種性情溫和的印象，但是這次處理事情如此決斷，勢如雷霆，整個公司高層可以說是一夜之間翻天覆地，深深地震撼了所有的人，顛覆了張勝在他們心中的固有印象，他們開始重新審視自己的這個大老闆，投向他的目光帶上了幾分敬畏。

張勝公佈完處理決定，就令郭依星和黑子立即辦理交接，到任理事。會議結束，張勝剛剛回到辦公室，電話鈴聲就響了。

張勝拿起一聽，居然是徐海生，張勝心中一奇：

「徐哥怎麼這麼快就打電話來了？他一向不怎麼主動聯繫我的，這麼早打電話該是為了公司變動的事吧？看來他雖不在公司露面，公司的一舉一動還真瞞不過他的眼睛，有人隨時向他報告呢。」

「老弟啊，我下週三生日，請了幾個要好的朋友一齊聚聚，你到時一定得來呀。」

張勝這才釋然：「原來徐哥要過生日，慚愧，我居然會懷疑他在公司安插耳目。」

想到這裏，他主動說道：

「徐哥要過生日？那還用說嘛，我當然要去，不管有什麼事我都得推了，徐哥的宴我是一定要赴的。對了，徐哥，公司有點事，我得和你說一下。」

徐海生不急不徐地笑道：「什麼事呀？」

「老楚……被我開了！」

「什麼？老楚……出了什麼事？」徐海生的聲音略帶驚訝，不過聲音裏聽不出太多的波動。

張勝把事情原原本本對他說了一遍，在大會上公開宣佈時，張勝公佈了楚文樓搞破壞的原因，就是利用職權逼迫女工就範，因為被自己阻止，於是挾怨報復，但是當時並未提及鍾經理險些被他強姦的事情，這時對著他十分敬服的徐海生，張勝自然再無隱瞞。

他說完事情經過，徐海生沉吟道：

「這小子成事不足，敗事有餘，借這機會把他清理出去也好，反正目前需要借助張二蛋的事情也不多，只要沒有為了這件事得罪那個老傢伙就成。這老傢伙倒也光棍，手下幹出這種事來，他羞於再派人插手公司的事，正好派個更得心應手的人。」

張勝趁機道：

「是啊，徐哥，非常時刻，為了穩定人心，我連夜把郭胖子調了回來，由他接手老楚的工作。郭胖子自公司一成立，就在冷庫工作，是老人，又是我的朋友，這人絕對信得過。而且冷庫公司已經上了軌道，他創業未必是能手，守成還是辦得到的，這樣安排行嗎？」

這時，房門輕輕推開，鍾情笑吟吟地走了進來。

此時正是炎熱的夏季，鍾情穿得十分清涼。她下身一件緊腰寬擺的裙子，純黑的底色上灑滿雪白的雛菊和香草，配著一雙水晶色的塑膠涼鞋，雪足纖掌，很是動人。

而她的上身，則是一件短袖緊腰上衣，用的是白色軟緞，小V立領，紫色蝴蝶扣，高貴典雅，既有旗袍盡顯曼妙曲線的長處，又因那簡捷的線條而充滿動感，這樣美麗的女人放到哪兒都會讓人眼前一亮。

今天的大會出乎意料順利，她在公司上下走了一圈，見此事對公司造成的影響並沒有預計的那麼大，心事放了下來，臉上也不禁露出了輕鬆的笑容。

她正想說話，見張勝背對著自己正與人通話，語氣恭敬而且帶著敬詢，不由心中一動，到了嘴邊的話又咽了下去。張勝還不知道鍾情進來，他正聽著徐海生的講話。

徐海生呵呵笑道：「你是公司老總嘛，你說了算。」他頓了一頓，語意頗深地道：「老弟啊，你現在是闖出來了，已經是個人物了，應該有自己的打算和主意了。」

說到這兒，他話鋒一轉，接著道：

「鍾情現在在公司怎麼樣，好像很受重用呀？她的工作能力能勝任嗎？我聽說……呵呵，好像行政、公關、財務，她是樣樣精通？」

張勝聽徐海生提到鍾情，不由得心裏一動，難道徐海生對鍾情仍念著舊情？

於是張勝對徐海生試探著道：

「徐哥，你還別說，當初鍾姐到公司裏來應聘，我還真沒料到她這麼能幹，鍾姐在文秘、公關、管理方面都有所長，而且工作非常努力，事無巨細，總能安排得妥妥帖帖，不過財務方面，我倒沒聽說她有這個特長，況且現在財務部工作很穩定，鍾姐正主持水產批發市場的事，我沒打算讓她兼管財務。」

徐海生「哦」了一聲，心中疑慮漸消。聽財務老王向他彙報說，這一陣子鍾情比較關注財務往來，徐海生心中有鬼，就有點惦記上了，現在聽張勝這麼說，也許是自己多慮了吧？建水產市場當然也是需要投入的，她這些日子財務跑得勤，或許是因為這個原因。

電話裏，張勝還在繼續叨叨：「徐哥，我有句話不知當講不當講？」

「哦？有什麼話只管說，我們兄弟之間有什麼不能講的？」

「就是……關於鍾情姐……」

「她怎麼了？」

「徐哥，其實要說起來，真有點難以啟齒。可是我覺得，你雖是已婚的人，但是既然你們以前曾經在一起，那現在……似乎也不必搞得反目成仇。徐哥，我和她共事這麼久，發現她不是一個低俗淺薄的女人，而且我看得出，鍾姐對你是真心的……」

徐海生大笑著打斷了他的話，張勝和鍾情的曖昧，公司裏知道的人可不止一個兩個，財務老王早跟他提過此事，在徐海生看來，這再正常不過了。身邊放著這麼一個美豔迷人的少婦，一個生理正常的人若說和她沒點瓜葛，那才稀奇。

他只道張勝喜歡了鍾情，卻因為顧忌她曾和自己的一段情，這是在試探自己的意思，不禁笑道：

「哈哈，你呀，這個……咱們兄弟，說話不用拐彎抹角，我和她的事已經成了過去嘛，她有追求自身幸福的權利，你如果喜歡她，儘管接受她，我這人很開明的。」

張勝臉上一熱，他只是覺得鍾情也好、徐海生也罷，畢竟都和這公司關係極其密切，彼此不可能你來我走互相避著，如果能盡釋前嫌，哪怕做個普通朋友也是好的，不想徐海生卻誤會他要染指鍾情，偏偏他還一時意亂情迷，真做過類似所指的事情，是以心虛地急急解釋道：「徐哥，你誤會我的意思了，我是說，你們之間沒有必要搞得這麼僵，事情都過去幾年了，有什麼放不下的，你也不用老避著，有機會不妨接觸一下，改善改善彼此的關係……」

徐海生只聽了一半，又誤會了，以為他想撮合自己與鍾情破鏡重圓，不禁失笑道：「老弟，感情事，你遠沒我經歷得多，就不必勸我了。什麼叫愛情？都是你這種涉世未深的小傢伙胡思亂想出來的東西，誰也別說誰是誰的唯一，感情這東西根本就沒有完全和絕對。再過幾年，等你經歷得多了，你就會明白了，什麼愛情，根本是狗屁。」

「當無數女人的肉體在你床上橫陳的時候，當無數的女人從你身下紛紜退去的時候，你就會發現，所謂愛情，不過是一種虛妄。就像一條狗在追逐一塊骨頭的時候，牠以為牠是愛著這塊骨頭的，其實牠只是本能地想去咬上一口罷了。老弟，別談感情，一切都是感覺，感覺沒了，感情也就沒了。」

張勝歎了口氣，爭辯道：「徐哥，我覺得你太偏激了，我和她共事近兩年了，我相信她其實是一個很重感情的好女人……」

徐海生一聲嗤笑：「哈！算了，不說這個，我還有事要出去，公司剛剛發生變化，你還是勤照看點，避免人心浮動，回頭再聊吧。」

「我會的，不過……」

張勝剛剛說完「我會的」，一隻修長的手指就按上了話機，切斷了談話。

張勝的「不過」二字這時才出口，他一抬頭，就見鍾情正站在面前，雙目噴火地怒視著自己，也不知她是什麼時候進來的。

「鍾情？」

「我是你的什麼人？需要你為我的終身操心？」

鍾情強抑怒火，眼中已溢出淚光：「我在你的公司招你煩了是不是？你想打發我走，也用不著把我推給那個爛人！」

她的淚終於撲簌簌地落了下來：「我現在就走，用不著你趕。」

「你別……」張勝一下子跳了起來，扯住她，窘道：「我沒有惡意，怎麼扯到趕你走了？」

「你沒有惡意？難道是善意？我的尊嚴和人格早就被人丟到地上踐踏得一文不值了，你現在還要再來羞辱我。我的一生都被他毀了，你居然還撮合我們，他害得我還不夠麼？你給我留點顏面行不行？」

鍾情說著就要衝出去，張勝一把拉住，鍾情可不是裝腔作勢在演戲，她真是情有不堪，所以掙扎的力道甚大，張勝也急了，為了拉住她，這力道和姿勢也就不太講究，只聽「哧啦」一聲，張勝把鍾情唐裝上衣給扯成了兩片，鍾情一聲驚叫，連忙抱住了飽滿的酥胸。

鍾情今天穿的是白色軟緞窄腰的唐裝，衣料單薄光滑，裏邊自然不能再多穿什麼，除了一條淺色文胸，其他一無所有，這文胸還是細背帶的，那窄窄下收的腰肢、平坦光滑的小腹，還有那文胸都包裹不住的豐滿乳房，如驚鴻一瞥，躍入張勝的眼簾。然後，鍾情便一聲驚叫，雙手緊緊抱住胸部，半彎下腰去，只是那臂縫中還是不免露出幾線春光。

「啊……啊……」張勝手裏提著半片衣料，用很無辜的眼神瞅著鍾情。鍾情又羞又氣，頓足道：「你還看？」

「我不是故意的，我……其實……」

張勝正竭力解釋著，辦公室的門嘩啦一下推開了，郭胖子和黑子興沖沖地闖了進來。

鍾情「呀」的一聲羞叫，方才只對著張勝一個人，春光乍泄，那羞意還忍得住，這時一下子又衝進兩個人，那如何使得？這時想躲進裏屋也來不及了，她倉皇一看，一下子撲到了沙發上，其實她只給扯掉了半截衣裳，雙手都捂在胸前的時候，雖說那姿勢蠻誘人的，其實別人還不能看到太多，這一來可好，溜滑無瑕的大半個玉背都裸在了人家的面前。

郭依星和黑子見此情形傻眼了，他倆交接完畢，開開心心地跑來向大老闆表忠心來了，哪知道會碰上這麼檔子事。張勝和鍾情出則成雙、入則成對，二人的風言風語他們是早有耳聞，如今可是眼見為實了。

黑子心想：「壞了，人家和小蜜調情，怎麼讓我撞上了？我才剛上任，就給老闆留這麼個印象，這可怎麼辦？」

到底是年輕人腦子轉得快，黑子一條腿還沒放下，就來了個原地轉身走，口中喃喃地道：「我啥也沒看到……」

郭依星臉色一僵，轉身也退了出去，張勝急了，連忙追出去喊：「胖子！」

郭胖子站住腳，張張嘴想說什麼，終於還是歎了口氣，說：「算了，這畢竟是你的私事，我也不想多說什麼。勝子，小璐是個好女孩，你在外面搞些什麼，也……不要傷害了她，有點分寸，適可而止吧。」

張勝無奈地看著他的背影，仰天一聲長歎。

反正看也被人看了，誤也被人誤會了，偏偏還無法解釋，鍾情也豁出去了，張勝剛一進屋，她就一下子跳起來，從張勝手裏搶過那半片衣裳，飛身閃進了張勝的臥室。片刻的功夫，她又像花蝴蝶似的飛了出來，身上披了窗簾，跑到書櫃旁蹲下，在抽屜裏一通翻，居然找出一盒針線，然後再度鑽進了裏屋。

張勝眼花繚亂地看著她忙活，等她把裏屋關上，張勝才一屁股在沙發上坐下來，托著下巴擔心地想：「死胖子那大嘴巴，不會把這事告訴小璐吧？……應該不會，輕重他還是分得出來的。不過這個誤會好像也挺好，起碼鍾情不再吵著要走了。」

張勝自我安慰著，苦笑著坐下來抽出一支煙點上，悠悠地吐了個煙圈，又想：「嗯……她的胸形還真是美……」

「啪！」張勝輕輕抽了自己一嘴巴，「這是胡思亂想些什麼？這時候還有工夫想入非非？郭胖子和黑子的誤會怎麼解釋，終究是人言可畏呀，還有自己和鍾情越來越曖昧的關係，真是頭疼，該如何處理才好呢？」

張勝想到眼前的這些難題，不禁苦惱地皺起了眉頭：自己和鍾情的關係，好像越來越複雜了……

徐海生合上手機蓋向後一伸，一個身著和服的美女便踏著木屐垂首微笑而來，接過了他手中的手機。

空中，正飛舞著櫻花，身著和服的女子大約只有十八歲，翩躚而至，巧笑嫣然、人若櫻花。

徐海生微笑著仰起頭，身子輕輕向下滑，將脖子以下的部分全部埋入了溫泉水。

「還行，看來是我有點多心了，只是隨意打個電話，張勝就把他對公司的安排和想法都告訴了我，看來這小子對我還是挺信任的，畢竟做了近兩年的董事長嘛，小孩子都會長大，他有些自己的想法和做法也正常。」

徐海生滿意地揑揑下巴，想起張勝要撮合自己跟鍾情的事，又不禁啞然失笑：「這小子，不管怎麼成熟，還是嫩了點啊，居然如此異想天開，孰不知覆水難收？」

這裏是日本酒店，身後是和式臥房，他置身於幽雅的庭院之中，正在泡溫泉，暖風習習。他喜歡這種意境，這樣的環境可以讓他的身心徹底放鬆下來。

和服女子放好手機又優雅地走了回來，款式簡潔乾淨的和服，柔和的玉白色底子上面是綠色的浮水印彩繪。蔓藤的形狀密疏有致地纏繞起來，形成雖然形狀奇怪但是終歸是樣子很好看的花紋，於是那少女本人便也像一枝盛開的櫻花了。

其實，女人不少腿短而粗，包括許多很知名的美女，即便是她們寫真上看上去又長又直的赤裸大腿，其實也大多是通過拍攝角度和其他方法做過彌補的，這是她們的缺陷。這個女子也不例外，不過美麗的和服把她的短處遮掩了，只把她柔美的一面呈現在了男人面前。

徐海生伸出一隻手，那女子便嫣然一笑，在木凳上坐了下來，抱住他濕漉漉的胳膊，像柔順的小貓似的……

徐海生滿意地輕撫她的頭，就像撫著一隻寵物，女子恭順地坐在那兒，安靜地享受著他的愛撫。她那眸子晶瑩得彷彿水光流動的湖泊。筆直的脊背和優雅的脖頸，姿容秀美如玉，就像天下安靜地飄落下來的粉白色櫻花。

不過，徐海生卻不會被她這種溫柔、優雅、純潔、秀美的氣質所動，因為他知道，這個長相甜美的女人，那和服下的胴體是何等的淫蕩。

有人說日本的女人就像櫻花，溫暖於心而又羞澀於外，但是有不少的女人，那淑女似的和服一旦褪下，有多少人能比得上這些慾女淫娃？

徐海生喜歡這種強烈的對比，他認為這就是人的本質。想起張勝剛剛對他說的話，他嘴角一翹，輕蔑地笑了。女人，玩偶而已，有什麼好尊重和認可的？都說女人如花，女人是水做的，可是似乎都忘了那花下的是泥，那水下的還是泥。再清純如水的女人，只要施以足夠的條件，都可以變成污濁不堪的泥水。眼前這少女何嘗不是端莊秀美，潔淨如一塵不染的清水？可她骨子裏是什麼？

徐海生這是第二次來日本，他的兼併計畫遇到了較大阻力，於是才想到找日本朋友出面合作。

地方官員們大多有種很奇怪的想法，特別迷信外國投資，似乎外國來開工廠的企業就一定資金雄厚，就一定能讓瀕臨倒閉的企業起死回生，所以徐海生特意來找一位日本朋友，希望由他出面來化解他在某地兼併企業受到的阻礙。

到了這聲色之鄉，自然少不了聲色犬馬。徐海生喜歡成熟性感的女人，被朋友帶著，穿行在都市與鄉村之間，在一張張榻榻米上，他著實寵幸過幾個人妻。對眼前這個花苞一樣的女子，他本來不感興趣，但是上周在酒店外，這個叫矢野麗奈的女子主動搭訕時，徐海生看著她似曾相識的容顏和那天真可愛的笑臉，卻鬼使神差地把這個笑得非常甜美羞澀的女子帶回了房間。

花錢人作踐掙錢人，一個願打、一個願挨，不過是一場空虛而無聊的性遊戲，從這張床上爬起來各自走人之後，彼此便也再沒了關係，但是第二天早上，徐海生付錢的時候，意外地在女子的錢夾裏發現了一張照片，這令他改變了主意。

儘管已時過近二十年，儘管那女人是一身和服打扮，但他仍一眼認出了那個女人，那是他的初戀女友——寧靖。就算是個流氓，也有過純真的，徐海生也有忘不了的女人，不管是恨還是愛，至少這個女孩一直留在他的心裏。

那時，她是多麼清純善良的一個女孩啊，那時，她還是一個只懂得愛的學生，純潔無瑕如同一塊美玉，高中三年、大學四年，處得如膠似漆。寧靖去日本的那個夏日，依依不捨地抱著徐海生，哭得天崩地裂，傷心欲碎，結果呢？僅僅七天之後，她就打電話給徐海生說要分手。

交心七年，變心不過就是七天而已，她走的時候的悲傷是假的嗎？不是，但是在誘惑面前，還不是奇快無比地變了心？什麼真情，不過如此！

她如願以償地嫁了個日本人，成了外籍華人。可惜她只在電視上見過西裝革履的日本人，還以為鬼子都是資本家，哪知道日本也有農民呢？一個中國大學生，嫁了一個日本種地的農夫，成了小鎮雜貨店裏一個老闆娘，這就是她追求的生活！

徐海生想到這裏，笑了，笑得很開心，眼睛裏卻閃爍著針一般的寒芒。

他嘩地一下站起來，水順著肢體向下流淌著，他扶著木桶的邊邁了出去，站在矮木凳上：「我要回房了。」

矢野麗奈忙道：「是！」

矢野麗奈手裏拿著一塊大浴巾，溫柔地服侍著他，給他擦拭著身體，看了眼他嘴角掛著的高傲陰冷的笑，心中充滿好奇：這個「中國主人」真的很奇怪，他有時看著自己，眼神特別溫柔，做愛的時候也特別溫柔，有時又特別兇狠，狂暴得像一頭野獸。

記得剛認識他的那一晚，他好溫存，一點也沒有本國男人好做「生理醫生」的怪癖，當清晨起來，接過他給的三萬日元，正想離開的時候，他卻突然像變了一個人似的，先是一陣發呆，然後就狂吼著，像吃了春藥似的猛撲上來……

他那時好兇猛呀，迎著山上的雪光，把自己剛剛穿好的海軍服撕得稀爛，弄得她哇哇慘叫。然後就說要以每天十萬日元的價格包了她，讓她在他離開日本之前一直陪著他。呵呵，中國人真的很慷慨，這幾天下來，加上他賞賜的錢怕都有百萬日元了，以後……該多做中國人的生意才對。

徐海生嘴角一直掛著捉摸不定的陰冷笑意，他把這個女子留下來，成為他旅日期間的專屬情婦，並不是因為如此迷戀這個女子的肉體，他留下麗奈，只是為了想辦法弄到她家裏的電話號碼，把這一切告訴她的母親，自己曾經的女友。

就在昨天，他偷偷和麗奈的母親通了電話，並驅車趕去見了她一面，結果令他大失所望，他沒有看到那個女人痛哭流涕的樣子，她沒有對女兒墮落的痛心、沒有面對舊情人的羞愧，知道他如今的風光和擁有的財產後，這個徐娘半老的女人居然不知廉恥地想再勾搭他。如果說她當初的變心只是追求物質和虛榮，那麼今天，她已經徹底地墮落了，變成了市儈、貪婪的俗女人，她的樣貌還依稀可見當年的風韻，沒有太多的變化，但是她的靈魂，已經徹底地變成了另外一個人。當徐海生離開她的家時，這個在他心裏存在了二十多年的女人，最後一絲印記都被抹得乾乾淨淨了。

女人，個個都把自己當天使，所以也最容易墮落。張勝居然相信鍾情是個自尊自重的好女人，呵呵，真是可笑，女人無所謂忠貞的，忠貞只是因為背叛的砝碼太低，相信地老天荒的男人都是蠢蛋、相信真摯愛情的男女都是物質極度匱乏的鄉巴佬。

徐海生不是蠢蛋、徐海生不是鄉巴佬，他早已不再相信愛情！

身體擦拭好了，徐海生滿意地捏了捏麗奈青春而富有張力的臉蛋，一如他當年輕捏寧靖的臉頰，只是那眼中一片冷漠，全無昔日的迷戀和溫情。

麗奈嫣然一笑，她還太小，不瞭解這個男人在想些什麼，也看不出他眼底的冷酷，事實上，她奉獻過的，大多是大叔級的人物，這個歲數的男人，有什麼心事，又豈是她能看得懂的？她只能感受到最直接的交流，所以她把徐海生的動作當成了寵溺和迷戀。

她拿起和服，徐海生張開了雙臂，讓她給自己穿起來。

也許是一絲天良未泯，也許是因為麗奈身上有著太多初戀女友的感覺，徐海生放棄了對麗奈的打擊，也沒有把和她母親的事告訴她，就讓她始終把自己當成曾經接待過的一個中國客人好了。

「這次來日本，收獲夠大了，不但得到了那位日本朋友的幫助，而且……了結了一塊多年的心病！」

徐海生想著，淡淡一笑：「該回國了，需要自籌的那一塊資金，看來還得從張二蛋和張勝那兒想想辦法，可惜呀，這兩個人一門心思地搞什麼實業，要不然，倒可以把他們徹底拉進自己的圈子，那樣搞錢也容易些！」

徐海生想著，嘴角一牽，露出一個表情複雜的微笑，那淺笑，一如沼澤泥潭中待機而噬的鱷魚輕輕地打了個哈欠！

芳齡剛剛十八歲，還不懂成熟男人心事的麗奈見了，心底裏也不禁掠過一絲莫名的寒意。

鍾情正站在那兒，本來臉色已素靜如玉，一見張勝，兩抹酡紅忽地又染上雙頰。

她咬了咬嘴唇，忽地鼓足了勇氣，走到他的對面，張勝頓時緊張起來，就像等著法官裁決的犯人。

「我沒想到，你對他還是這麼依賴，事無巨細，都想讓他知道，張總，不管是你多麼信任的人，這樣不利於你的發展的。我……本來有些事，想獨自查個清楚明白之後再告訴你，不過現在想來……讓你直接插手，正面調查，阻力小一些，也容易讓你認清一些事物。」

「什麼？」鍾情含糊不清的話，聽得張勝有些愕然。

「你說的是……什麼事？」

鍾情抬起眼睛，直視著他說：「我最近私下查詢了公司的銀行帳戶，發現了一些問題，有幾筆數額較大的資金，流向非常可疑……」

張勝的表情一下子凝重起來：「資金流向可疑？你繼續說！」

一向很少出現在財務部的張勝在公司高層人事剛剛做了重大變動之後，突然駕臨了，身後還跟著鍾情和保安隊長胡成。財務部的幾個人詫異地看著神色冷峻的張勝，面面相覷，因為看出他神色不對，以致連聲招呼也忘了打。

「你們都坐吧，我只是有點事情要瞭解一下。」張勝在財務經理王昌明讓出的椅子上坐了下來，開口問道：「我們第一批廠房出租，以及廠房設備抵押獲得的貸款，共得流動資金兩千三百萬，扣除繼續投入的冷庫、水產批發市場建設用款，現在帳面剩餘資金應該有一千二百萬左右，把我們的賬簿和銀行對帳單拿來給我看。我要查看一下。」

財務經理王昌明愣了一下，然後滿臉堆笑地迎上來：

「張總，您要查賬，也不和我打聲招呼，好早早給您把所有賬簿都準備齊全。老宋，愣著幹嗎？快去把相關賬簿都拿來，哦！老賈，給張總沏壺茶來。」

吩咐完了，王昌明在張勝對面欠著半個屁股坐了下來，呵呵笑道：「張總啊，您說的只是一個大框，零零雜雜的收支就是瞅著帳本，一時半晌兒怕也說不太清呀。」

張勝冷笑一聲，道：「說不清沒關係，我今天空閒得很，有的是時間聽你慢慢說。」

「呃……」王昌明咽了口唾沫，強笑道：「是是，不過……張總說的數字還是有點出入的，有幾筆賬我早就報過您了，工程方的幾筆工程款，共計五百多萬，那不是也剛剛付清嗎，所以……」

「哈哈，我也以為付清了，可我剛剛和二建、四建的老總通過電話，這兩位眾口一詞，直跟我抱怨工程款拖得也實在是太厲害了點呢。」

這一下，王經理的臉色一下變了……

張勝看在眼裏，心中怒火更熾，更認定了鍾情的說法，他盯著王昌明，冷冷地道：「王經理，這還只是第一筆款子，我需要你向我交代清楚每一筆錢的來龍去脈！」

這時，老李抱著一堆帳本走了進來。

張勝瞄了一眼，語帶嘲諷地道：「有沒有拿錯，別把兩套賬給弄混了。」

老李愣道：「不會，怎麼會混？……啊，混……混什麼？」

「混蛋！」張勝「啪」地一拍桌子，一下子站了起來，指著他的鼻子怒吼道：「有些企業做兩套賬，是為了糊弄稅務局，我的公司也做兩套賬，卻是為了糊弄我這個董事長！」

他厲聲吩咐道：「胡成，叫人把財務部所有的帳本都抱到我辦公室去，財務章、法人章現在開始由我本人保管。我要找人稽核，逐筆查清！」

徐海生比預定日期提前一天趕回了省城，挪用資金的事已經有人告訴了他，他一直在等張勝質問的電話，但是張勝卻一直沒有打電話來。和一個對手交戰時，最難控制的局面就是無法掌握對方的虛實，徐海生無法掌握張勝的想法和他到底掌握了多少資料，所以心中忐忑不安。

此時，張勝坐在他的辦公室裏，卻正陷於痛苦的掙扎之中。徐海生以小人之心度君子之腹，一直在思考張勝掌握了多少情況，到底要如何同他攤牌，而張勝卻因為掌握的情況條條都指向他最親近、最信任的老大哥徐海生而痛苦萬分。

「不要想太多了，幸好事情發現得早，我想大部分損失應該還是可以追得回來的，至少……這損失還不至於讓公司元氣盡喪。」見他鬍渣未刮，滿臉憔悴的模樣，鍾情心疼地勸道。

張勝搖搖頭，沒有說話，對他打擊最大的，並不是資金的損失，而是一種被利用被出賣的感覺，最初他也知道，他和徐海生是一種互相利用的關係，但是隨著發展和合作，他真把徐海生當成了一個創業的領路人、一個最可信任的工作夥伴，所以才對他的事從不過問，想不到……

這時，手機響了，張勝摸出手機，有氣無力地喂了一聲，默默地聽了片刻，他低聲道：「好！我過去一趟。」然後站起身，對鍾情說：「我出去一下，公司你先照料著。」

鍾情點點頭，張勝拿起外套，走出了辦公室的大門……

請續看《獵財筆記》之三 商海獵金

獵財筆記 之二 金錢槓桿

作者：月關
發行人：陳曉林
出版所：風雲時代出版股份有限公司
地址：105台北市民生東路五段178號7樓之3
風雲書網：http://www.eastbooks.com.tw
官方部落格：http://eastbooks.pixnet.net/blog
Facebook：http://www.facebook.com/h7560949
信箱：h7560949@ms15.hinet.net
郵撥帳號：12043291
服務專線：(02)27560949
傳真專線：(02)27653799
執行主編：劉宇青
美術編輯：許惠芳

法律顧問：永然法律事務所 李永然律師
北辰著作權事務所 蕭雄淋律師

版權授權：蔡雷平
初版日期：2015年1月
初版二刷：2015年1月20日
ISBN：978-986-352-113-6

總 經 銷：成信文化事業股份有限公司
地　　址：新北市新店區中正路四維巷二弄2號4樓
電　　話：(02)2219-2080

行政院新聞局局版台業字第3595號 營利事業統一編號22759935

定價：280元　特價：199元

國家圖書館出版品預行編目資料

獵財筆記 ／ 月關著. -- 初版-- 臺北市：風雲時代，
2014.12 -- 冊；公分

ISBN 978-986-352-113-6（第2冊；平裝）

857.7　　103021581